CW01496096

FOLIO POLICIER

Åsa Larsson

Horreur boréale

Une enquête de Rebecka Martinsson

Traduit du suédois
par Philippe Bouquet
et revu par Paul Dott

Gallimard

Titre original :

SOLSTORM

© *Åsa Larsson, 2003.*
First published by Albert Bonniers Förlag, Stockholm, Sweden.
Published in the French Language by Arrangement
with Bonnier Group Agency, Stockholm, Sweden.
© *Éditions Gallimard, 2006, pour la traduction française.*

Åsa Larsson est née à Kiruna, petite ville minière du nord de la Suède. Juriste de formation, elle a travaillé à l'Office national des impôts. Elle vit aujourd'hui à Nyköping.

Elle a reçu le prix du Premier Roman policier suédois en 2003 pour *Horreur boréale*.

Il pousse comme un arbre de fureur
derrière mon front
avec des feuilles d'un rouge étincelant, des bleues, des blanches !

Un arbre
qui vibre encore dans le vent

Et j'écraserai
ta maison, et rien ne me sera étranger
pas même
l'humain

Comme un arbre éclôt
de l'intérieur
et écrase
la demeure du crâne

Et luit
telle une lanterne au fond de la forêt
au fond des ténèbres

GÖRAN SONNEVI

IL Y EUT UN SOIR,
IL Y EUT UN MATIN :
PREMIER JOUR

Ce n'est pas la première fois que Viktor Strandgård meurt. Dans l'église de la Force originelle, il gît sur le dos les yeux fixés vers le ciel qu'on découvre à travers les immenses verrières. Comme si rien ne le séparait du ciel noir de l'hiver, au-dessus.

On ne peut en être plus près, se dit-il. Dans l'église, sur cette hauteur au bout du monde, le ciel si proche est presque palpable. Il suffirait de tendre la main pour le toucher.

Au-dehors, tel un dragon, l'aurore boréale se déploie dans la nuit. Étoiles et planètes cèdent la place à cet énorme monstre de lumière scintillante. Sans se presser, elle se fraie un chemin à travers la voûte céleste.

Viktor Strandgård la suit du regard.

Je me demande si elle chante, pense-t-il — telle une baleine solitaire sous la surface de la mer.

Ses songes seraient-ils parvenus là-haut ? Le voile lumineux marque une pause dans son imperturbable course. De ses yeux de glace, il observe Viktor Strandgård, beau comme une icône sur son lit de mort. Le sang noir forme une auréole autour de ses longs cheveux blonds, pareils à ceux d'une sainte

Lucie. Il ne sent plus ses jambes. Il perd connaissance. Il n'a pas mal.

Curieusement, tandis qu'il repose là et plonge son regard dans l'œil du dragon, il pense à sa première mort : ce jour de fin d'hiver où il dévalait sur sa bicyclette la côte menant au carrefour des rues Adolf Hedinsvägen et Hjalmar Lundbohmsvägen. Il se sentait heureux d'avoir trouvé le salut avec sa guitare sur le dos. Voyant surgir sur sa droite la femme conduisant la Fiat Uno rouge, il avait tenté en vain de freiner. Il se rappelle les roues du vélo dérapant sur le verglas et le regard qu'ils échangèrent alors, conscients tous deux de ce qui arrivait ; et enfin sa lente glissade vers la mort.

Avec cette image imprimée sur la rétine, Viktor Strandgård meurt pour la seconde fois. Des pas se rapprochent mais il ne les entend pas. Il n'a pas besoin de voir la lame du couteau briller à nouveau. Lardé de coups, son corps transpercé gît là, coque vide sur le sol de l'église. Impassible, le dragon suit son chemin à travers la voûte céleste.

Lundi 17 février

Tenaillée par l'angoisse, Rebecka Martinsson fut
tirée de son sommeil par la violence de sa respiration.
Elle ouvrit les yeux sur les ténèbres, à la frontière
entre le rêve et l'éveil, avec l'impression presque tan-
gible d'une présence humaine dans la pièce. Immobile, elle prêta l'oreille mais n'entendit que le bruit de
son cœur, cognant dans sa poitrine tel un lièvre
apeuré. Ses doigts cherchèrent le réveil posé sur la
table de chevet et rencontrèrent l'interrupteur commandant la veilleuse : trois heures quarante-cinq.
Couchée à peine quatre heures plus tôt, elle s'éveillait
déjà pour la seconde fois.

Le boulot, pensa-t-elle, je travaille vraiment trop.
Pas étonnant que la nuit mes pensées tournent en
rond, comme un écureuil dans sa roue.

Elle avait mal à la tête et à la nuque. Sans doute
avait-elle serré les mâchoires dans son sommeil.
Alors, autant se lever. Elle repoussa la couverture et
gagna la cuisine. Ses pieds la guidèrent sans qu'elle
eût besoin de lumière. Elle mit la cafetière et la radio
en marche. À la manière d'une prière monocorde, la
mélodie s'égrenait tandis que l'eau coulait à travers le
filtre.

15

Elle se doucha mais ne prit pas le temps de sécher ses cheveux et but le café en s'habillant. Pendant le week-end, elle avait repassé et rangé dans la penderie ses vêtements de la semaine précédente. Ce lundi, un corsage d'un blanc impeccable et un tailleur bleu marine de chez Marella étaient pendus sur le porte-manteau. Elle renifla les chaussettes de la veille et décida de les mettre un jour de plus. Elles étaient lâches aux chevilles. Pour que ça ne se voie pas, elle les étira et les replia sous la plante de ses pieds. Il faudrait juste veiller à ne pas ôter machinalement ses chaussures au cours de la journée. Sous-vêtements et chaussettes la laissaient tout à fait indifférente. Seule raison d'y prêter une quelconque attention : penser que quelqu'un la verrait se dévêtir. Ses dessous étaient ternes à force d'avoir été lavés.

Une heure plus tard elle était au bureau, devant son ordinateur. Le texte coulait comme un torrent de montagne. Partant de sa tête, pour se diffuser dans ses bras puis dans ses doigts, qui, à leur tour, voltigeaient sur le clavier. Étrangement, le travail lui reposait l'esprit. La pénible sensation de ce matin-là avait disparu.

Bizarre, pensa-t-elle, je n'arrête pas de rabâcher, avec les autres jeunes juristes, que le boulot me rend malheureuse. Et pourtant, j'y trouve la paix. Presque la joie. Si je cesse de travailler, l'anxiété m'envahit.

La lumière des réverbères filtrait avec difficulté à travers les hautes fenêtres à petits carreaux. On distinguait encore le bruit de certains véhicules dans le vacarme provenant de l'extérieur, mais la rue n'allait pas tarder à se résumer à un magma sonore. Rebecka se rejeta en arrière sur sa chaise et lança l'imprimante.

Plantée dans le couloir, la machine se mit en branle pour accomplir sa première tâche de la journée. Puis Rebecka entendit la porte de la réception se refermer. Elle soupira et regarda la pendule : six heures moins dix. Adieu la solitude !

Impossible de savoir qui était arrivé. Les épais tapis du couloir atténuaient le son des pas. Un instant plus tard la porte de son bureau s'ouvrit.

— Je peux te déranger une minute ?

Maria Taube poussait la porte de la hanche, un gobelet de café dans chaque main et le document de Rebecka sous le bras droit.

Avocates fiscalistes, les deux femmes étaient employées depuis peu par le cabinet Meijer & Ditzinger. Situé dans Birger Jarlsgatan, leur bureau se trouvait au sommet d'un bel immeuble du début du siècle. Recouvert de tapis persans, le hall était agrémenté d'imposants fauteuils et autres canapés en cuir surannés à l'intention des visiteurs. Tout exhalait l'expérience, le professionnalisme, l'argent et une tendance à influencer le cours des affaires. Ce lieu un rien solennel inspirait aux clients un certain respect ainsi qu'un sentiment de sécurité.

— Une fois mortes, on sera si fatiguées qu'on ne souhaitera pas de vie dans l'au-delà, dit Maria en posant l'un des gobelets sur le bureau de Rebecka. Mais ça ne vaut naturellement pas pour toi, Maggie Thatcher. À quelle heure es-tu arrivée ? À supposer que tu n'aies pas passé la nuit ici.

Toutes deux avaient travaillé tard dimanche soir et Maria était partie la première.

— Il n'y a pas longtemps, mentit Rebecka en prenant les documents des mains de Maria.

17

Celle-ci se laissa tomber sur le siège réservé aux visiteurs, ôta d'un coup de pied ses escarpins de marque et replia ses jambes.

— Quel temps, soupira-t-elle.

Surprise, Rebecka regarda par la fenêtre. Une pluie glaciale s'abattait sur le carreau. Elle ne l'avait pas remarquée et ne se souvenait plus s'il pleuvait à son arrivée. À vrai dire, elle ne se rappelait même pas être venue à pied ou en métro ce matin-là. Comme hypnotisée, elle fixa l'eau qui tambourinait et s'écoulait sur la vitre.

Voilà, c'est l'hiver à Stockholm, pensa-t-elle. Mettre sa conscience en veilleuse une fois dehors n'a rien d'étonnant. Au pays il en va autrement. Là-haut, au cœur de l'hiver, les crépuscules sont bleutés et la neige crisse sous les pas. Quand il touche à sa fin, j'aime m'asseoir sous un pin pour me reposer après avoir skié le long du fleuve, depuis la maison de grand-mère à Kurravaara jusqu'à la cabane de Jiekajärvi. Sous la lumière du soleil, l'écorce de l'arbre possède l'éclat du cuivre. Sourdant des branches sous l'effet de la chaleur, la neige semble pousser un soupir de lassitude. Dans le sac à dos m'attendent des tartines, des oranges et du café.

La voix de Maria la tira de sa rêverie. Perdue dans ses pensées, elle fit un effort pour affronter les sourcils étonnés de sa collaboratrice.

— Dis ! Je t'ai demandé si tu avais l'intention d'écouter les informations.

— Oui, bien sûr.

Rebecka se pencha en arrière pour atteindre le poste sur le rebord de la fenêtre.

Mon Dieu, comme elle est maigre, pensa Maria en apercevant sous sa veste le torse grêle de sa collègue. On pourrait pianoter sur ses côtes.

Rebecka augmenta le volume et les deux femmes restèrent assises en silence, tasse de café entre les mains et tête baissée, comme si elles priaient.

Maria cligna des yeux et sentit la lassitude gagner ses paupières. Il fallait qu'elle termine de toute urgence le dossier en appel de l'affaire Stenman. Si elle réclamait un délai supplémentaire, Måns la tuerait. Son estomac se noua. Plus de café avant le déjeuner. Dans ce magnifique bureau, insensible à sa respectabilité, elle se faisait l'effet d'une princesse captive, jour et nuit, la semaine comme le week-end. La vie était ailleurs, pas face à ces associés alcooliques qui vous déshabillaient sans cesse du regard. À se demander si l'on devait pleurer ou faire la révolution. Une fois chez soi, elle était juste bonne à se traîner devant la télévision et s'abrutir face à cette lueur bleutée, si propre à atténuer l'angoisse.

— Il est six heures, voici les informations de ce début de matinée. Une sommité du monde religieux, âgée d'une trentaine d'années, a été retrouvée morte tôt ce matin à Kiruna dans l'église de la Force originelle. La police locale se refuse pour l'instant à tout commentaire et se contente d'indiquer que personne n'a encore été arrêté. Elle ne dispose pour l'instant d'aucun suspect et l'arme du crime n'a pas été retrouvée.

Une nouvelle étude révèle que les communes sont de plus en plus nombreuses à négliger les devoirs imposés par la législation en matière sociale…

Rebecka pivota sur sa chaise et sa main heurta le rebord de la fenêtre. Éteignant brusquement la radio, elle se renversa du café sur les genoux.

— Viktor ! s'exclama-t-elle, ça ne peut être que lui.

Maria la dévisagea, étonnée.

— Viktor Strandgård ? Le Pèlerin du Paradis ? Tu le connais ?

Pour échapper au regard inquisiteur de Maria, les yeux de Rebecka se fixèrent sur sa jupe tachée. Son visage semblait hermétiquement clos et ses lèvres réduites à une mince ligne.

— Bien sûr que oui. Mais ça fait des années que je ne suis pas retournée à Kiruna et aujourd'hui je n'y connais plus personne.

Maria se leva de son fauteuil, contourna le bureau et ôta le gobelet des mains inertes de sa collègue.

— Je me fiche pas mal que tu saches qui c'est, ma petite, car d'ici trente secondes tu vas t'évanouir. Tu es livide. Penche-toi en avant et mets ta tête sur les genoux.

Rebecka obéit comme une écolière. Afin de sauver le tailleur du désastre, Maria partit chercher des serviettes dans les toilettes. Quand elle revint, Rebecka s'était redressée.

— Ça va ? demanda-t-elle.

— Oui, répondit Rebecka d'un air absent en regardant sa collègue s'affairer sur sa jupe. Je le connaissais, finit-elle par ajouter.

— Bon, inutile d'être un détecteur de mensonge pour le deviner, dit Maria sans quitter la tache des yeux. Ça te fait de la peine ?

— De la peine ? Je ne sais pas… J'ai plutôt peur.

— Peur ? Peur de quoi ? demanda Maria en cessant de frotter avec frénésie.

— Je ne sais pas. Que quelqu'un…

Avant que Rebecka ait eu le temps d'achever sa phrase, le téléphone retentit. Elle sursauta et regarda l'appareil mais ne décrocha pas. À la troisième sonnerie Maria répondit. Masquant le combiné pour que le correspondant n'entende pas, elle souffla à voix basse :

— C'est pour toi. J'ai l'impression que ça vient de Kiruna : on dirait un des trolls de la famille Moumine[1] à l'appareil.

---

1. Personnages des livres d'enfants de la Finlandaise Tove Jansson, très connus dans le Nord. *(Toutes les notes sont du traducteur.)*

Lorsque le téléphone sonna chez l'inspecteur Anna-Maria Mella, elle était déjà réveillée. La lune éclairait la chambre de sa puissante lueur hivernale. À travers la fenêtre, les bouleaux projetaient sur les murs l'ombre bleue de leurs troncs malmenés par les éléments. Elle décrocha avant la fin de la première sonnerie.

— C'est Sven-Erik. Tu es réveillée ?

— Oui, mais je suis encore au lit. Qu'est-ce qu'il y a ?

Elle entendit Robert soupirer à côté d'elle et lui lança un regard. L'appel risquait de l'avoir tiré de son sommeil. Heureusement non. Sa respiration redevint vite lourde et régulière. Parfait.

— On a un cas de meurtre présumé à l'église de la Force originelle, dit Sven-Erik.

— Et alors ? Je te rappelle que je suis affectée au travail de bureau depuis vendredi dernier.

— Je sais, répliqua Sven-Erik d'une voix plaintive, mais là c'est un cas de force majeure. Anna-Maria, bon sang, tu pourrais venir jeter un coup d'œil, hein ? Les gars de la scientifique en ont presque terminé, ensuite on pourra entrer. Le cadavre est celui de Viktor Strandgård. Une véritable boucherie. Je parie que dans une heure on aura toutes les télés du pays sur le dos, caméras et le cirque qui va avec.

— Je serai là dans vingt minutes.

Merde alors, se dit-elle. Il m'appelle pour me demander de l'aide. On nous l'a changé.

Sven-Erik n'ajouta pas un mot et Anna-Maria distingua un soupir de soulagement avant de raccrocher.

Elle se tourna vers Robert et scruta son visage endormi : la joue posée sur le dos de la main, ses lèvres couleur d'airelles étaient légèrement entrouvertes. Les poils gris parsemant sa moustache et ses tempes le rendaient irrésistiblement sexy. Pour sa part, il s'inquiétait chaque matin devant la glace de la salle de bains : ses cheveux perdaient du terrain sur le sommet de son crâne.

— Le désert ne cesse de progresser, se lamentait-il.

Malgré son ventre, elle se pencha et l'embrassa sur la bouche à deux reprises.

— Je t'aime, murmura-t-il, toujours somnolent.

Il tenta de la retenir sous la couverture mais elle avait eu le temps de s'asseoir au bord du lit. Soudain, une envie pressante se fit sentir. Ces incessants détours par la case toilettes lui semblaient intolérables : deux déjà au cours de la nuit.

Un quart d'heure plus tard, Anna-Maria descendit de sa Ford Escort sur le parking de l'église de la Force originelle. Persistant, le froid lui mordait furieusement les joues. Respirer par la bouche enflammait sa gorge et ses poumons. Le gel colmatait les poils de ses narines. Elle ajusta son écharpe pour protéger ses lèvres et regarda sa montre. Elle pouvait se permettre de rester là une demi-heure au maximum. Après, sa voiture refuserait de démarrer. Le vaste parking avait une capacité d'au moins quatre cents véhicules. Comparée à la Volvo 740 de Sven-Erik Stålnacke, son Escort rouge pâle avait l'air misérable. Une voiture radio était garée à côté. Il n'y avait guère qu'une dizaine d'autres véhicules, tous totalement recouverts de neige. Les hommes de la police scientifique étaient déjà repartis. Elle s'engagea sur le sentier menant en haut de Sandstensberget. Le givre recouvrait les bouleaux d'une couche blanche. Au sommet de la côte, l'imposante église de cristal se dressait sur le fond noir du ciel hivernal. Entourée d'étoiles et de constellations, comme un bloc de glace phosphorescent, son éclat rivalisait avec celui de l'aurore boréale.

Bien prétentieux comme construction, songea-t-elle en gravissant la pente avec peine. Si la paroisse est aussi riche que ça, elle ferait mieux de consacrer ses dons aux plus démunis. Il est sans doute plus amusant de chanter du gospel dans ce somptueux temple que de creuser des puits en Afrique.

Sous le porche de l'édifice, elle aperçut son collègue Sven-Erik Stålnacke, l'agent Tommy Rantakyrö et l'inspecteur Fred Olsson. Adossé au mur, Sven-Erik se tenait immobile, la tête nue et les mains enfouies dans les poches de son anorak. Les deux autres s'agitaient fiévreusement, tels de jeunes chiens flairant une piste. Elle ne les entendait pas mais à en juger par les nuées de vapeur qui s'échappaient de leurs bouches, ils étaient en grande discussion. Les deux hommes la saluèrent avec entrain :

— Salut, dit Rantakyrö, comment ça va ?

— On fait aller, répondit-elle gaiement.

— On aperçoit ton ventre avant de te voir, plaisanta Olsson.

24

Anna-Maria esquissa un sourire.

Sven-Erik l'accueillit avec beaucoup plus de sérieux. Sa grosse moustache de morse était constellée de givre.

— Merci d'être venue, dit-il. J'espère que tu as déjà pris ton petit déjeuner, le spectacle risque fort de te couper l'appétit. On y va ?

— Vous voulez qu'on vous attende ?

Les pieds dans la neige, Fred Olsson s'impatientait. Son regard oscillait entre Sven-Erik et Anna-Maria. Le premier occupait pour le moment le poste de la seconde et, de fait, c'était lui le patron. Alors, qui assumait réellement le commandement ? La présence d'Anna-Maria semait le doute.

Elle fixa Sven-Erik et garda le silence, consciente d'être invitée sur ses terres.

— Ce serait bien que vous restiez ici pour empêcher ceux qui n'ont rien à faire là d'entrer tant qu'on n'est pas venu chercher le corps. Abritez-vous derrière la porte si vous avez froid.

— Oh non, on peut rester dehors, assura Olsson. Je me demandais seulement…

— C'est sûr, enchaîna Tommy Rantakyrö, les lèvres bleuies. On est des hommes, pas des mauviettes. Et, les hommes, ça supporte le froid.

Anna-Maria précéda Sven-Erik qui referma derrière eux le lourd battant de la porte de l'église. Ils traversèrent le vestibule reconverti en vestiaire. Le narthex semblait somnoler dans la pénombre. Le courant d'air ainsi créé résonna tel un carillon atone parmi les rangées de portemanteaux vides. Deux portes battantes donnaient accès à la nef. Le seuil franchi, Sven-Erik baissa spontanément la voix.

— C'est la sœur de Viktor Strandgård qui a alerté le P.C. vers trois heures. Elle venait de le retrouver mort et a appelé depuis le bureau du pasteur[1].

— Où est-elle ? Au commissariat ?

— Négatif. On n'en a aucune idée. J'ai demandé au P.C. de lancer un avis de recherche. Quand Tommy et Fred sont arrivés, il n'y avait personne dans l'église.

— Que dit le service scientifique ?

— Regarder mais pas toucher.

Le corps gisait au milieu de l'allée centrale. Anna-Maria resta à distance.

— Quelle horreur, lâcha-t-elle avec effroi.

— Je t'avais prévenue, commenta Sven-Erik dans son dos.

Anna-Maria sortit un petit magnétophone de la poche intérieure de son blouson et hésita une seconde. Elle avait l'habitude de dicter ses observations plutôt que de les consigner par écrit. Mais cette fois elle n'était pas officiellement chargée de l'affaire. Peut-être devait-elle garder le silence et se contenter de tenir compagnie à Sven-Erik ?

Elle s'intima l'ordre de ne pas compliquer les choses. Sans regarder son collègue, elle enclencha l'enregistreur.

— Il est cinq heures trente-cinq, dit-elle au micro. Le 16 janvier — non, on est déjà le 17. Je suis dans l'église de la Force originelle et j'ai devant moi quelqu'un qui, a priori, s'appelle Viktor Strandgård, plus connu sous le nom de Pèlerin du Paradis. Il est

1. Rappelons qu'en Suède, le pasteur, fonctionnaire et officier d'état civil, possède un bureau qui est distinct du presbytère. Précisons aussi que, comme dans tout pays protestant, l'Église officielle (qui vient seulement d'être séparée de l'État) se double d'une foule de confessions indépendantes (dites « Églises libres ») souvent beaucoup plus critiques envers elle que les agnostiques.

mort et repose dans l'allée centrale. À en juger par la puanteur, il semble avoir été salement éventré. De plus, le tapis sur lequel il gît est humide, sans doute taché de son propre sang. C'est difficile à dire avec certitude car le tapis est rouge lui aussi. Ses vêtements sont également ensanglantés et l'on distingue mal les plaies sur son ventre, sinon qu'une partie de ses intestins en sort — le légiste nous en dira plus par la suite. Il porte un jean et un pull. Les semelles de ses chaussures sont sèches ainsi que la partie du tapis sur laquelle elles sont posées. Il a les yeux crevés…

Anna-Maria s'interrompit et arrêta le magnétophone. Faisant le tour du corps, elle se pencha sur le visage. Elle fut tentée de qualifier ce cadavre de beau spécimen mais se retint à temps. La présence de Sven-Erik lui interdisait ce genre de commentaire. La figure du défunt lui rappelait *Œdipe roi*. Lycéenne, elle en avait vu un enregistrement vidéo et n'avait pas été particulièrement émue par la scène où le personnage se crève les yeux. Pourtant, l'image lui revenait maintenant avec une force singulière. Elle avait de nouveau envie d'aller aux toilettes et il ne fallait pas qu'elle oublie la voiture. Mieux valait donc se dépêcher. Elle remit le magnétophone en marche.

— Il a les yeux crevés et ses longs cheveux sont couverts de sang. Il a sûrement une plaie à la nuque, des éraflures sur le côté droit du cou, sans écoulement de sang. Il n'a plus de mains…

Elle se tourna d'un air interrogateur vers Sven-Erik. Il lui désigna quelque chose entre les rangées de chaises. Elle se pencha péniblement en avant pour scruter le sol.

— Ah si, j'en vois une au milieu des chaises à trois mètres d'ici. Mais où est l'autre ?

Sven-Erik haussa les épaules.

— Aucun siège n'a été renversé, poursuivit-elle. Pas de trace de lutte non plus, n'est-ce pas, Sven-Erik ?

— Non, répondit celui-ci, n'aimant guère que l'on enregistre ses propos.

— Qui est le gars de la scientifique qui a pris les photos ?

— Simon Larsson.

Parfait, se dit-elle, certaine d'avoir de bons clichés.

— Le reste de l'église est en ordre, continua-t-elle. C'est la première fois que j'y viens. Des centaines de lampes sont disposées le long des parties du mur qui ne sont pas en verre Securit. Quelle hauteur ? Sûrement plus de dix mètres. D'immenses verrières. Les sièges bleus sont alignés avec soin. Combien de personnes ce lieu peut-il contenir ? Deux mille ?

— Sans compter la tribune, ajouta Sven-Erik en balayant l'espace du regard.

Anna-Maria se retourna et examina l'estrade qui se dressait derrière elle. Les tuyaux de l'orgue montaient vers le ciel, rejoignant leur propre reflet dans les verrières. Le spectacle était impressionnant.

— Il n'y a pas grand-chose à dire de plus.

Ces paroles prononcées, Anna-Maria observa une pause. Une pensée cherchait à se frayer un chemin jusqu'à sa conscience, à se faufiler subrepticement entre les syllabes.

— Il y a quelque chose…, reprit-elle, quelque chose qui me gêne dans ce spectacle. Hormis le fait que c'est le cadavre le plus malmené que j'aie jamais vu.

— Eh ! Monsieur le substitut monte la côte, lança Tommy Rantakyrö, la tête dans l'entrebâillement de la porte.

28

— Qui l'a prévenu ? Merde ! ne put s'empêcher de lâcher Sven-Erik, mais Tommy avait déjà disparu.

Anna-Maria l'observa. Elle avait été nommée à la tête de sa section quatre ans plus tôt, et Sven-Erik lui avait à peine adressé la parole pendant six mois. Le dépit était à l'origine de son mutisme : il ne supportait pas qu'on l'ait préférée à lui pour ce poste. Résigné à sa place de second, il ne désirait pas se mettre en avant. À l'occasion, il faudrait lui faire la leçon, pensa-t-elle. Pour le moment, il allait devoir s'en tirer seul. Lorsque le substitut Carl von Post poussa avec force la porte de l'église, elle se contenta donc d'encourager Sven-Erik du regard.

— Qu'est-ce que c'est que ce bordel ? s'écria Carl von Post.

Il enleva sa toque de fourrure et lissa machinalement les boucles de sa crinière de lion. Il trépignait. Le peu de chemin parcouru depuis le parking avait transformé ses luxueux souliers en blocs de glace. Il se dirigea à grands pas vers Anna-Maria et Sven-Erik mais sursauta en apercevant le cadavre au sol.

— Oh, merde ! s'exclama-t-il. Jetant un coup d'œil inquiet à ses chaussures, il s'assura qu'il ne les avait pas abîmées. Pourquoi n'ai-je pas été averti ? poursuivit-il en se tournant vers Sven-Erik. À partir de maintenant, c'est moi qui dirige l'enquête. Et je peux t'assurer que lorsque le commissaire saura que tu m'as tenu à l'écart, tu vas en entendre parler.

— Personne ne vous a tenu à l'écart. On ne savait pas ce qui s'était passé et on ne le sait toujours pas, protesta Sven-Erik.

— Foutaises ! éructa le substitut. Et toi, qu'est-ce que tu fais là ?

Ces derniers mots s'adressaient naturellement à Anna-Maria. Les yeux rivés sur les bras mutilés de Viktor Strandgård, elle gardait le silence.

— C'est moi qui lui ai demandé de venir, expliqua Sven-Erik.

— Ah bon, grogna le substitut entre ses dents. Elle, tu l'as appelée, et pas moi !

Sven-Erik ne répondit pas. Carl von Post toisa Anna-Maria qui leva les yeux et, très calme, affronta le magistrat.

Le substitut serrait les dents à s'en briser la mâchoire. Il n'avait jamais supporté cette naine de policière. On aurait dit qu'elle tenait en laisse ses collègues masculins. Vu son apparence, il n'arrivait pas à comprendre comment elle faisait. Haute comme trois pommes et un beignet, maximum un mètre cinquante, son long visage chevalin semblait constituer la moitié de sa personne. Avec son gros ventre, elle était maintenant bonne à montrer dans les foires. Un vrai mètre cube, aussi large que haut : résultat de générations d'endogamie dans les villages isolés de Laponie.

Comme pour éloigner les phrases acerbes, il eut un geste impatient de la main, adopta un tout autre ton et, avec un sourire doucereux, lui demanda :

— Comment vas-tu, Anna-Maria ?

— Bien, répondit-elle, la voix neutre. Et vous ?

— Je suppose que, dans une heure, je vais avoir la presse sur les talons. Ça va faire un raffut à déboiser les rennes. Dites-moi ce que vous avez appris jusqu'ici, aussi bien sur le meurtre que sur la victime. Tout ce que je sais, moi, c'est qu'il était très connu dans les cercles religieux, dit-il en s'asseyant sur l'un des sièges bleus.

— C'est à Sven-Erik de le faire, répondit Anna-Maria sans aucune animosité. En attendant l'accouchement, je suis affectée au travail de bureau. Si je suis ici, c'est uniquement parce que Sven-Erik m'a demandé de venir, en vertu du principe que deux paires d'yeux… enfin, vous savez. Et je dois vous prier de m'excuser parce qu'il faut que j'aille pisser.

Tandis qu'elle gagnait les toilettes, elle nota avec satisfaction le sourire forcé de von Post. Le simple mot de pisser devait lui écorcher les tympans. Elle était prête à parier qu'en pareille circonstance, la femme du substitut dirigeait son jet contre la faïence : évitant ainsi que le bruit ne parvienne aux délicates oreilles de monsieur le magistrat. Espèce de sale macho.

Une fois qu'Anna-Maria se fut éloignée, Sven-Erik reprit :

— Eh bien, comme vous pouvez le constater vous-même, on n'en sait guère plus. Quelqu'un l'a tué. Et pas qu'un peu, si j'ose dire. Quant au défunt, c'est Viktor Strandgård, plus connu sous le nom de Pèlerin du Paradis, grande attraction de cette immense paroisse. Il y a neuf ans, il a été victime d'un terrible accident de la circulation et il est mort à l'hôpital. Son cœur s'est arrêté, etc. Mais ils ont réussi à le tirer de là. Il a alors raconté ce qui s'était passé au cours de l'opération et de la réanimation, y compris que le docteur avait laissé tomber ses lunettes, ce genre de détail… Et puis, il a dit qu'il était monté au ciel, y avait rencontré des anges et Jésus en personne. Après ça, une des infirmières ayant participé à l'opération et la femme responsable de la collision ont brusquement recouvré la foi. Cela a déclenché une véritable épidémie religieuse dans la commune. Les trois principales Églises libres se sont fondues en une seule, qui a pris le nom de Force originelle. Le nombre des fidèles n'a cessé de croître et, ces dernières années, ils ont construit ce bâtiment, ouvert une école et une crèche, et tenu de grandes réunions publiques. Ils sont riches comme Crésus et les pèlerins affluent du monde entier. Viktor Strandgård est — enfin, maintenant il faut peut-être dire était — salarié à plein temps de la paroisse. Il a en plus écrit un best-seller…

— *Aller et retour au ciel*. En anglais : *Heaven and Back*.

— C'est ça. C'est leur poule aux œufs d'or. On parle de lui dans tous les journaux. Ça va sûrement faire jaser. Et sans aucun doute la télévision va s'en mêler.

— Tout à fait, ajouta von Post avec une mimique d'impatience. Je tiens donc à ce que personne ne parle à la presse. Je me charge des relations avec les médias et je veux que tu me tiennes constamment informé du résultat des auditions et du reste, c'est compris ? Il faut me rendre compte de tout ce qui se passe. Si les journalistes viennent te poser des questions, tu n'auras qu'à leur dire que je tiendrai une conférence de presse sur le perron de l'église aujourd'hui à midi. Maintenant, que comptes-tu faire ?

— Il faut qu'on mette la main sur sa sœur, c'est elle qui a trouvé le cadavre. Et ensuite qu'on entende les trois pasteurs de la paroisse. Le légiste vient de Luleå en voiture et il devrait être là d'un moment à l'autre.

— Bien. À onze heures trente, je veux un rapport sur la cause du décès et sur le déroulement probable des événements. Passe-moi un coup de téléphone à ce moment-là. C'est tout. Si vous en avez terminé, je vais jeter un coup d'œil sur les lieux.

— Bon, dit Anna-Maria Mella à Sven-Erik Stålnacke, c'est tout de même mieux que d'interroger des
conducteurs imbibés.

Sa Ford Escort refusant de démarrer, son collègue
la ramenait chez elle.

En tout cas ce n'est pas pire, pensa-t-elle. Il fallait
l'encourager et le motiver.

— C'est ce rat, ce fléau de von Post, répondit
Sven-Erik avec un rictus. Dès que j'ai affaire à lui, je
n'ai plus envie que d'une chose : passer la journée à
glander en attendant de rentrer chez moi.

— Si c'est le cas, oublie-le. Pense plutôt à Viktor
Strandgård. Dis-toi qu'il y a quelque part un dément
qui l'a tué et que tu dois le coincer. Laisse von Post
crier tant qu'il voudra et parader devant la presse.
Nous autres, on sait bien qui fait le vrai boulot.

— Comment ne pas penser à lui ? Il est sans arrêt
sur notre dos.

— Je sais.

Elle observa par la vitre de la voiture : dans l'obscurité les maisons paraissaient encore endormies.
Seules quelques rares fenêtres étaient illuminées. Çà
et là, subsistaient des étoiles de l'Avent en papier

33

orange. Cette année, personne n'avait été brûlé vif dans l'incendie de sa maison. Il y avait eu comme d'habitude quelques bagarres et divers incidents, mais rien d'extraordinaire. Elle ne se sentait pas très bien. Rien d'étonnant après une heure passée debout sans rien avaler. Anna-Maria avait perdu le fil de la conversation : Sven-Erik l'interrogeait sur les recettes de sa collaboration avec von Post.

— En fait, on n'a pas eu tellement à collaborer, répondit-elle.

— J'aurai besoin de ton aide, Anna-Maria. On va être soumis à une sacrée pression en travaillant sur cette affaire. Avec en plus ce prétentieux sur les bras… C'est dans ces moments-là qu'on apprécie le soutien d'un collègue.

Éclatant de rire, elle s'exclama :

— Chantage !

— Je fais ce qu'il faut. Chantage et menaces. Ça te ferait d'ailleurs du bien de sortir un peu de chez toi. Tu pourrais au moins entendre la sœur du défunt lorsqu'on aura réussi à lui mettre la main dessus. Je t'en prie, aide-moi à démarrer l'enquête.

— Bon, d'accord. Appelle-moi quand vous l'aurez retrouvée.

Sven-Erik se pencha par-dessus le volant et leva les yeux vers le ciel nocturne.

— Quelle lune magnifique. Un temps idéal pour la chasse au renard.

Maria Taube passa le téléphone à Rebecka.

Elle avait fait allusion aux trolls de la famille Moumine. En réalité il n'y en avait qu'un. Un visage de poupée s'ébaucha sur sa rétine.

— Rebecka Martinsson.

— C'est Sanna. Je ne sais pas si tu as entendu les informations mais Viktor est mort.

— Oui, je viens de l'apprendre. Je suis désolée.

Rebecka attrapa un Post-it jaune et un stylo sur son bureau et écrivit : « Dis non ! NON ! »

À l'autre bout du fil, Sanna Strandgård reprit sa respiration.

— On ne se voit plus beaucoup, je sais, mais tu es toujours mon amie la plus proche et je n'ai personne d'autre à qui m'adresser. J'ai découvert le corps de Viktor dans l'église et je… je te dérange peut-être ?

Me déranger ? s'interrogea Rebecka. Comme le mercure d'un thermomètre, sa perplexité gagnait du terrain. Quel genre de question était-ce là ? Sanna pensait-elle vraiment qu'on pouvait y répondre par l'affirmative ?

— Vu les circonstances, bien sûr que non, dit-elle doucement en se passant la main sur les yeux. Tu disais que tu as découvert le corps ?

— Ça a été affreux, continua Sanna d'une voix atone. Je suis arrivée à l'église à trois heures du matin. On devait dîner avec les filles mais il n'est pas venu. Je me suis dit qu'il avait oublié. Tu sais bien, quand il prie seul à l'église plus rien ne compte. Je lui dis toujours qu'on peut se comporter ainsi lorsqu'on est jeune, célibataire et sans enfants. Avec une famille, il faut se résigner à prier aux toilettes.

Elle se tut un instant et Rebecka se demanda si elle réalisait qu'elle parlait de Viktor comme d'un vivant.

— Et puis je me suis réveillée au milieu de la nuit avec un mauvais pressentiment.

S'interrompant, elle se mit à chantonner le psaume *Dieu prend soin du petit moineau*.

Rebecka fixait le texte sur l'écran de l'ordinateur. Les lettres se séparèrent, s'assemblèrent autrement et composèrent l'image d'un Viktor Strandgård au visage angélique et couvert de sang.

Sanna reprit la parole. Sa voix semblait aussi fragile que la glace de septembre. Cette voix, Rebecka la reconnaissait : eau noire et glaciale tourbillonnant sous une surface lisse en apparence.

— Ils lui ont coupé les mains. Et ses yeux étaient… enfin, tout ça est si étrange. Quand je l'ai retourné, sa nuque était… Je crois que je deviens folle. Et la police me recherche. Ils sont venus à la maison très tôt ce matin. Je n'ai pas ouvert et j'ai dit aux filles de ne pas faire de bruit. Ils doivent penser que j'ai tué mon propre frère. Alors j'ai pris les petites et je suis partie. J'ai peur de ne pas tenir le coup. Pourtant ce n'est pas ça le pire.

— Non ? dit Rebecka.

— Sara était avec moi quand je l'ai trouvé. Lova aussi mais elle dormait dans le traîneau devant l'église. Sara est sous le choc. Elle ne prononce plus un mot. J'essaie de lui parler mais elle reste prostrée devant la fenêtre, ses cheveux derrière les oreilles.

Rebecka sentit son estomac se nouer.

— Pour l'amour de Dieu, Sanna, fais quelque chose. Appelle l'hôpital psychiatrique et demande une consultation d'urgence. Vous avez besoin de soutien psychologique, tes filles et toi. J'ai l'air de dramatiser la situation, bien sûr, mais…

— Je ne peux pas et tu le sais bien, gémit Sanna. Papa et maman prétendront que je suis folle et ils chercheront à m'enlever les enfants. Tu les connais. Et puis notre Église exècre les psychologues, les hôpitaux et tout ce qui s'en approche. Nos fidèles ne comprendraient pas. Je ne peux pas parler à la police non plus, ils compliqueraient la situation. Je n'ose même pas répondre au téléphone par peur des journalistes. Les débuts de notre cause ont été aussi mouvementés que pénibles. Les gens appelaient pour traiter Viktor de cinglé. Selon eux il était victime d'hallucinations.

— Tu comprends que tu ne vas pas pouvoir continuer à te cacher comme ça, implora Rebecka.

— Je n'en peux plus, je n'en peux plus, dit Sanna comme pour elle-même. Excuse-moi de t'avoir dérangée, Rebecka, tu as sûrement du boulot qui t'attend.

Bon sang de bordel de merde, jura intérieurement celle-ci.

— J'arrive, soupira-t-elle. Mais tu dois accepter de parler à la police. Je viens pour te soutenir, O.K. ?

— D'accord, murmura Sanna.

— Es-tu capable de conduire et d'aller jusqu'à la maison de ma grand-mère, à Kurravaara ?

— Je peux demander à quelqu'un de m'y accompagner.

— Bon. Il n'y a jamais personne là-bas en hiver. Emmène Sara et Lova. Tu te souviens où est cachée la clé ? Fais du feu. Je serai là cet après-midi. Tu vas pouvoir tenir le coup jusque-là ?

Après avoir reposé le combiné, Rebecka resta un instant à fixer l'appareil. Déboussolée, elle se sentait vidée de l'intérieur.

— Bon sang, c'est pas croyable, dit-elle désespérée à Maria Taube. Elle n'a même pas eu besoin de me le demander.

Elle examina sa montre et ferma les yeux. Inspirant par le nez et redressant la tête, elle expira par la bouche en baissant les épaules. Maria l'avait déjà vue se comporter ainsi avant une réunion ou d'importantes négociations… Mais aussi lors de longues nuits de travail pour respecter un délai.

— Comment te sens-tu ? demanda Maria.

— Je préfère ne pas me poser la question.

Rebecka se mordit la lèvre, secoua la tête et jeta un coup d'œil par la fenêtre pour échapper au regard inquiet de Maria. La pluie avait cessé.

— Tu ne devrais pas être aussi gentille avec tout le monde, ma petite, lui dit Maria avec douceur. Il y a des moments où il faut savoir lâcher prise et souffler un peu.

Rebecka croisa les mains sur ses genoux.

Lâcher prise, pensa-t-elle. Et que se passe-t-il si l'on comprend que la chute est sans fin ? Qu'arrive-t-il si on ne peut s'empêcher de crier ? À cinquante ans on se retrouve enfermé dans un asile et farci de médicaments. Et ce cri intime ne cesse de retentir.

— C'était la sœur de Viktor Strandgård, dit-elle, étonnée par son sang-froid. Sanna a découvert le cadavre de son frère dans l'église. Ses deux filles et elle ont besoin d'aide. Je vais prendre quelques jours de congé et aller les soutenir. J'emporte mon ordinateur portable pour travailler là-bas.

— Ce Viktor Strandgård était une figure là-haut, n'est-ce pas ? demanda Maria.

Rebecka se contenta de hocher la tête.

— Il a vu la mort de près. La région de Kiruna a ensuite connu une recrudescence de ferveur religieuse.

— Je m'en souviens, dit Maria, les journaux du soir en ont parlé. Viktor Strandgård affirmait être monté au ciel. Les chutes y étaient sans conséquence prétendait-il, le sol se muant en bras protecteurs. J'ai trouvé ça magnifique.

— Hum, répliqua Rebecka. Il affirmait avoir été renvoyé sur terre pour annoncer les ambitieux projets nourris par Dieu pour les chrétiens de Kiruna, berceau d'un regain de ferveur qui se répandrait à travers le monde. Si les fidèles se réunissaient dans une même foi, les miracles suivraient.

— La foi en quoi ?

— En la puissance de Dieu. Tous ceux convaincus par cette vision ont créé une nouvelle communauté baptisée « la Force originelle ». Connue jusque-là pour ses opinions très rouges, Kiruna a été prise d'une poussée de fièvre religieuse carabinée. Viktor a écrit un livre traduit dans de nombreuses langues. Il a mis un terme à ses études et s'est lancé dans la prédication. La paroisse a construit un nouveau lieu de culte, l'église de Cristal, ainsi nommée en hommage aux sculptures de glace édifiées chaque hiver à Jukkasjärvi. Elle ne devait surtout pas ressembler à celle de Kiruna, beaucoup trop sombre.

— Et toi ? Tu as connu ça ?

— J'étais membre de la Mission avant même l'accident de Viktor. Je l'ai donc vécu depuis le début.

— Et maintenant ?

— Je suis devenue une affreuse païenne, gloussa Rebecka. Les pasteurs et les anciens m'ont incitée à quitter la communauté.

— Pourquoi ?

— C'est une autre longue histoire.

— Bon, dit Maria changeant de sujet, que va penser Måns de ton congé sans préavis ?

— Rien. Il va juste m'assassiner, me mutiler et jeter les restes de mes membres aux canards de Nybroviken. Je lui expliquerai la situation dès son retour. Avant tout je dois appeler la police de Kiruna pour qu'ils ne coffrent pas Sanna, elle ne le supporterait pas.

Le substitut Carl von Post se tenait près du portail de l'église de Cristal et observait les hommes chargés d'emporter le corps de Viktor Strandgård. Lars Pohjanen, le médecin légiste, tirait comme d'habitude sur sa cigarette. Il marmonnait des ordres à l'intention de son assistante Anna Granlund et des deux gaillards qui portaient la civière.

— Essayez de lui attacher les cheveux, qu'ils ne se prennent pas dans la fermeture Éclair. Passez le sac autour de la boîte crânienne. Soulevez-le en douceur et les boyaux resteront à leur place. Anna, trouve-moi de quoi envelopper sa main.

Un meurtre, un vrai, pensa Carl von Post. Pas une de ces misérables histoires de poivrot tuant par erreur ou presque son ivrogne de femme, célébrant ainsi leur semaine de beuverie. Un must en matière d'assassinat : celui d'une personnalité connue dans tout le pays et même au-delà.

Et ce sensationnel crime de sang lui revenait. Il lui suffisait de s'installer à la barre sous les projecteurs et de se laisser griser par la célébrité. Cette histoire réglée, il quitterait enfin ce trou perdu au milieu des mines. Il n'avait d'ailleurs pas l'intention de s'y éterniser. Les piètres notes concluant ses études universitaires lui avaient à peine permis d'obtenir une place au tribunal de première instance de Gällivare. Devenu substitut, il avait sollicité en vain bon nombre de postes dans la région de Stockholm. Les années se succédaient vraiment trop vite.

Carl von Post laissa passer les hommes portant le brancard sur lequel reposait le cadavre, enveloppé dans un linceul en plastique. Mégot vissé au coin des lèvres, le docteur Pohjanen arrivait d'un pas traînant, le regard las et les épaules voûtées pour se protéger du froid. Ses cheveux, d'habitude si bien plaqués sur son crâne dégarni, pendouillaient sur ses oreilles. Anna Granlund le suivait de près avec un sachet contenant la main de Viktor Strandgård. Apercevant von Post, elle serra les mâchoires. Il les interpella à la sortie de l'église :

— Alors ?

Pohjanen fit mine de ne pas comprendre la question.

— Qu'est-ce que tu peux dire à ce stade ? insista von Post, impatient.

Pohjanen prit sa cigarette entre le pouce et l'index, tira une longue bouffée avant de l'écarter de ses lèvres minces.

— Eh bien, je n'ai pas encore pratiqué l'autopsie, répondit le légiste sans empressement.

Carl von Post sentit son pouls s'accélérer : pas question de perdre du temps à cause des manœuvres dilatoires de ce genre.

— Tu as tout de même relevé certains détails, j'imagine ? Je tiens à être informé en permanence des nouveaux éléments de l'enquête.

Il claqua des doigts, pour illustrer la vitesse à laquelle ces renseignements devaient lui être transmis.

Anna Granlund réservait ce geste pour ses chiens.

Pohjanen resta muet, les yeux rivés au sol et tira une nouvelle bouffée de sa cigarette. Carl von Post nota le regard haineux d'Anna Granlund.

Tu peux me dévisager autant que tu le souhaites, pensa-t-il. Tes cillements étaient beaucoup plus suaves lors de la fête de Noël organisée par la police. Grand Dieu, il était entouré d'invalides et autres débiles légers. Pohjanen semblait plus mal en point qu'avant son opération et son arrêt maladie.

— Eh bien ! reprit-il d'une voix impérieuse, estimant que le silence du légiste avait assez duré.

Pohjanen releva la tête. Confronté aux sourcils en accent circonflexe du substitut, il murmura de sa voix rauque :

— Tout ce dont je suis sûr c'est que, primo, il est mort et, secundo, son décès est consécutif à un acte violent. Point barre. Maintenant si tu veux bien nous laisser partir, mon petit.

Lorsqu'ils le dépassèrent, le magistrat perçut le sourire contenu d'Anna Granlund.

— Quand aurai-je le rapport d'autopsie ? siffla-t-il en quittant l'église sur leurs talons.

— Lorsqu'il sera prêt, répondit Pohjanen qui laissa la porte se refermer sur le nez du substitut.

Retenant le battant de sa main droite, von Post plongea la gauche dans sa poche intérieure. Il en extirpa son téléphone portable qui vibrait : une fille du standard de la police.

— J'ai une certaine Rebecka Martinsson au bout du fil. Elle sait où se trouve la sœur de Viktor Strandgård et demande un rendez-vous pour qu'on l'entende. Tommy Rantakyrö et Fred Olsson sont partis à sa recherche et je ne sais pas vers qui orienter cette femme, eux ou vous ?

— D'accord, passez-la-moi.

En attendant le transfert de la communication, le substitut observa l'allée centrale de l'église. Ce n'était pas un hasard si l'architecte avait imaginé ce long tapis rouge. Tressé à la main, il montait jusqu'au chœur de l'église. Des sièges bleus au dossier en forme de vague étaient alignés de part et d'autre. L'allusion à la mer Rouge s'ouvrant devant Moïse était évidente. Il commença à arpenter les lieux.

— Allô, dit une voix de femme au téléphone.

Il se présenta, précisant ses fonctions, avant qu'elle ne poursuive :

— Mon nom est Rebecka Martinsson et je vous appelle de la part de Sanna Strandgård. Vous désirez lui parler au sujet du meurtre de son frère ?

— Oui, et vous savez où nous pouvons la joindre ?

— Les choses ne se présentent pas tout à fait comme cela, continua-t-elle sur un ton distingué. Sanna Strandgård souhaite que je l'assiste pour cette audition. Étant toujours à Stockholm, je cherche à joindre la personne chargée de l'enquête afin de lui fixer un rendez-vous. Nous pourrions venir ce soir ou demain matin.

— Non.

— Pardon ?

— Non, répéta von Post sans dissimuler son mécontentement. Ça ne convient ni ce soir ni demain matin. Vous n'avez pas l'air de comprendre de quoi il s'agit, madame Rebecka je-ne-sais-quoi. Je suis chargé de cette enquête criminelle et je veux entendre

Sanna Strandgård dès que possible. Je conseille donc à votre amie de ne pas se cacher. Je suis prêt à lancer sans délai un mandat d'amener contre elle et, le cas échéant, à la mettre en état d'arrestation. Quant à vous, la complicité de fuite est un délit qualifié et passible de prison. Maintenant, dites-moi où se trouve Sanna Strandgård.

Après un court silence, la voix de la jeune femme se fit à nouveau entendre. Elle parlait très lentement, révélant une évidente maîtrise de soi.

— Je me suis mal fait comprendre. Afin d'éviter un quelconque malentendu, je ne vous demande pas la permission de venir plus tard avec Sanna. Je vous informe qu'elle a l'intention d'être entendue par la police. Mais c'est impossible avant ce soir. Nous ne sommes pas amies. Je suis avocate au cabinet Meijer & Ditzinger. Ce nom vous dit peut-être quelque chose…

— Oui, je ne suis pas né de la dernière pluie…

— Alors, à votre place, j'éviterais de proférer des menaces, glissa-t-elle pour couper court aux protestations de von Post. Tenter de m'intimider pour que j'abandonne Sanna Strandgård est à la limite de l'excès de pouvoir. Elle attend la présence de son avocate pour être entendue par la police. Si vous lancez un mandat d'arrêt contre elle sans accusation, je vous garantis le dépôt d'une plainte auprès du médiateur de la justice.

Sans attendre la réponse du substitut, Rebecka Martinsson adopta un ton plus conciliant.

— Le cabinet Meijer & Ditzinger ne désire pas faire d'histoires, ni vous créer de difficultés. Nous entretenons d'habitude de bons rapports avec les services du procureur. Du moins c'est l'expérience que j'en ai ici, dans la région de Stockholm. Vous accepterez donc de me laisser me porter garante de Sanna Strandgård. Elle viendra comme convenu. Alors, disons ce soir à huit heures au commissariat.

Et là-dessus, elle raccrocha.

— Bon Dieu, s'écria Carl von Post en réalisant où il marchait. Les pieds dans une flaque de sang, il préférait ne pas s'interroger sur la nature d'une autre substance, visqueuse, collée à ses semelles.

Avec une grimace de dégoût, il essuya ses chaussures sur le tapis et se dirigea vers la porte de l'église. Il s'occuperait de cette petite prétentieuse le moment venu. Pour l'instant, il fallait se préparer pour la conférence de presse. Passant une main sur son visage, il s'aperçut qu'il n'était pas rasé. Dans trois jours, il affronterait les journalistes avec quelques poils sur le menton. Cette négligence calculée attesterait de son acharnement à traquer l'assassin. Pour le moment, ses cheveux ébouriffés feraient l'affaire. La presse adorerait ça.

Måns Wenngren, avocat associé du cabinet Meijer & Ditzinger, était assis derrière son bureau et regardait Rebecka Martinsson d'un œil peu amène. Tout, dans son attitude, l'irritait. Au lieu d'adopter une posture défensive, les bras croisés devant la poitrine par exemple, elle les laissait pendre le long de son corps, comme une enfant faisant la queue devant un marchand de glaces. Après avoir exposé la raison de sa venue elle fixait une gravure japonaise sur bois, accrochée au mur, en attendant une réponse. La scène érotique dévoilait un jeune homme à genoux devant une prostituée, tous deux le sexe à l'air. En général, les femmes évitaient de contempler ainsi ce tableau bicentenaire. Souvent, leurs yeux se posaient dessus de façon automatique, à la manière d'un chien flairant une piste. Mais ils ne s'y attardaient jamais bien longtemps et préféraient se perdre partout ailleurs dans la pièce.

— Combien de jours pars-tu ? demanda-t-il. Pour une raison d'ordre privé, tu as droit à deux jours de congés payés. Ça te suffit ?

— Non, répondit Rebecka. Il ne s'agit pas tout à fait d'une affaire de famille. Comment dire ? Je suis une vieille amie de la famille en question.

Le ton de sa voix intrigua Måns Wenngren. Il avait du mal à croire Rebecka.

— Je ne peux pas te dire avec certitude combien de temps je pars, poursuivit-elle, imperturbable, en le regardant dans les yeux. Il me reste pas mal de jours à prendre et…

Elle s'interrompit.

— … et quoi ? coupa son chef. Tu ne vas quand même pas me parler d'heures supplémentaires à rattraper. Ça me décevrait beaucoup de ta part, Rebecka. J'ai déjà eu l'occasion de le dire, mais je te le répète aujourd'hui : si vous, mes assistants, avez le sentiment d'avoir des horaires ne vous permettant pas de travailler de façon satisfaisante, il faut refuser certaines heures supplémentaires. Chez nous, elles sont à la discrétion de l'intéressé et non rémunérées. Si ce n'était pas le cas, je pourrais aussi bien te laisser prendre une année sabbatique payée.

Il agrémenta ses propos d'un éclat de rire complice. Sa collaboratrice n'esquissant pas le moindre sourire, il afficha un rictus forcé.

Avant de répondre, Rebecka observa son patron. Il se mit soudain à parcourir d'un œil distrait les papiers éparpillés devant lui. Une façon de lui signifier qu'il ne pouvait lui accorder plus de temps. Le courrier du jour formait un bloc compact. Divers objets de chez Georg Jensen étaient alignés le long du bureau. Pas de photos, elle le savait pourtant marié et père de deux fils majeurs. Il n'en faisait jamais état et personne n'évoquait le sujet. Dans ce respectable cabinet, les informations se divulguaient avec peine. Certes, les associés et les avocats expérimentés adoraient cancaner entre eux, mais ces vieux roublards ne le faisaient jamais devant les plus jeunes. Les secrétaires, discrètes et professionnelles, gardaient jalousement ces secrets défendus. Pourtant, au cours de soirées trop arrosées, il arrivait parfois qu'un convive éméché les trahisse, vous mettant ainsi malgré lui dans la confidence.

De notoriété publique, Måns buvait trop. Avec ses cheveux bruns bouclés et ses yeux bleus de husky, il avait fière allure mais ses cernes et son embonpoint ne trompaient pas sur son âge. Au pénal comme au civil, il restait l'un des meilleurs avocats fiscalistes du pays. Selon ses collègues, sa rentabilité autorisait ses excès. Seul comptait le pognon, et tenter de le sevrer se révélerait coûteux pour le cabinet. Onéreux aussi les arrêts maladie ou les cures de désintoxication, vite convertibles en manque à gagner. Il en allait donc pour lui comme pour la plupart des aspirants alcooliques : sa vie privée trinquait la première.

Rebecka avait encore en mémoire l'humiliation lors du raout de Noël l'année précédente : Måns avait dansé et flirté avec toutes les femmes du cabinet avant de l'aborder à moitié ivre en fin de soirée. Débraillé, il lui avait tenu un discours incohérent en la retenant par le cou. Le tout se conclut par une pathétique tentative pour l'emmener chez lui. Ou, au pire, faire ça sur place. Elle se posait encore la question. À présent, une chose était claire : quand il était à la limite de l'inconscience, elle représentait l'ultime recours, le terminus de l'inventaire. Depuis ce jour, leurs relations avaient été plutôt fraîches et son attitude vis-à-vis d'elle avait changé. Elle communiquait avec lui par mail ou laissait en son absence des petits mots sur son bureau. Cette année, elle avait évité la fête organisée pour Noël.

— Eh bien, dans ce cas je prends des vacances, conclut-elle. J'emporte mon ordinateur et je travaillerai sur place.

— Ça m'est bien égal, dit Måns avec une pointe d'irritation. Tes collègues en feront les frais. Je confie l'affaire Wickman à quelqu'un d'autre.

Rebecka fit un effort pour se contenir. Wickman était son client. Elle avait obtenu ce dossier pour le cabinet et établi une relation de confiance avec les dirigeants de la société. Une fois le contentieux fiscal réglé, ils seraient chargés du passage de témoin aux héritiers. Dommage, les membres de cette entreprise familiale l'appréciaient.

— Fais comme tu l'entends, répondit-elle en haussant les épaules. Contemplant les franges du tapis persan, elle ajouta : En cas de besoin, tu as mon adresse électronique.

Måns Wenngren, à défaut de la frapper, eut envie de se lever et de l'attraper par les cheveux pour attirer son attention.

Avant qu'elle n'ait atteint la porte, il demanda :

— Comment vas-tu à Kiruna ? En avion ou en traîneau tiré par des rennes depuis Umeå ?

— Il y a des vols, répondit-elle d'un ton neutre.

Comme si elle avait pris sa question très au sérieux.

L'inspecteur Anna-Maria Mella s'affala sur son siège. Découragée, elle considéra les dossiers éparpillés sur son bureau. Pour la plupart, des enquêtes au point mort : vols de voitures et cambriolages de magasins datant de Mathusalem.

Elle feuilleta distraitement le premier de la pile : une affaire de violences conjugales. La victime avait fini par se rétracter, affirmant avec conviction être tombée dans l'escalier.

Sacrée chute ! pensa Anna-Maria en se souvenant de l'impression laissée par les clichés pris à l'hôpital.

Autre affaire : un vol de pneus dans une société de la zone industrielle. Un témoin avait assisté au découpage de la clôture d'enceinte et au chargement du butin dans une Toyota Hilux. Lors d'une audition ultérieure, il avait soudain perdu la mémoire. La trouille des représailles ?

Anna-Maria soupira. Pour les minables larcins de ce type, le budget ne permettait pas d'assurer la protection d'un témoin. Elle tapa « Toyota Hilux » sur son ordinateur et mémorisa le nom du propriétaire. Ce genre de petits caïds s'en donnait à cœur joie. À coup sûr, elle ne tarderait pas à le recroiser. Une rapide recherche sur l'individu l'informa d'une condamnation pour violences et port d'arme prohibée, sans compter les soupçons pesant sur lui. Allez, se dit-elle, remue-toi. Ne reste pas là à ressasser ces vieux dossiers et à surfer. Exit ce vol de pneus sans issue, de toute façon le procureur abandonnera les poursuites.

Elle entendit alors le son caractéristique d'un gobelet tombant de la machine à café, puis les borborygmes de l'appareil en action. Elle espéra un instant que Sven-Erik lui apportait des nouvelles toutes fraîches à propos de Viktor Strandgård. En vain. Le bruit des pas se perdit dans le couloir. Elle en conclut que ce n'était pas lui.

Cesse d'y penser, dit-elle à mi-voix en prenant une autre chemise sur le bureau. Elle était incapable de se concentrer et son regard atterrit sur la tasse de thé échouée là. Désormais, l'idée même du café la rendait nauséeuse. Quant au thé, elle le laissait toujours refroidir et il devenait imbuvable. Le Coca-Cola, lui, la transformait en usine à gaz.

Le téléphone sonna et elle l'empoigna, persuadée que c'était Sven-Erik. De sa voix rauque, Lars Pohjanen, le légiste, annonça :

— J'ai terminé le rapport d'autopsie préliminaire. Tu veux passer ?

— En fait, Sven-Erik se charge de l'enquête, répondit-elle prudente. Et von Post.

Le médecin adopta aussitôt un ton plus déplaisant.

— Je n'ai pas l'intention de traquer Sven-Erik à travers toute la ville. Quant à monsieur le substitut du procureur, il n'aura qu'à lire mes conclusions. Je plie bagage et rentre à Luleå.

— Non, attends, j'arrive, glissa Anna-Maria alors qu'il raccrochait.

En enfilant ses bottes, elle se demandait si le vieux grincheux avait entendu, et s'il serait encore là lorsqu'elle arriverait à l'hôpital.

Elle trouva Pohjanen dans la salle de garde, avachi, les paupières closes, sur un canapé vert aussi kitsch qu'élimé. Seul son mégot garantissait qu'il était conscient, voire en vie.

— Ah tiens ! lança-t-il sans ciller. La mort de Viktor Strandgård ne te concerne pas, paraît-il. Je t'imaginais pourtant bien sur cette affaire, Mella.

— Jusqu'à l'accouchement, je suis censée m'occuper de paperasserie, répliqua-t-elle sur le seuil de la porte. Mais je voulais te voir avant que tu files sans dire un mot.

Son éclat de rire caverneux se mua en quinte de toux. Puis Pohjanen ouvrit ses yeux bleus et la foudroya du regard.

— Tu vas en faire des cauchemars, Mella. Alors, dépêche-toi de tirer cette merde au clair. Sinon, pendant ton congé de maternité, tu en seras réduite à traquer les suspects avec ta poussette à travers la ville.

D'un geste outrancier de feinte politesse, il l'invita à pénétrer dans la salle d'autopsie.

La pièce paraissait parfaite pour cette activité : un carrelage impeccable, trois tables d'anatomie en Inox, des caisses en plastique glissées sous l'évier et des serviettes immaculées posées sur deux lavabos. Anna Granlund veillait en permanence à l'hygiène. La table de dissection avait été rincée et essuyée. Un lave-vaisselle fonctionnait dans la petite pièce attenante. Seul un détail rappelait la mort : une longue rangée de bocaux étiquetés. Ils contenaient des bouts de cerveau gris et bruns, ainsi que divers autres organes marinant dans le formol et dont on prélevait peu à peu des échantillons.

Le corps de Viktor Strandgård gisait sur l'une des tables d'autopsie. Entaillé sur la nuque d'une oreille à l'autre, le cuir chevelu retroussé dévoilait la boîte crânienne. Le ventre était barré par deux longues cicatrices, dont l'une résultait de l'examen de ses viscères. Le corps comportait aussi diverses petites plaies. Anna-Maria savait, pour en avoir déjà vu, qu'il s'agissait de coups de couteau. Pour le reste, il était propre, recousu et lavé. La lumière des néons accentuait sa pâleur. Anna-Maria fut gênée par la nudité de ce corps chétif sur la surface métallique. Pour sa part, elle avait conservé son anorak.

Lars Pohjanen enfila une blouse verte, glissa ses pieds dans des sabots maculés de peinture blanche, et mit des gants en latex. Il demanda :

— Comment se portent les enfants ?

— Jenny et Petter vont bien. Marcus, lui, a le cœur brisé. Il passe le plus clair de son temps au lit, écouteurs vissés sur les oreilles. Au risque de s'abîmer les tympans.

— Le pauvre, lâcha Pohjanen avec compassion se tournant vers le macchabée.

Anna-Maria se demanda à qui il faisait allusion en disant cela : à Marcus ou à Viktor Strandgård ?

— Je peux ? interrogea-t-elle en sortant le magnétophone de sa poche. C'est pour les autres.

Pohjanen haussa les épaules en guise de consentement et Anna-Maria mit l'appareil en marche.

— Procédons chronologiquement, dit-il. D'abord un choc à l'aide d'un objet contondant sur l'arrière de la tête. Toi et moi nous ne sommes pas en mesure de le retourner, mais je vais te montrer ça autrement.

Il sortit une radiographie informatique et la fixa sur la table lumineuse. Anna-Maria observa le cliché sans rien dire mais en pensant à sa dernière échographie.

— Ici, la fracture de l'os crânien. Et là, l'hémorragie extradurale, dit-il en montrant du doigt une zone noire. On aurait peut-être pu lui sauver la vie s'il avait seulement reçu ce coup-là sur la tête. Enfin, c'est peu probable. En passant, ton meurtrier est sans doute droitier. Bref, après ce choc, la victime a été poignardée au ventre et à la poitrine, ajouta-t-il en désignant deux lésions sur le corps de Viktor Strandgård. Impossible de se prononcer sur la taille de l'assassin en se fondant sur le coup porté à la tête. Ni sur les plaies ouvertes. Elles ont été faites de haut en bas, mais j'ai l'impression que la victime était agenouillée. Dans le cas contraire, ton coupable est gigantesque, genre basketteur américain. Probable que Strandgård a d'abord été assommé. Pan !

Le légiste illustra son diagnostic en se frappant le sommet du crâne avec le plat de la main.

— Ce coup l'a fait tomber à terre. Ses genoux ne portent ni éraflure ni hématome car l'épaisseur du tapis a amorti le choc. Le meurtrier lui a asséné ensuite deux coups de couteau. Raison pour laquelle ils pénètrent le corps de biais et par le haut. Donc difficile de se prononcer sur la taille de l'assassin.

— Il est mort de ce coup sur la tête suivi de ceux portés avec le couteau ? demanda Anna-Maria.

— Ouais, répondit Pohjanen en réprimant une autre quinte de toux. Le coup à la poitrine lui a perforé la cage thoracique, sectionné la septième côte gauche, a pénétré dans le péricarde…

— En bon suédois ?

— Le cœur, le ventricule droit. S'en est suivi une hémorragie à l'intérieur de celui-ci et du poumon droit. L'autre coup, au ventre, a percé le foie et occasionné une hémorragie dans la cavité abdominale et le mésentère.

— Est-il mort sur le coup ?

Pohjanen haussa les épaules.

— Et les autres blessures ? demanda Anna-Maria.

— Elles sont post mortem. Celles dont tu vois les traces sur le torse et sur le ventre ont été faites par-devant. Je suppose que Strandgård était étendu sur le dos à ce moment-là. Il y a aussi cette grande entaille au milieu du ventre.

Il désigna du doigt la longue plaie violacée grossièrement suturée.

— Et les yeux ? demanda Anna-Maria observant le visage énucléé de Viktor Strandgård.

— Viens ici, dit Pohjanen en appliquant une autre radio sur la plaque lumineuse. Tu vois ce petit morceau qui s'est détaché du crâne, juste dans l'orbite ? Et puis là ! J'ai failli ne pas le remarquer sur l'image. Mais en nettoyant un peu le globe oculaire, j'ai mis l'os à nu. Il y a des traces sur le bord. J'en conclus que le meurtrier lui a enfoncé son couteau dans les yeux et l'a ensuite fait pivoter. Comme avec une spatule, en quelque sorte.

— Qu'est-ce qu'il a bien pu vouloir faire, bon Dieu ! s'exclama Anna-Maria. Et les mains ?

— Elles ont aussi été sectionnées post mortem. Et, comme tu le sais, on en a retrouvé une sur le lieu du crime.

— Des empreintes digitales ?

— Peut-être sur les moignons, mais ce sera au laboratoire de le dire. Je ne me fais pas beaucoup d'illusions. Il y a deux marques sur les poignets, mais je ne discerne pas d'empreintes. L'expertise va sans doute nous révéler que le bourreau portait des gants…

Le moral d'Anna-Maria baissait et elle fut saisie d'une furieuse envie de coincer le coupable. Elle ne supporterait pas que l'enquête finisse enterrée dans les archives un an plus tard. Pohjanen avait raison. Viktor Strandgård allait hanter ses nuits.

— Quel genre de couteau ? demanda-t-elle.

— Un grand modèle de chasse à simple tranchant. Trop large pour être une banale lame de cuisine.

— L'objet contondant ?

— Une grosse pierre, une bêche… Ça peut être n'importe quoi.

— Étrange, tu ne trouves pas ? Il a été assommé par-derrière et poignardé de face ?

— Oui. Et la police, enfin toi, va nous démêler tout ça.

— On n'a peut-être pas affaire à un seul meurtrier. Autre chose ?

— Rien pour l'instant. Pas de trace de drogue ni d'alcool, en revanche il n'avait pas mangé depuis plusieurs jours.

— Quoi ? Depuis plusieurs jours ?

Tiraillée par la faim toutes les deux heures, Anna-Maria n'en croyait pas ses oreilles.

— Il n'était pas déshydraté, donc il ne peut s'agir d'une grève de la faim ou d'une pathologie gastrique. Il n'a ingurgité que des substances liquides. Les analyses toxicologiques nous éclaireront sur le contenu de son estomac. Tu peux couper ton magnétophone.

Il lui tendit un exemplaire du rapport préliminaire d'autopsie et elle arrêta l'appareil.

— Je n'aime pas me livrer à des supputations, dit Pohjanen en se raclant la gorge. Pas tant que je ne dispose pas de solides indices, précisa-t-il en désignant de la tête le magnétophone dans la poche d'Anna-Maria. On ne lui a pas amputé les mains n'importe comment. Tu devrais peut-être chercher du côté des chasseurs, Mella.

— Ah, tu es là ! lança Sven-Erik Stålnacke depuis le seuil.

— Oui, répondit Anna-Maria, confuse à l'idée que son collègue puisse imaginer des cachotteries de sa part. Pohjanen m'a appelée et il s'apprêtait à partir et…

Elle s'interrompit, furieuse de s'excuser et de se perdre en justifications.

— Parfait, dit Sven-Erik, jovial. Tu me raconteras ça dans la voiture, on a un problème avec les pasteurs de la communauté. Bon sang, je t'ai cherchée partout. J'ai fini par demander à Sonja au standard. On doit y aller.

Anna-Maria interrogea Pohjanen du regard. Il haussa les épaules pour lui signifier qu'il n'avait rien à ajouter.

— Luleå s'est fait rétamer par Färjestad[1], ricana Sven-Erik à l'attention du légiste en guise d'au revoir.

Il poussa presque Anna-Maria de force à l'extérieur.

— Merci de me le rappeler, soupira Lars Pohjanen en cherchant son paquet de cigarettes dans sa poche.

1. Il s'agit de hockey sur glace.

L'avion de Kiruna était presque plein de groupes de touristes étrangers en route vers le Grand Nord. Direction l'hôtel de glace de Jukkasjärvi en traîneau à chiens pour y dormir sur une peau de renne. Ces aventuriers côtoyaient des hommes d'affaires, embarquant chez eux les journaux gratuits et les fruits offerts.

Rebecka s'installa à sa place et attacha sa ceinture. Le brouhaha des conversations mêlé à l'écho des signaux lumineux et au bruit des moteurs, rythma un sommeil agité. Elle dormit pendant tout le trajet.

Rêvant, elle se voyait traverser en courant un marécage de framboises arctiques par une chaude journée d'août. Le soleil précédait la rosée. L'huile de citronnelle se mêlait à sa sueur, coulait sur son front et dans ses yeux. Elle pleurait et sa vue se brouillait. Un essaim de moucherons pénétrait dans ses narines et ses oreilles. Elle ne voyait plus rien mais se savait pourchassée. Et, comme dans tous ses cauchemars, ses jambes refusaient de la porter, figées sur le sol boueux du marais. Ses pieds s'enfonçaient en profondeur dans la mousse. Quelqu'un ou quelque chose la traquait. Cette fois, elle ne parvenait plus à bouger et s'enlisait dans la vase. Elle tentait d'appeler sa mère mais n'émettait qu'un faible gémissement. Et là, une main s'abattait sur son épaule.

— Excusez-moi. Je vous ai réveillée ?

Rebecka ouvrit les yeux et vit une hôtesse de l'air penchée sur elle, qui ôtait la main de son épaule avec un petit sourire.

— Nous nous apprêtons à atterrir à Kiruna, veuillez redresser votre siège, s'il vous plaît.

Rebecka bâilla entre ses mains. Aurait-elle bavé pendant son sommeil ? Ou, pire encore, crié ? Elle n'osa pas regarder son voisin et détourna les yeux, fixant les ténèbres derrière le hublot. Au-dessous, la ville brillait de tous ses feux comme un joyau au fond d'un puits. Ce scintillement au milieu des montagnes nocturnes la prit aux tripes.

Ma ville, se dit-elle nostalgique. Ce retour lui inspirait tout à la fois joie, colère et peur.

Vingt minutes plus tard, au volant de son Audi de location, elle se dirigeait vers Kurravaara, une petite localité à cinq kilomètres du centre de Kiruna. Enfant, Rebecka avait souvent parcouru cette route sur son *spark*[1]. Elle s'amusa de ce souvenir. À la fin de l'hiver, la route était recouverte d'une épaisse couche de glace étincelante. Personne ne l'avait encore salée ou sablée.

Alentour, la lune éclairait la forêt enneigée. Les congères formaient un fossé de chaque côté de la route.

---

1. Moyen de locomotion individuel inconnu en France, sorte de grand panier à provisions monté sur patins et propulsé à l'aide d'un pied, à la manière d'une trottinette.

Ce n'est pas juste, pensa-t-elle, je n'aurais pas dû les laisser me priver de cela. Bon sang, avant de repartir, j'irai me balader en *spark*.

Quand aurais-je dû agir de façon différente ? se demanda-t-elle ensuite, tandis que la voiture filait à travers les bois. Si je pouvais changer le cours des événements, serais-je obligée de remonter au premier été ? Voire plus loin encore ? Jusqu'à ce printemps où j'ai croisé Thomas Söderberg pour la première fois, lors de sa visite dans ma classe au lycée Hjalmar Lundbohm. Dès cette époque, j'aurais dû adopter un autre comportement. J'aurais alors pu voir clair dans son jeu. Ne pas être aussi niaise et naïve. Mes camarades ont été plus malins que moi. Pourquoi n'ont-ils pas été séduits, eux aussi ?

— *Bonjour à tous. Je vous présente Thomas Söderberg, le nouveau pasteur de la Mission. Je l'ai invité pour qu'il vous parle au nom des Églises libres.*

Pourquoi Margareta Fransson, le professeur d'éducation religieuse, sourit-elle toujours ? se demande Rebecka. Ce sourire n'a rien de joyeux, il est le signe d'une soumission et elle cherche à nous amadouer avec. Et puis elle s'habille à la Main secourable, cette boutique qui pratique le commerce équitable. Les articles sont manufacturés par des collectifs de femmes du tiers-monde.

— *Vous avez déjà eu l'occasion de rencontrer Evert Aronsson, représentant de l'Église de Suède, et Andreas Gault, de l'Église catholique, poursuit l'enseignante.*

— *La visite d'un bouddhiste, d'un musulman ou de quelqu'un d'autre s'impose, coupe Nina Eriksson. Pourquoi faut-il que seuls des chrétiens viennent ?*

Nina est la déléguée de classe et donc son porte-drapeau. Sa voix aiguë résonne avec force. La majorité des élèves acquiesce en marmonnant.

— Toutes les religions ne sont pas représentées à Kiruna, se défend Margareta Fransson.

Puis elle laisse la parole au pasteur Thomas Söderberg.

Force est de constater qu'il est beau avec ses cheveux bruns bouclés et ses longs cils noirs. Il rit et plaisante, mais se ressaisit et retrouve alors tout son sérieux. Il semble jeune pour un prêtre et préfère se définir comme pasteur. Il porte un jean et une chemise.

Il dessine un pont sur le tableau noir, illustrant ainsi la façon dont Jésus a donné sa vie pour eux. Il incite les élèves à en édifier un autre, menant vers Dieu. Ce dernier, altruiste, a fait don au monde de son unique fils. Bien qu'ils soient vingt-quatre en face de lui, Thomas Söderberg s'adresse en personne à chacun d'eux. Selon lui, il faut choisir la vie et dire « oui ». À la fin de la séance, il répond à toutes les questions. Parfois, les sourcils froncés, il réfléchit un temps en silence avant de s'exprimer. Comme si leurs interrogations étaient nouvelles et méritaient mûre réflexion. Bien plus tard, Rebecka se rendra compte de sa méprise et discernera le formatage de répliques toujours ressassées. Tous ses interlocuteurs doivent se sentir uniques.

Il conclut en les invitant à Gällivare pour la retraite d'été de la Mission : trois semaines d'étude de la Bible et de travail bénévole en échange du gîte et du couvert.

— Osez ! Montrez-vous curieux, les exhorte-t-il. La foi chrétienne est peut-être la vôtre et vous le réaliserez en la découvrant mieux.

Lorsqu'il s'adresse à elle, Rebecka a le sentiment qu'il la dévisage. Soutenant ce regard de braise, elle sent une flamme naître en elle.

La route avait été déneigée jusqu'à la maison grise de sa grand-mère. Rebecka aperçut de la lumière à l'étage. Elle sortit du coffre sa valise et le sac contenant les provisions achetées au cas où... Puis elle verrouilla la voiture.

C'est plus fort que moi, pensa-t-elle, je ferme tout à clé[1].

— Il y a quelqu'un ? demanda-t-elle à peine le seuil franchi.

Pas de réponse. À l'étage, Sanna avait sans doute tiré la porte du palier et ne l'entendait pas.

Elle posa ses bagages et fit le tour du rez-de-chaussée dans la pénombre. Il y régnait une forte odeur de renfermé, de linoléum et d'humidité. Revêtus de linceuls en lin, les meubles étaient adossés aux murs comme des fantômes fatigués.

Ses semelles rendues glissantes par la neige, elle monta l'escalier avec prudence.

— Il y a quelqu'un ? répéta Rebecka, sans obtenir plus de réponse.

Elle ouvrit la porte de l'étage supérieur et pénétra dans un petit vestibule plongé dans l'obscurité. Elle était penchée pour retirer ses bottes, quand une masse noire vint la frapper au visage. Elle poussa un cri en tombant à la renverse. L'assaillant aboya puis une bonne bouille de chien apparut. Entre deux manifestations de joie, l'animal lui léchait le visage.

---

1. Allusion au fait que, sous ces latitudes septentrionales solitaires, il n'est — ou n'était — pas d'usage de fermer à clé.

— Viens ici, Tjapp !

Une fillette de quatre ans était sur le pas de la porte. L'animal effectua une galipette sur Rebecka et se retourna vers l'enfant pour lui donner un coup de langue puis revint en frétillant de la queue vers la jeune femme. Elle s'était relevée, le chien se rabattit sur le sac de provisions et plongea son museau dedans.

— Tu es sans doute Lova, dit Rebecka. Elle alluma la lumière et éloigna l'animal du sac.

La petite fille était emmitouflée dans une couverture. En la voyant pelotonnée ainsi, Rebecka prit conscience du froid qu'il faisait dans la maison.

— Et toi, tu es qui ? demanda Lova.

— Je m'appelle Rebecka. Viens dans la cuisine.

Elle s'arrêta sur le seuil, muette de stupéfaction. Les chaises gisaient sur le sol, les tapis de lirette étaient roulés et rangés sous la table. Tjapp s'enfuit en courant vers un amas de draps ayant sans doute servi à recouvrir les meubles et se mit à jouer avec un grognement de joie. Il régnait une forte odeur d'Ajax et de savon. En baissant les yeux, Rebecka constata que le sol était couvert de détergent.

— Qu'est-ce qui s'est passé ? s'exclama-t-elle. Où sont ta maman et ta grande sœur ?

— Je me suis lavée, et aussi Tjapp, reconnut Lova.

Une petite main sortit de la grande couverture qu'elle serrait autour de son corps pour venir toucher un bouton brillant sur le manteau de Rebecka. Elle écarta vivement cette menotte importune.

— Où sont ta maman et ta grande sœur ? répéta-t-elle.

Lova montra du doigt le canapé convertible, dans l'alcôve. Une fillette d'environ onze ans était assise là, vêtue d'une longue pelisse en peau de mouton appartenant peut-être à Sanna. Elle leva ses petits yeux d'un magazine féminin, ses lèvres étaient réduites à un mince trait. Rebecka ressentit un coup à la poitrine.

C'est Sara, pensa-t-elle. Comme elle a grandi ! Et comme elle ressemble à Sanna : les mêmes cheveux blonds, mais les siens sont raides, comme ceux de Viktor.

— Bonjour, dit Rebecka. Que fait ta petite sœur et où est Sanna ?

Sara haussa les épaules pour bien montrer que ce n'était pas à elle de surveiller sa sœur.

— Maman est fâchée, dit Lova qui tirait sur la manche du manteau de Rebecka. Elle est dans sa bulle. Ici, ajouta-t-elle en montrant la porte de la chambre.

— Qui es-tu ? demanda Sara.

— Je m'appelle Rebecka et c'est ma maison. En partie, du moins.

Puis elle se tourna vers Lova.

— Qu'est-ce que tu veux dire : dans sa bulle ?

— Quand elle est dans sa bulle, elle répond pas et elle regarde pas, expliqua Lova qui tripotait à nouveau les boutons de Rebecka.

— Mon Dieu, soupira-t-elle en ôtant son manteau et en l'accrochant dans le vestibule.

Il fallait allumer un feu le plus vite possible pour atténuer le froid qui régnait dans cette maison.

— Je connais votre maman, reprit Rebecka en réinstallant les chaises. Mon grand-père et ma grand-mère paternels habitaient ici. On dirait que tu as aussi du savon sur la tête.

Elle examina de près les mèches de cheveux de Lova. Le chien s'assit et tenta de se lécher le dos. Rebecka se courba et s'adressa à lui comme sa grand-mère le faisait jadis pour que ses dogues rentrent à la maison.

— *Tjö !*

L'animal vint aussitôt vers elle et voulut lui lécher la bouche en signe d'obéissance. Devant Rebecka se dressait maintenant un bâtard de chien-loup. Son épaisse fourrure sombre formait comme une bordure de laine autour de sa petite tête de femelle. Ses yeux étaient d'un beau noir, profond et brillant. Rebecka passa la main dans sa toison et renifla ses doigts. Ils sentaient le savon.

— Belle chienne, dit Rebecka. Elle est à toi ?

Sara ne répondit pas.

— Sara en a les deux tiers et moi un tiers, dit Lova comme si elle récitait une leçon.

— Je veux parler à Sanna, maintenant, annonça Rebecka en se levant.

Lova la prit par la main et la conduisit dans la chambre. L'étage consistait en une vaste cuisine pour-vue d'une alcôve et d'une autre pièce. Cette dernière avait été la chambre à coucher des enfants. Grand-mère et grand-père, eux, dormaient dans l'alcôve de la cuisine. Couchée sur le côté dans l'un des lits, Sanna avait les jambes relevées si haut que ses genoux lui effleuraient le menton. Le visage face au mur, elle portait seulement un t-shirt et une culotte à fleurs en coton. Ses longs cheveux blonds et angéliques étaient déployés sur l'oreiller.

— Bonjour, dit Rebecka avec prudence.

La femme étendue sur le lit ne répondit pas, mais Rebecka distinguait sa respiration.

Lova prit une couverture pliée au pied du lit et l'étendit sur sa mère.

— Elle est dans sa bulle, murmura-t-elle.

— Je comprends, grogna Rebecka.

Elle posa la main sur l'épaule de Sanna.

— Viens, dit-elle en entraînant Lova dans la cuisine.

Ayant acquis la certitude que sa maîtresse, muette et immobile sur le lit, n'était pas en danger, Tjapp les suivit de près.

— Vous avez mangé ? demanda Rebecka.

— Non, répondit Lova.

— On se connaissait, quand tu étais petite, dit Rebecka à Sara.

— Je ne suis pas petite, moi, s'écria Lova. J'ai quatre ans.

— Désormais, je prends les choses en main, déclara alors Rebecka. On va d'abord nettoyer la cuisine. Ensuite je préparerai à dîner et on fera chauffer de l'eau pour laver Lova et Tjapp.

— Il me faudra un gilet propre aussi, dit Lova. Regarde ! ajouta-t-elle en montrant son t-shirt maculé de savon.

— Oui, ce ne sera pas du luxe, soupira Rebecka.

Une heure plus tard, Lova et Sara engloutissaient une saucisse chaude avec de la purée en flocons. Lova avait enfilé un jean appartenant au cousin de Rebecka et un t-shirt délavé à l'effigie d'Astérix et Obélix. Assise par terre, Tjapp attendait patiemment son tour. Dans la cheminée, les bûches incandescentes crépitaient.

Rebecka jeta un coup d'œil à la pendule. Déjà sept heures. Elle ressentit aussitôt l'urgence de la situation : elle devait bientôt se rendre au commissariat avec Sanna.

Sara flaira le t-shirt de Lova.

— Tu pues, dit-elle.

— Non, soupira Rebecka. Ces vêtements ont une drôle d'odeur car ils sont restés longtemps pliés dans un tiroir. Les siens sentent encore plus mauvais, alors tant pis. Donne le reste de saucisse à Tjapp.

Elle laissa les filles dans la cuisine, passa dans la chambre et ferma la porte derrière elle.

— Sanna, dit-elle.

Toujours dans la même position, le regard fixé sur le mur, Sanna ne bougea pas.

Les bras croisés sur la poitrine, Rebecka s'approcha du lit.

— Je sais que tu m'entends, continua-t-elle d'une voix dure. Je ne suis plus celle que j'étais jadis, Sanna. Je suis moins patiente et plus directe. Je n'ai pas l'intention de te câliner pour te demander ce qui ne va pas. Alors, lève-toi et habille-toi. Sinon, j'emmène tes filles à la permanence du service social et je leur explique que tu n'es pas en état de t'en occuper pour l'instant. Après ça, je prendrais le premier avion pour rentrer à Stockholm.

Toujours pas de réponse, ni le moindre mouvement.

— Bien, dit Rebecka au bout d'un moment.

Elle poussa un long soupir de lassitude, fit demi-tour et se dirigea vers la cuisine.

La main à peine posée sur la poignée, elle entendit Sanna se redresser derrière elle.

— Rebecka, dit-elle simplement.

Elle attendit une fraction de seconde puis se retourna et s'adossa à la porte. Elle croisa de nouveau les bras sur la poitrine, telle une mère exprimant un : bon-alors-ça-vient ?

Sanna se mordit la lèvre inférieure comme une petite fille et l'implora du regard.

— Pardon, marmonna-t-elle d'une voix indistincte. Je sais que je suis une mauvaise mère et une piètre copine. Tu me détestes ?

— Je te donne trois minutes pour t'habiller et venir manger dans la cuisine, ordonna Rebecka en sortant de façon très solennelle.

Sven-Erik Stålnacke avait garé sa voiture devant l'entrée des Urgences. Anna-Maria s'appuya sur la portière pendant qu'il cherchait la clé dans sa poche. L'air glacial ne facilitait pas la respiration mais il fallait qu'elle se relaxe. Durant le court trajet entre la salle d'autopsie et le véhicule, son ventre était devenu dur comme un bloc de glace.

— Il y a trois pasteurs à l'église de la Force originelle, dit Sven-Erik, en fouillant dans son autre poche. Ils ont fait savoir qu'ils se tiennent prêts à répondre aux questions de la police, en précisant qu'ils ne peuvent nous consacrer plus d'une heure. Ils n'ont pas l'intention de nous laisser leur parler séparément, mais tous les trois ensemble. Ils prétendent être disposés à collaborer, pourtant…

— … pourtant ils ne veulent pas, compléta Anna-Maria.

— En effet, mais que peut-on faire ? demanda Sven-Erik. Employer la manière forte ?

— Non. La communauté entière se refermerait sur elle-même. On se demande pourquoi ils rechignent à nous parler chacun à leur tour.

— Aucune idée. L'un d'eux, Gunnar Isaksson, a

fourni une explication. Mais je n'ai pas compris un mot de ce qu'il disait. Tu lui poseras la question quand on les verra. Bon sang ! J'aurais dû les tirer du lit tôt ce matin.

— Non, répondit Anna-Maria en secouant la tête de façon distraite. Tu ne pouvais pas faire autrement.

L'aurore boréale se déployait toujours, draperies blanches et vertes dans le ciel.

— C'est incroyable, dit-elle, toutes ces aurores boréales cet hiver. Tu as déjà vu ça, toi ?

— Non, c'est à cause des éruptions solaires, répondit Sven-Erik. Magnifique ! Mais on ne va pas tarder à entendre dire que, ça aussi, c'est cancérigène. En fait, il faudrait se promener en permanence avec un parapluie protégeant des rayons.

— Ça t'irait bien, plaisanta Anna-Maria.

Ils montèrent dans la voiture.

— À propos, poursuivit Sven-Erik, comment va Pohjanen ?

— Je ne sais pas. Je n'ai pas eu l'occasion de lui poser la question.

— Non, naturellement.

Il n'a qu'à lui demander lui-même, bougonna Anna-Maria.

Sven-Erik se gara en contrebas de l'église et commença à gravir la butte. De chaque côté de l'allée, les congères avaient disparu. Autour du bâtiment, on distinguait des traces de pas et des empreintes de chien. La police avait fouillé les monceaux de neige du secteur en quête d'une arme, dans l'espoir que l'assassin de Viktor Strandgård l'ait jetée devant l'église ou l'ait enfouie. En vain.

— Et si on ne trouve pas d'arme, dit Sven-Erik, qui ralentit en voyant l'essoufflement d'Anna-Maria. De

71

nos jours, on ne peut pas faire condamner quelqu'un sans preuve matérielle.

— Et Christer Pettersson[1] en première instance ? rappela Anna-Maria.

Sven-Erik, sarcastique, éclata de rire.

— Ah oui, bel exemple, c'est vrai.

— Avez-vous mis la main sur la sœur ?

— Non, von Post a dit avoir pris des dispositions pour l'entendre ce soir à huit heures. On verra bien ce que cela donnera.

Anna-Maria et Sven-Erik pénétrèrent dans l'église de la Force originelle à dix-sept heures dix.

Alignés au fond, les trois pasteurs avaient le visage tourné vers l'autel. Trois autres personnes se trouvaient dans le bâtiment. Une femme entre deux âges passait l'aspirateur sur le tapis. Énorme, l'engin faisait un raffut infernal. Anna-Maria la trouva, elle, plutôt maigre. Elle portait un collant démodé et un gilet mauve en coton tricoté qui lui descendait à peu près jusqu'aux genoux. De temps à autre elle arrêtait l'appareil et se mettait à quatre pattes afin de ramasser les objets trop volumineux pour le tuyau. Une femme du même âge avançait le long des rangées de sièges et y déposait une feuille polycopiée. Plus élégante, elle était vêtue d'une jupe soignée, d'un corsage bien repassé et d'un gilet à revers dans les mêmes tons. Le troisième individu était un homme plus jeune. Il semblait errer dans l'édifice en soliloquant. Une bible sous le bras, il s'arrêtait parfois devant une chaise, tendait la main dans sa direction et

1. Condamné en première instance, mais innocenté en appel pour le meurtre d'Olof Palme.

72

semblait lui tenir un discours enflammé malgré ses lèvres immobiles. Ou alors, il restait debout et, brandissant le livre vers le plafond, déclamait des propos incompréhensibles pour Sven-Erik et Anna-Maria. Lorsqu'ils passèrent devant lui, il leur lança un regard haineux. Le tapis souillé de sang était toujours dans l'allée, mais les chaises autour avaient été déplacées afin de laisser un passage libre sans avoir à marcher à l'endroit où s'était trouvé le corps.

Dans l'espoir de détendre l'atmosphère lorsque les trois pasteurs se levèrent pour les saluer, la mine grave, Sven-Erik murmura :

— Nous voici en présence de la Sainte Trinité.

Aucun d'entre eux ne releva la plaisanterie.

Une fois assis, Anna-Maria nota leurs noms ainsi qu'un bref signalement dans son carnet, pour se rappeler par la suite les propos de chacun. Hors de question d'utiliser un magnétophone. Ils auraient sûrement assez de mal comme ça à s'exprimer.

« Thomas Söderberg : brun, élégant, lunettes à la mode. La quarantaine. Vesa Larsson, même âge, le seul à ne pas être en costume-cravate. Chemise de flanelle et gilet de cuir. Gunnar Isaksson. Barbu grassouillet. Cinquante ans. »

La poignée de main de Vesa Larsson était lisse : il n'avait pas l'habitude de saluer de cette façon. Au moment où leurs mains se touchèrent, il avait incliné la tête avec un air désinvolte et porté son regard sur Sven-Erik.

Gunnar Isaksson, en revanche, lui avait presque broyé la main. Ce n'était pas par inadvertance, comme chez certains étourdis.

Il a peur de paraître faible, se dit-elle.

— Avant de commencer, j'aimerais savoir pourquoi vous tenez à être entendus ensemble, demanda-t-elle.

— Ce qui vient de se passer est horrible, répondit Vesa Larsson après un court silence. Nous avons la conviction que la communauté doit rester unie au cours des semaines à venir. Et cela vaut d'autant plus pour nous, ses pasteurs. Des forces redoutables tenteront de nous diviser mais nous leur opposerons toute la résistance possible.

— Je comprends, dit Sven-Erik sur un ton prouvant de façon catégorique qu'il ne saisissait rien à ce discours.

Anna-Maria vit sa moue dubitative derrière sa grosse moustache en forme de balai-brosse.

Tripotant un des boutons de son gilet de cuir, Vesa Larsson scruta Thomas Söderberg. Son collègue ne lui retourna pas le coup d'œil. Il se contenta de hocher la tête.

Bon, pensa Anna-Maria, la réponse de Vesa Larsson rencontre l'assentiment du pasteur Söderberg. Facile de deviner qui est le chien de tête de cet attelage.

— Comment est organisée votre communauté ? demanda-t-elle.

— Au sommet se trouve Dieu en personne, répondit d'une voix forte Gunnar Isaksson en pointant un doigt convaincu vers le ciel. Ensuite, il y a nous trois, les pasteurs, et cinq anciens. Si l'on se comparait à une entreprise, Dieu serait le propriétaire, nous trois les directeurs généraux et les anciens le conseil d'administration.

— Je croyais que vous vouliez nous interroger sur Viktor Strandgård, coupa Thomas Söderberg.

— Nous y venons, nous y venons, assura Sven-Erik comme s'il débitait une ritournelle.

Le jeune homme à la bible s'était arrêté près d'une chaise et psalmodiait de façon appuyée en direction du siège. Sven-Erik le regarda d'un œil perplexe.

— Qu'est-ce qu'il fait ? demanda-t-il en le désignant de l'index.

— Il prie pour notre culte de ce soir, expliqua Thomas Söderberg. Le parler en langues[1] paraît bizarre aux profanes, mais je peux vous assurer que ce n'est pas un artifice.

— Il est important que notre église soit prête pour la spiritualité, précisa le pasteur Gunnar Isaksson en caressant sa barbe fournie et bien taillée.

— Je comprends, dit à nouveau Sven-Erik en cherchant du regard l'aide d'Anna-Maria.

Cette fois, sa moustache prit carrément la forme d'un accent circonflexe.

— Eh bien, parlez-nous de Viktor Strandgård, dit Anna-Maria. Quel genre de personne était-ce ? À votre avis, pasteur Larsson ?

Fort mal à l'aise, ce dernier déglutit avant de répondre.

— Il était très dévoué, fort humble et aimé de tous les membres de la communauté. Avec simplicité, il se considérait comme l'instrument de la volonté de Dieu. En dépit de son rang éminent parmi nous, il ne refusait pas d'accomplir aussi des tâches matérielles. Il faisait le ménage comme les autres et inutile de passer derrière lui pour s'assurer de la netteté. Il rédigeait les affiches de nos assemblées...

— ... il gardait les plus petits, ajouta Gunnar Isaksson.

1. Pratique aussi connue sous le nom savant de glossolalie, consistant à proférer des mots ou des sons incompréhensibles, et très en faveur parmi les adeptes de l'extase mystique.

Nous le faisons à tour de rôle : ainsi les parents d'enfants en bas âge peuvent eux aussi et en toute quiétude écouter la parole de Dieu.

— … en effet, comme hier, poursuivit Vesa Larsson. Après l'office il n'a pas bu de café avec les autres, il est resté ici pour remettre les chaises en place. Voilà l'inconvénient de ne pas avoir de bancs : si l'on ne rétablit pas l'alignement des sièges, le désordre s'installe vite.

— Vu leur nombre, c'est sûrement un travail considérable, dit Anna-Maria. Personne n'est resté pour l'aider ?

— Non, il voulait être seul, répondit Vesa Larsson. Par malheur, on ne ferme pas la porte à clé lorsqu'une personne se trouve ici. Alors je suppose qu'un fou quelconque a…

Secouant la tête, il s'interrompit.

— Viktor Strandgård semblait plutôt doux, reprit Anna-Maria.

— On peut le dire, en effet, sourit Thomas Söderberg.

— Savez-vous s'il avait des ennemis ou s'il était brouillé avec quelqu'un ? demanda Sven-Erik.

— Non, personne, déclara Vesa Larsson.

— Paraissait-il soucieux ? poursuivit Sven-Erik.

— Non.

— Quel était son rôle au sein de la communauté ? Était-il employé à plein temps ?

— Il se consacrait à Dieu, répondit Gunnar Isaksson, insistant sur le mot « Dieu ».

— En œuvrant pour Dieu, il rapportait aussi un peu d'argent à la communauté, n'est-ce pas ? suggéra Anna-Maria d'une voix posée. Où allait l'argent de son livre ? À qui ira-t-il, maintenant ?

Gunnar Isaksson et Vesa Larsson se tournèrent vers le pasteur Thomas Söderberg.

— Quel rapport cela peut-il avoir avec votre enquête ? demanda ce dernier d'une voix suave.

— Contentez-vous de répondre à la question, répliqua Sven-Erik sur un ton débonnaire mais avec son visage indiquait qu'il ne tolérerait pas ce genre de remarques.

— Viktor Strandgård a, depuis longtemps, fait don de tous ses droits d'auteur à notre communauté. Après sa mort, il en sera de même : les revenus de son livre iront à nos fidèles.

— Combien d'exemplaires ont été vendus ? demanda Anna-Maria.

— Plus d'un million en comptant les traductions, répondit sèchement le pasteur Söderberg. Je ne comprends toujours pas…

— A-t-il généré d'autres profits ? interrogea Sven-Erik. Je veux dire en termes d'image.

— Nous sommes une Église et non le fan-club de Viktor Strandgård, répliqua Thomas Söderberg avec fermeté. Nous ne vendons pas de portraits, de posters et autres gadgets. Mais nous avons d'autres sources de revenus. Par exemple, la vente de cassettes.

— Quel genre de vidéos ?

Anna-Maria se tortilla sur sa chaise, à nouveau saisie par un besoin pressant.

— Nos sermons, ceux de Viktor Strandgård ou de prédicateurs invités. Des enregistrements de nos offices et de nos cultes, répondit Söderberg, ôtant ses lunettes et tirant un petit mouchoir propre de la poche de son pantalon.

— Vous enregistrez vos prêches ? demanda Anna-Maria en changeant de position.

— Oui, ajouta Vesa Larsson.

Thomas Söderberg paraissait trop occupé à nettoyer ses verres de lunettes pour répondre.

— Il y en a eu un hier, dit Anna-Maria. Viktor Strandgård y participait, en avez-vous une copie ?

— Oui, répliqua le pasteur Larsson.

— Nous désirons la voir, déclara Sven-Erik. Et si vous tenez une autre assemblée ce soir, nous souhaitons aussi disposer de son enregistrement. En fait, de toutes les cassettes du mois écoulé, n'est-ce pas, Anna-Maria ?

— En effet, se contenta-t-elle de dire.

Lorsque le bruit de l'aspirateur cessa brusquement, ils levèrent tous la tête. Ayant débranché l'appareil, la femme préposée au ménage se dirigea l'autre paroissienne. Elles parlèrent à voix basse en regardant les pasteurs. Le jeune homme s'était quant à lui assis sur l'une des chaises et feuilletait sa bible sans cesser ses mimiques bizarres. Notant une pause dans la conversation entre la police et les pasteurs, la plus distinguée des deux femmes saisit l'occasion et s'avança vers eux.

— Puis-je me permettre de vous interrompre ?

Tournée vers les trois hommes d'Église qui acquiescèrent, elle poursuivit :

— Pour ce soir, qu'allons-nous faire de…

Elle se tut et désigna de la main droite l'endroit où le corps ensanglanté de Viktor Strandgård avait reposé.

— Comme le sol n'est pas vitrifié, il me semble impossible de faire disparaître toutes les traces… En attendant d'en avoir un neuf, on pourrait peut-être enlever le tapis et installer autre chose sur le sol.

— Ce sera très bien ainsi, dit le pasteur Isaksson.

— Ann-Gull, sois gentille, laisse-moi m'occuper de ça, coupa le pasteur Söderberg en lançant un regard à peine perceptible à Isaksson. Nous verrons ça dans un instant. La police n'en a plus pour longtemps, n'est-ce pas ?

La dernière phrase s'adressait naturellement à Anna-Maria et Sven-Erik. Devant leur silence, Thomas Söderberg sourit à la femme, pour lui signifier ainsi la fin de leur aparté. Elle s'éloigna alors pour rejoindre l'autre femme et le son de l'aspirateur ne tarda pas à reprendre.

Pasteurs et policiers restèrent un instant à s'observer sans dire un mot.

Typique, pensa Anna-Maria, furieuse. Un parquet en bois brut, un gros tapis filé à la main et des chaises isolées au lieu de bancs. C'est très beau, mais cela ne facilite vraiment pas le ménage. Dieu merci, ils ne manquent pas de fidèles, dévouées et bénévoles.

— Notre temps est limité, remarqua Thomas Söderberg d'une voix peu amène. Nous avons un office à célébrer ce soir. Vous comprendrez que nous avons à faire, ajouta-t-il en constatant l'inertie des policiers.

— Bon, reprit Sven-Erik de manière nonchalante. Il disposait, lui, de tout le temps nécessaire. Si Viktor Strandgård n'avait pas d'ennemis, je suppose qu'il avait des amis. Pouvez-vous me citer les noms de ses proches ?

— Dieu, répondit le pasteur Isaksson avec un sourire de triomphe.

— Sa famille, bien entendu, son père et sa mère, dit Thomas Söderberg en ignorant le commentaire de son collègue. Olof Strandgård, son père, est président du parti démocrate-chrétien et conseiller municipal.

Notre communauté est investie d'une grande responsabilité au sein de cette assemblée. En particulier par l'intermédiaire de cette force politique, la plus grande de toutes les formations bourgeoises de la commune. Notre influence y est croissante et nous comptons avoir la majorité lors des prochaines élections. Après bien des efforts, nous jouissons d'une grande confiance. Nous tenons pour acquis le fait que la police ne fera rien pour la saper. Il y a aussi Sanna, sa sœur. Lui avez-vous parlé ?

— Pas encore, répondit Sven-Erik.

— Faites preuve de délicatesse quand vous l'entendrez. C'est une personne très fragile, dit le pasteur Söderberg. Enfin, je me dois de me compter parmi les proches.

— Vous étiez son confesseur ? demanda Sven-Erik.

— Non, rétorqua Thomas Söderberg avec un sourire. Nous n'utilisons pas ce genre de terme. Nous parlons de mentor spirituel.

— Savez-vous si, avant de mourir, Viktor Strandgård s'apprêtait à faire une quelconque révélation ? demanda Anna-Maria. Sur lui ou concernant la communauté ?

— Non, ajouta Thomas Söderberg après un court silence. De quel genre de secrets pourrait-il s'agir ?

— Je vous prie de m'excuser, dit soudain Anna-Maria en se levant. Je dois aller aux toilettes.

Elle abandonna là les hommes et gagna les W.-C. situés au fond de l'église. Soulagée, elle resta ensuite assise un moment à observer le carrelage blanc des murs. Les idées fusaient dans sa tête. Au cours des années passées dans la police, elle avait appris à interpréter les signaux d'angoisse émis par ses interlocuteurs, des sueurs froides aux vertiges. En général, les gens étaient inquiets à l'idée de parler aux policiers. Ils devenaient des sujets d'étude intéressants lorsqu'ils commençaient à tenter de dissimuler leur peur.

Un des symptômes de ce stress ne se produisait qu'une fois. On disposait donc d'une unique chance pour le déceler. Elle venait d'en être témoin : juste après l'évocation de possibles révélations par Viktor Strandgård avant sa mort. L'un des trois pasteurs — lequel ? — avait respiré profondément. Une seule fois. Cette inspiration ostensible était révélatrice.

Bon Dieu ! se dit-elle, surprise par la jubilation de jurer en cachette dans une église.

Était-ce un indice significatif ? Pas sûr. Une évidence : ils avaient des choses à se reprocher. Tout responsable, quelles que soient la taille et l'importance de son organisation, serait dans le même cas, y compris parmi les forces de l'ordre. A fortiori, des types comme ces trois-là.

Mais ça ne fait pas d'eux des assassins pour autant, pensa Anna-Maria en tirant la chasse.

Il y avait cependant autre chose qui l'ennuyait. Pourquoi Vesa Larsson avait-il répondu que rien ne tracassait Strandgård si Thomas Söderberg était le « mentor spirituel » de Viktor et donc, en théorie, plus proche de lui ?

Lorsque Anna-Maria et Sven-Erik quittèrent l'église et descendirent vers le parking, la femme à l'aspirateur les rejoignit en cavalant. Chaussée de simples sabots, elle glissait derrière eux plus qu'elle ne courait.

— J'ai entendu que vous demandiez s'il avait des ennemis, dit-elle essoufflée.

— Exact, repondit Sven-Erik.

Elle le saisit par le bras avec fermeté et déclara :

— Oh oui, il en avait. Maintenant qu'il est mort, ils n'en seront que plus puissants. Je ressens les attaques, c'est très net.

Elle lâcha Sven-Erik et se battit les flancs pour lutter contre la température glaciale. Elle n'avait pas pris le temps de se vêtir chaudement avant de sortir. Elle fléchissait aussi les genoux pour ne pas perdre l'équilibre dans la pente, le moindre geste risquait de la faire déraper.

— Les attaques ? questionna Anna-Maria.

— Oui, des démons. Ils veulent m'inciter à fumer de nouveau. J'étais la proie d'un succube du tabac mais Viktor Strandgård m'en a délivrée en me manipulant les mains.

Anna-Maria la regarda, agacée. Elle ne supportait pas ce genre de cinglée.

— Nous en prenons bonne note, lâcha-t-elle en poursuivant son chemin vers la voiture.

Sven-Erik s'attarda un moment et sortit un carnet de la poche intérieur de son anorak.

— C'est lui qui a tué Viktor, déclara la femme.

— Qui ça ?

— Satan, le prince des démons, murmura-t-elle. Il tente de s'infiltrer.

Sven-Erik remit le calepin à sa place et, prenant ses mains glaciales entre les siennes, dit :

— Merci. Maintenant rentrez, sinon vous allez mourir de froid.

— Je voulais vous prévenir, cria la femme tandis qu'ils s'éloignaient.

À l'intérieur de l'église, les trois pasteurs avaient engagé une vive discussion.

— On ne peut pas procéder ainsi, s'écriait Gunnar Isaksson, très remonté.

Il était derrière Thomas Söderberg qui déplaçait les chaises en contournant la tache noire sur le sol. L'empreinte du corps de Viktor Strandgård occupait le centre d'un espace rond ressemblant à un manège.

— Oh si, répliqua avec calme son collègue. Se retournant vers la plus élégante des deux femmes, il ajouta : Enlevez le tapis de l'allée centrale mais ne nettoyez pas la tache de sang. Achetez trois roses et déposez-les sur le sol. Il faut réaménager l'espace de la nef. Je me tiendrai près de l'endroit où il est mort pour prononcer mon sermon. Je voudrais que les chaises forment un cercle autour de moi.

— Tu vas avoir des fidèles de tous les côtés, protesta Gunnar Isaksson. Tu veux tourner le dos à nos ouailles !

Thomas Söderberg s'avança vers le petit homme grassouillet et posa les mains sur ses épaules.

Espèce de petite merde, pensa-t-il. Ta piètre rhétorique ne te permet même pas de parler devant une assemblée, dans une salle de spectacle ou face à un public. Il te faut tout le monde devant toi et une balustrade à laquelle te cramponner en cas de besoin. Ne compte pas sur moi pour parodier ton incompétence.

— Frère, te souviens-tu de nos paroles ? reprit Thomas Söderberg : Nous devons nous serrer les coudes. Je te promets que tout ira bien. Les gens doivent pouvoir pleurer, prier et invoquer Dieu. Alors, ce soir, nous gagnerons. Ou plutôt, Dieu triomphera. Dis à ta femme d'apporter une fleur que je la dépose là où gisait son corps.

Ainsi, l'atmosphère sera extraordinaire, pensa-t-il.

Il exhorterait les paroissiens à en faire autant. Comme sur le lieu de l'assassinat d'Olof Palme.

Le pasteur Vesa Larsson demeurait assis au même endroit qu'au cours de l'entretien avec les policiers. Il s'était donc abstenu de prendre part à la discussion et garda le visage enfoui dans ses mains.

Peut-être pleurait-il ? Difficile à dire…

Rebecka et Sanna, assises dans la voiture, étaient en route pour la ville. La silhouette grise des pins défilait dans la lueur des phares. Le silence semblait les gêner et accentuait l'impression d'isolement. L'habitacle paraissait diminuer à vue d'œil. Chaque minute écoulée se révélait plus suffocante que la précédente. Rebecka conduisait et ses yeux naviguaient entre la route et le compteur de vitesse. Malgré le froid intense et la couche compacte de neige qui le recouvrait, le revêtement n'était pas glissant.

La joue collée contre la vitre glaciale de la voiture, Sanna enroulait une mèche de cheveux autour de son doigt.

— Tu ne pourrais pas dire quelque chose ? lâcha-t-elle.

— Je n'ai pas l'habitude de conduire à la campagne, répondit Rebecka. J'ai du mal à parler en même temps.

Ce mensonge était évident mais peu importait. D'ailleurs n'était-ce pas le but de la manœuvre ? Elle regarda l'horloge du tableau de bord : huit heures moins le quart.

Pas d'histoires, se dit-elle avec fermeté. Tu as toi-même embarqué Sanna, tu dois la mener à bon port.

— Tu n'as pas peur que les filles fassent des bêtises ? demanda-t-elle.

— Il va falloir qu'elles évitent, répondit Sanna en se redressant sur son siège. On ne va pas être longues, n'est-ce pas ? J'hésite à appeler quelqu'un pour demander de l'aide. Moins il y aura de gens à savoir où je suis, mieux ça vaudra.

— Pourquoi ?

— J'ai peur des journalistes. Je les connais. Et puis il y a papa et maman... Enfin bon, discutons d'autre chose.

— De Viktor et de ce qui s'est passé ?

— Non. Ça, je le dirai à la police. Pour me calmer, parlons plutôt de toi. Comment ça va ? On ne s'est pas vues depuis sept ans, c'est ça ?

— Mmm, répondit Rebecka. On s'est parfois parlé au téléphone.

— Je ne pensais pas que vous aviez gardé la maison de Kurravaara.

— Si. Oncle Affe et Inga-Lill n'ont pas les moyens de me racheter ma part — enfin d'après eux. Je les crois surtout fâchés car ils entretiennent la maison. D'un autre côté, ce sont les seuls à en profiter. Quant à moi, je la vendrais bien. À toi ou à quelqu'un d'autre, peu importe.

Elle s'interrogea aussitôt sur la sincérité de ses paroles. La maison de sa grand-mère et la cabane de Jiekajärvi lui étaient-elles si indifférentes ? Parce qu'elle n'y mettait jamais les pieds ? La simple évocation de ce lieu au fin fond des bois et des marais de Laponie ne la comblait-elle pas ? Posséder un cabanon loin de tout, n'était-ce pas une source de joie suffisante ?

— Comment dire ? Tu es devenue si charmante, articula Sanna, et d'une certaine façon, sûre de toi. Je t'ai toujours trouvée jolie mais désormais tu ressembles à une actrice de sitcom. Tes cheveux sont splendides. Les miens poussent en bataille et je les coupe moi-même.

Elle dit cela en caressant ses grandes boucles blondes.

Je sais, pensa Rebecka furieuse. Tu es la plus belle femme du pays. Et sans dépenser des fortunes en vêtements ou en coiffeur.

— Tu ne pourrais pas parler un peu, implora Sanna. Je me suis mal comportée, c'est vrai, mais je t'ai demandé pardon, hein ? Et je suis morte de trouille. Touche mes mains, elles sont glacées.

Elle en sortit une de sa moufle en peau de mouton et la tendit à Rebecka.

Elle est cinglée, fulmina celle-ci en s'agrippant au volant. Elle a perdu la boule, ma parole.

Touche ma main, Rebecka, sens comme elle tremble. Elle est glacée. Je t'aime tellement, Rebecka. Si tu étais un garçon, je serais amoureuse de toi, tu sais ça ?

— Elle est mignonne ta chienne, reprit-elle en s'efforçant de maîtriser sa voix.

Sanna retira sa main.

— Oui, les enfants adorent Tjapp. Un petit Lapon nous l'a donnée. Son père ne s'occupait pas de cette bête. En tout cas pas quand il buvait, et il avait une bonne descente. Mais il n'est pas arrivé à l'abîmer. Elle est très démonstrative et affectueuse et elle aime beaucoup Sara. Je ne sais pas si tu t'en es rendu compte ? Elle n'arrête pas de poser sa truffe sur ses genoux. Une chance, car cette année les filles n'ont pas eu de veine avec leurs animaux domestiques.

— Ah bon ?

— Oui, enfin comment t'expliquer. Elles aussi sont parfois un peu irresponsables. Je ne sais pas ce qui se passe. Le printemps dernier, notre lapin s'est échappé : Sara avait oublié de bien fermer la porte du clapier. Elle a refusé d'admettre que c'était sa faute. Juste après, on a acheté un chat, mais il a disparu à l'automne. Cette fois, c'est vrai, Sara n'y était pour rien. Avec ce genre de chat de gouttière, il fallait s'y attendre. Je suppose qu'il a été écrasé par une voiture ou un autre véhicule. On a eu des gerbilles qui se sont évaporées à leur tour. Aujourd'hui, j'ose à peine imaginer où elles sont. Dans un mur ou un plancher, rongeant la maison avec minutie ? Sara et Lova me rendent parfois folle, je t'assure. Comme tout à l'heure, lorsqu'elle s'est enduite de savon et de détergent. La chienne y a eu droit aussi. Et Sara regarde ça sans rien dire. Moi, je n'y arrive pas. Lova est une petite souillon. Enfin bon, parlons de choses plus amusantes.

— Tu as vu cette aurore boréale, comme elle est étendue, dit Rebecka penchée au-dessus du volant pour regarder le ciel.

— Oui, cet hiver il y en a beaucoup. Le soleil doit être en éruption. Ça ne te donne pas envie de revenir au pays ?

— Non. Enfin peut-être, je ne sais pas, répliqua-t-elle en riant.

À présent l'église de Cristal se dessinait à l'horizon, planant au-dessus des réverbères comme une soucoupe volante. Les maisons se firent plus nombreuses et la route ne tarda pas à se transformer en rue. Rebecka alluma ses feux de croisement.

— Tu te plais, là-bas ? demanda Sanna.

— Je passe mon temps à bosser.

— Et les citadins ?

— Je ne sais pas. Avec eux, je ne suis pas tout à fait à l'aise. Si cela t'intéresse, je me sens sans cesse issue d'un milieu défavorisé. On finit par apprendre à porter un toast et à écrire une lettre de château, mais il est difficile de dissimuler ses origines. Alors, on se sent un peu étranger. On est amer envers ces personnes ô combien distinguées et on ne sait pas trop sur quel pied danser. Les gens sont toujours aimables avec tout le monde, qu'ils vous estiment ou pas. Ici, au moins, ils ne sont pas hypocrites.

— Ah bon ? laissa échapper Sanna.

Réfugiées dans leurs pensées respectives, elles dépassèrent le cimetière et approchèrent d'une pompe à essence.

— Tu veux quelque chose à boire ?

Sanna hocha la tête et Rebecka se dirigea vers la station-service. Elles restèrent ensuite assises dans la voiture sans rien dire. Aucune des deux ne fit mine de se lever. Elles ne se regardèrent pas non plus.

— Tu n'aurais jamais dû partir, finit par dire Sanna.

— Tu sais pourquoi je l'ai fait, répliqua Rebecka, tournant la tête pour dissimuler son visage.

— Je crois que tu as été l'unique amour de Viktor et tu dois le savoir, coupa Sanna. Je pense qu'il ne s'en est jamais remis. Si tu étais restée…

Sentant sa colère monter, Rebecka pivota sur elle-même. Elle tremblait de tous ses membres. Désarticulés et saccadés, les mots jaillirent de sa bouche. Elle ne pouvait les contenir.

— Tais-toi, s'écria-t-elle. Ferme-la donc une seconde, qu'on tire les choses au clair.

Une femme avec un labrador en laisse s'arrêta en entendant Rebecka crier et scruta la voiture d'un œil curieux.

— Je ne sais pas de quoi tu parles, poursuivit-elle sans baisser la voix. Viktor n'a jamais été amoureux de moi, pas même entiché. Je ne veux plus entendre un seul mot sur ce sujet. Je n'ai pas l'intention de me laisser culpabiliser car je n'ai pas fait ma vie avec lui. Pas plus que pour son assassinat. Si c'est ce que tu as en tête en ce moment, je dois te dire que tu ne vas pas bien. Vis dans ton petit univers parallèle si ça te chante, mais laisse-moi en dehors de ça.

Elle se tut et cogna des deux poings la vitre latérale puis se frappa la tête. Surprise, la passante et son chien firent un pas en arrière et s'éloignèrent.

Mon Dieu, je dois me calmer, estima Rebecka. Je ne peux pas continuer à conduire, on risque un accident.

— Ce n'est pas ce que j'ai voulu dire, geignit Sanna. Je n'ai jamais pensé que tu étais responsable. S'il y en a une à blâmer, c'est moi.

— Comment ça ? Parce que Viktor a été assassiné ?

Rebecka s'interrompit et dressa l'oreille.

— Pour tout, murmura Sanna. Pour t'avoir obligée à partir. Tout.

— Ça suffit ! siffla Rebecka prise d'un nouvel accès de rage.

Cela mit un terme à ses tremblement, la colère lui glaçait les os.

— Je ne suis pas venue ici pour te consoler et te jurer que rien n'était de ta faute. Je l'ai déjà fait une centaine de fois. J'étais adulte, je savais ce que je faisais et j'en ai assumé les conséquences.

— Oui, répondit docilement Sanna.

Rebecka remit le contact et gagna Malmvägen en

dérapant. Un automobiliste surgissant en sens inverse klaxonna vivement. Apeurée, Sanna eut un mouvement de recul.

Depuis Hjalmar Lundbohmsvägen, elles voyaient, devant la mine, le bâtiment de la LKAB éclairé. Rebecka fut étonnée de ne plus le trouver aussi imposant. À l'époque où elle vivait dans cette ville, les bureaux de la société minière lui paraissaient démesurés. Elles passèrent devant l'austère façade de tuiles de l'hôtel de ville. Son étrange clocher se dressait vers le ciel comme un sombre squelette d'acier.

Je dis vrai, pensa Rebecka, il ne m'a jamais aimée. Mais je conçois que tout le monde l'ait cru. Viktor et moi les avons laissés dans leurs illusions dès le premier été, au cours de cette retraite organisée par Thomas Söderberg à Gällivare.

En définitive, onze jeunes participent à cette session. Pendant trois semaines et sous la conduite du pasteur Thomas Söderberg et de sa femme Maja, ils vivront, travailleront et étudieront la Bible ensemble. L'épouse de Thomas est enceinte. Avec ses longs cheveux chatoyants, elle est toujours gaie et jolie, malgré l'absence de maquillage. En de rares occasions, Rebecka l'observe : à l'écart du groupe, elle appuie son poing dans le creux du dos. Il arrive que Thomas la prenne dans ses bras et lui dise :

— Tu n'as pas besoin de rester là. Va te coucher et repose-toi.

Elle le regarde alors, soulagée et reconnaissante. Pas une mince affaire d'être la femme bénévole du pasteur.

Sa sœur Magdalena donne aussi un coup de main. Très vive, elle évoque une souris guillerette, joue de la guitare et leur apprend des cantiques.

Viktor et Sanna Strandgård sont parmi eux. On les remarque aussitôt. Avec leurs crinières blondes, ils se ressemblent beaucoup, même si les cheveux de Sanna ont tendance à friser. Son petit nez retroussé et ses grands yeux lui donnent un air poupin.

À quatre-vingts ans elle conservera cette frimousse d'enfant, juge Rebecka en s'efforçant de ne pas la dévisager sans arrêt.

Sanna est la seule parmi ces jeunes gens à se proclamer ouvertement chrétienne. Elle n'a que dix-sept ans, mais elle est venue avec Sara, son bébé de trois mois.

— Jésus et moi entretenons une relation passionnelle, glisse-t-elle avec un petit sourire en coin.

Sanna et Thomas Söderberg croient chacun à leur façon. Il s'en explique en détail.

— Le mot « foi » implique la confiance et la certitude en quelque chose. Si je dis « j'ai foi en toi, Rebecka », j'entends par là être persuadé que tu seras à la hauteur des attentes à ton égard.

— Je ne sais pas, conteste Sanna. Je pense que la foi, c'est le fait de croire et non de savoir. Éventuellement de douter, mais néanmoins de s'engager dans sa relation avec Dieu et de l'écouter murmurer dans la forêt.

Viktor se penche vers sa sœur, lui ébouriffe les cheveux et dit en riant :

— Sanna, c'est dans ta tête que ça chuchote et bruisse.

Il n'a pas la foi mais aime discuter. Il a l'habitude de nouer ses longs cheveux en chignon. Son teint est si pâle qu'il en a presque des reflets bleutés. Les autres filles l'observent mais Viktor trouve aussitôt un moyen de les tenir à distance. Il ne semble pas clair avec Rebecka.

Elle n'est pas stupide. Elle comprend vite ses œillades mais elles n'ont pas de signification particulière. Elle ne peut lui rendre ses caresses furtives et chastes. Immobile, elle apprend à être l'objet d'une ferveur non récompensée. Elle n'est pas perdante pour autant. L'admiration de Viktor la valorise vis-à-vis des autres filles, elle a remporté cette compétition et cela inspire le respect.

Au cours des premières séances d'étude biblique, les avis du pasteur et des participants divergent. Les jeunes ne parviennent pas à comprendre. Pourquoi l'homosexualité est-elle un péché, la foi chrétienne la seule véridique ? Qu'arrivera-t-il aux musulmans, par exemple ? Iront-ils en enfer ? Pourquoi les relations sexuelles sont-elles proscrites avant le mariage ?

Thomas écoute et explique. Il faut choisir, déclare-t-il. Soit accepter l'intégralité de la Bible, soit en sélectionner certains passages. Mais quel genre de foi est-ce là ? Elle perd ce qui faisait sa force et sa substance.

Durant ces longues soirées d'été, assis sur le ponton au bord du lac, ils discutent et réfléchissent entre deux attaques de moustiques. Sanna a confiance en son Dieu, Rebecka a le sentiment de naviguer entre deux eaux.

— Parce que tu es appelée, lui assène Sanna. Il te veut. Si tu ne réponds pas présente, tu risques d'être perdue à jamais. Tu ne peux repousser sans cesse ta décision, car tu n'en ressentiras peut-être plus le désir.

Trois semaines plus tard, mis à part deux récalcitrants, tous les participants se sont voués à Dieu, Viktor et Rebecka inclus.

— *Viktor et toi*, demande Thomas à Rebecka à la fin de la retraite, *qu'y a-t-il entre vous ?*

Ils se dirigent à pied vers la boutique ICA pour acheter du lait. Elle se régale de l'odeur de l'asphalte, chaude et poussiéreuse, et se réjouit que Thomas l'accompagne. C'est un privilège d'être seul avec lui et non pas noyé au milieu de ses camarades.

— *Je ne sais pas*, répond-elle d'une voix hésitante en décidant de dissimuler la vérité. *Il s'intéresse peut-être à moi, mais je vais désormais consacrer tout mon temps à Dieu. Pendant un moment, je veux tout miser sur Lui.*

En chemin, elle brise un rameau de bouleau dont les feuilles, vertes et tendres, exhalent un parfum d'été et de bonheur. Elle en porte une à ses lèvres et la déguste.

Au passage, Thomas en attrape lui aussi une et l'imite en souriant.

— *Tu es une fille intelligente, Rebecka. Dieu entretient de grands projets pour toi. Le début de la relation nous liant à Dieu est toujours un instant magnifique. Tu as raison d'en profiter.*

Elle entendit la voix de Sanna crescendo et sentit sa main sur son avant-bras.

— Regarde, geignit Sanna. Oh non.

Elles étaient arrivées au commissariat et Rebecka avait garé la voiture. Elle ne comprit pas tout de suite ce que Sanna fixait des yeux. Puis elle vit un reporter avec son micro en étendard qui fonçait vers leur voiture. Suivait un complice, son arme noire braquée sur elles, une caméra.

Karin, la femme de Gunnar Isaksson, était assise les yeux mi-clos dans l'église de la Force originelle. Elle faisait mine de dormir une heure avant le culte du soir. Le chœur procédait sur la scène à une ultime répétition. Les trente jeunes gens étaient vêtus de pantalons noirs et de sweat-shirts mauves avec des stries jaunes et orange, ornés du mot *Joy*.

Jadis elle avait aimé cette église à s'en faire mal : sa parfaite acoustique, comme en ce moment, ces voyelles prolongées s'élevant vers la voûte et retombant ensuite dans des abîmes, là où seules les basses parvenaient, cette chaude lumière contrastait avec la nuit polaire derrière les verrières, un îlot de la force divine dans les bras des ténèbres et du froid.

Les musiciens qui jouaient d'un instrument électrique s'accordaient. Puis on entendit le claquement des projecteurs que les techniciens allumaient et braquaient vers la scène. Ceux qui étaient chargés du son se débattaient avec un micro rebelle. Ils parlaient de façon indistincte. Parfois, un larsen strident retentissait.

Ses bras rouges et enflés la démangeaient depuis le matin. Elle se demandait si ce n'était pas du psoriasis.

Pourvu que Gunnar ne s'en aperçoive pas. Elle ne voulait pas entendre ses sermons.

L'espace avait été réaménagé : les chaises étaient disposées en cercle autour de l'endroit où, peu avant, gisait Viktor. On se serait cru dans un cirque. Elle regarda son mari, assis au premier rang, sa grosse nuque débordant du col de sa chemise blanche. Thomas Söderberg avait pris place à côté de lui et s'efforçait de se concentrer avant son prêche. Elle remarqua que Gunnar se forçait à baisser les yeux vers sa bible, décidé à ne pas le déranger. Pour mieux se lâcher ensuite et jaser. Sa main droite décrivait de grands cercles en l'air.

Après les fêtes de Noël, il avait décidé de maigrir. Ce soir, il n'avait pas dîné. Elle était restée dans la cuisine à enrouler ses spaghettis autour de sa fourchette ; lui, engloutissait trois poires debout contre le plan de travail, son large dos au-dessus de l'évier. Elle l'entendait aspirer le jus et le voyait plaquer sa cravate contre son estomac à l'aide de sa main gauche.

Elle regarda sa montre. Dans un quart d'heure, il quitterait sa place près de Thomas Söderberg et gagnerait discrètement sa voiture. Il irait manger un hamburger en cachette et il reviendrait en mastiquant un chewing-gum à la menthe.

Garde tes mensonges pour ceux qui y attachent de l'importance, aurait-elle voulu lui crier. Pas moi.

Au commencement de leur relation, il n'était pas ainsi. Concierge remplaçant au collège où elle enseignait, il avait été très impressionné de savoir qu'elle avait étudié à l'université et lui avait aussitôt fait une cour verbeuse et empressée. Il s'inventait des prétextes pour squatter la salle des professeurs à chacune de ses heures de pause. Pathétique, il riait de ses propres plaisanteries dont il possédait un stock apparemment inépuisable. Elles dissimulaient en réalité un manque d'assurance. Cela l'avait touchée. Ses collègues, ravis, lui avaient rapporté une anecdote : le jour où elle avait arboré une nouvelle coupe de cheveux et acheté un corsage neuf, Gunnar en avait remercié le ciel. Elle observait ses relations avec les élèves dans la cour de l'école. Les lycéens semblaient l'apprécier — un gentil surveillant. Peu lui importait qu'il ne lût pas un seul livre.

Une fois dans l'ombre de Thomas Söderberg et de Vesa Larsson, il avait éprouvé le besoin de se faire valoir.

Tout compte fait, elle l'avait suivi aux offices de l'Église baptiste. À l'époque, c'était une congrégation menacée de disparition et même *en voie d'extinction*. Les fidèles donnaient l'impression de passer se reposer et tailler une bavette avant leur dernier voyage : Signe Persson, avec sa chevelure clairsemée mais permanentée avec soin à travers laquelle on décelait cependant son crâne, rose et tavelé ; jadis manœuvre à la LKAB, Arvid Kalla somnolait sur un banc, ses grosses mains désormais inutiles croisées sur les genoux…

On n'avait bien sûr pas les moyens d'entretenir un pasteur. On disposait à peine d'assez d'argent pour chauffer l'église. Gunnar Isaksson portait à lui seul la communauté sur ses épaules. Il s'occupait de toute la maintenance et, pour le reste, se contentait de soupirer. Par exemple au sujet de l'humidité qui régnait dans le vestiaire : les murs cloquaient et les papiers peints partaient en lambeaux. En principe, chacun des membres de la congrégation devait prêcher à tour de rôle lors des offices, une semaine sur deux. Les volontaires ne se bousculant pas au portillon, Gunnar Isaksson s'y collait de façon systématique.

On ne risquait guère de perdre le fil de ses sermons. Il gambadait dans un paysage religieux qu'il connaissait depuis son enfance. La route était toute tracée et comportait des arrêts obligatoires aux stations « baptême en esprit », « voyez, je rénove tout » et « puiser directement à la source ». Le voyage se terminait toujours par un encouragement au réveil religieux destiné aux convertis de longue date.

On se consolait en se comparant à d'autres communautés de la ville, guère plus actives. À Kiruna, le temple de Dieu était un cabanon décrépit sentant le renfermé.

Gunnar Isaksson se leva et se dirigea vers la sortie. Il ralentit l'allure en signe de deuil lorsqu'il dépassa le lieu où Viktor Strandgård avait été découvert. On y avait déjà déposé des fleurs et des cartes de condoléances. Il adressa à sa femme un sourire et un clin d'œil signifiant un aller-retour aux toilettes ou un brin de causette avec un fidèle au vestiaire.

Il n'était pas bête, loin de là. Sans formation théologique, il avait réussi à se hisser au sommet de cette communauté, aux côtés de Thomas Söderberg et de Vesa Larsson. Et ce, malgré ses piètres talents d'orateur et de rassembleur, des qualités nécessitant un certain don.

Elle se rappela le jour où Gunnar lui avait annoncé l'arrivée d'un jeune couple à l'église de la Mission : le nouveau pasteur et sa femme.

Environ une semaine plus tard, Thomas Söderberg avait assisté à un office à l'église baptiste. Assis au second rang et affichant des sourires appuyés ou une mine solennelle et pensive, il avait hoché maintes fois la tête à l'écoute du sermon de Gunnar. En élève modèle, son épouse Maja avait pris place à ses côtés.

Ensuite ils étaient restés boire un café. Dehors, la pénombre hivernale et les nuages chargés de neige annonçaient le crépuscule d'un jour à peine levé.

Maja bavarda avec Arvid Kalla et demanda à Edit Svonni la recette de ses biscottes au sucre.

En signe de fraternisation, Thomas Söderberg et Gunnar discutèrent avec deux membres du bureau. Ponctuée de graves mimiques et de francs éclats de rire, cette conversation animée ressemblait à une chorégraphie réglée au millimètre.

Vint ensuite l'inévitable question posée aux gens débarqués du Sud : Vous plaisez-vous ici et comment supportez-vous le froid et l'obscurité ? La réponse unanime, tomba : On est enchantés et on ne regrette pas du tout la pluie et la gadoue de chez nous. D'ailleurs, toute la famille viendra à Kiruna pour fêter le Noël suivant. Pas moins !

Ne surtout pas nourrir le sentiment d'avoir été déporté dans ce trou au bout du monde, à la limite du supportable. Ne pas se lamenter sur les assauts du vent et ces ténèbres qui rongent le moral. Cette simple réponse illumina le visage des membres de la communauté.

Lorsqu'ils se séparèrent, Gunnar lâcha :

— Ce sont des gens très agréables. Il ne manque pas d'idées, ce petit.

Il qualifiait de « petit » son cadet de dix ans pour la dernière fois.

Deux semaines plus tard, elle rencontra Thomas Söderberg en ville. À deux mois et demi, Andreas refusait de s'endormir, sauf dans son landau. Bravant la tempête de neige, elle le promenait partout dans sa poussette à travers Kiruna. Âgée de deux ans, Anna les suivait en pleurnichant, pieds et mains gelés, bien qu'emmitouflée jusqu'au cou.

Elle se sentait misérable. La lassitude montait en elle comme un souffle nauséabond. Elle risquait d'éclater à tout moment, de courir à sa perte. Elle détestait Gunnar et s'impatientait à l'égard d'Anna qui retenait avec peine ses sanglots.

Thomas surgit derrière elle et posa sa main sur son épaule gauche. L'espace d'une seconde, lorsqu'il arriva à sa hauteur, elle eut l'illusion qu'il allait l'enlacer. L'esquisse d'une étreinte fugace, bien des années auparavant. Elle se retourna et remarqua le sourire radieux qu'il affichait. Il lui dit bonjour comme s'ils étaient de vieux amis et ajouta « salut, Anna ». La petite fille s'agrippa aux jambes de sa mère et refusa de répondre. Puis il regarda Andreas, qui dormait comme un bienheureux dans son nid douillet.

— J'essaie de persuader Maja d'avoir des enfants, annonça-t-il, mais...

Il n'acheva pas sa phrase, poussa un grand soupir et son sourire disparut. Un instant plus tard, il retrouvait sa bonne humeur.

— En fait, je la comprends. C'est sur vous, les femmes, que retombe l'essentiel de la charge. On verra ça plus tard.

Andreas commençait à gigoter dans son landau. Il était temps de rentrer à la maison pour l'allaiter. Elle aurait aimé inviter Thomas à déjeuner mais elle n'osait pas lui poser la question. Il la raccompagna un bout de chemin et ils devisèrent avec aisance. Les sujets de conversation s'imposaient d'eux-mêmes et se liaient les uns aux autres tels les maillons d'une chaîne. Ils finirent par atteindre le carrefour où leurs routes se séparaient.

— Je voudrais en faire plus pour Dieu, dit-elle. Mais les enfants. Ils me pompent toutes mes forces et plus encore.

La neige voltigeait autour d'eux comme un essaim d'abeilles et obligeait Thomas à cligner des yeux. Dans son anorak bleu en tissu synthétique bon marché, il ressemblait à un archange aux boucles brunes. Son jean était enfoncé dans ses bottes aux bouts recourbés. Il portait aussi un bonnet de laine tricoté à la main et orné d'un motif inca. Elle se demandait si Maja était habile de ses mains. Cette Maja qui ne voulait pas avoir d'enfant.

— Karin, répondit-il, tu ne comprends donc pas que tu accomplis la volonté de Dieu ? Tu t'occupes des enfants et c'est le plus important pour l'instant. Il nourrit certes des projets à ton égard, mais en ce moment... ceux-ci ont pour nom Anna et Andreas.

Six mois plus tard, il dirigea sa première retraite d'été. Une petite troupe de jeunes convertis le suivit pas à pas, comme des canetons leur mère. Cela lui conférait la stature de père spirituel. L'un d'eux s'appelait Viktor Strandgård.

Gunnar et Karin ainsi que Vesa Larsson et sa femme Astrid furent invités à partager la joie des baptêmes d'adultes. Gunnar dut remballer sa fierté pour s'y rendre. Il avait choisi de rallier la majorité, de se ranger du côté du plus fort. Pourtant, à cette période, il se lança dans des comparaisons qui ne devaient plus cesser. Il voulait lui aussi briller. Son regard se fit plus sournois.

Karin n'y était pas pour rien. N'avait-elle pas répété des centaines de fois à son mari : « Ne te laisse pas écraser par Thomas. Il ne doit pas toujours décider de tout. » Elle s'était persuadée qu'elle faisait cela pour l'aider. Ne désirait-elle pas plutôt qu'il change ?

À cet instant, Thomas Söderberg se leva et se dirigea vers le chœur des chanteurs. Il portait un costume noir et une discrète cravate grise. Elle contrastait avec celles si colorées — flirtant avec le mauvais goût — qu'il arborait d'habitude. Sous sa veste, elle s'apparentait à un point d'interrogation à l'envers.

Il affiche sa richesse comme jadis... non pas sa pauvreté, pensa-t-elle... disons plutôt son manque d'argent. Deux personnes obligées de vivre avec un unique salaire de pasteur. Pourtant, cela ne semblait pas les affecter. Pas même lorsqu'ils avaient eu des enfants.

Mais ensuite, les choses avaient changé. À présent, il se tenait là, dans ce beau complet de laine, et s'entretenait avec les choristes. Il leur racontait toute l'horreur de ce qui venait de se produire. L'une des filles se mit à pleurer à chaudes larmes. Ses voisins l'enlacèrent pour la réconforter.

— On a le droit de pleurer et d'être peiné, déclara Thomas. Après une profonde inspiration, il ajouta en articulant de façon très nette : Il n'est pas admissible de reculer, de se perdre, de battre en retraite et de s'avouer vaincu.

Elle devinait la suite et n'eut pas la force de l'écouter plus longtemps.

— Salut, Karin. Où est Gunnar ?

Maja, la femme de Thomas, venait de s'asseoir près d'elle. Ses longs cheveux couleur sable encadraient un visage à peine maquillé, sans rouge à lèvres ni fard à paupières. Juste un soupçon de mascara et de fond de teint. Non pas que Thomas eût des

102

objections à ce sujet, mais Karin avait le sentiment qu'il préférait que sa femme ne se farde pas de manière trop visible. Quelques années auparavant, Maja avait voulu se rendre chez le coiffeur et Thomas s'y était opposé.

— Il était là il y a un instant. Il ne va sûrement pas tarder.

Maja hocha la tête.

— Et où sont Vesa et Astrid ? ajouta-t-elle.

Ce soir, l'assiduité est de rigueur, pensa Karin en haussant les sourcils et secouant la tête en guise de réponse.

— Il est très important que tout le monde soit présent, dit Maja à mi-voix.

Karin regarda la rose pourpre posée sur les genoux de Maja.

— Tu vas la mettre avec les autres ?

Maja acquiesça.

— Mais je vais attendre que l'office débute. Je n'arrive pas à comprendre ce qui est arrivé. Cela semble si irréel.

Irréel, c'est le mot, songea Karin. Sans Viktor, comment va-t-on faire ?

Viktor, qui refusait de couper ses cheveux et de porter des costumes, déclinait toute augmentation en suggérant à Thomas de verser l'argent à Médecins sans frontières. Sept ans plus tôt, alors qu'elle assistait à un congrès à Stockholm, elle avait été frappée de voir une foule de jeunes gens accoutrés comme Viktor. Dans le métro et les cafés, ils affichaient d'affreux bonnets tricotés à la main ou au crochet, des sacs pendant mollement à l'épaule, des jeans lâches à la taille et des vestes en daim des années 60. Souple et nonchalante, leur démarche paraissait assortie et étudiée avec soin. Une sorte d'antimode snob réservée à quelques privilégiés, sûrs d'eux et de leur éclat.

Viktor faisait partie de la cour de Thomas Söderberg, mais n'avait jamais cherché à l'imiter. Il avait plutôt pris le contre-pied. Il feignait d'être dégagé des contingences matérielles et semblait dépourvu d'ambition. De façon générale, il était plus enclin à l'abstinence. Ce dernier trait tenait peut-être à ce que Rebecka Martinsson l'avait terrassé, dans sa folie. C'était difficile à dire.

Maja se pencha alors vers elle et lui chuchota à l'oreille :

— Ah, voilà Astrid. Où est Vesa ?

Astrid, la femme du pasteur Vesa Larsson, franchit le seuil de l'église de Cristal. Sur la scène, Thomas Söderberg priait avec les choristes pour préparer l'office du soir.

Elle avait marché d'un bon pas sur le sentier grimpant depuis le parking et son corsage imbibé de transpiration lui collait à la peau. Une chance qu'elle ait mis un gilet par-dessus. Elle se passa vite un doigt sur les pommettes pour vérifier que son mascara n'avait pas coulé. Elle s'était vue un jour sur l'une des bandes vidéo de la communauté. Pendant qu'elle était en route vers l'église il avait neigé. Sur le film, on la voyait parcourir les rangs en tenant la sébile de la quête : on aurait dit un panda apprivoisé. Depuis, elle inspectait toujours son allure devant le miroir. Cette fois, le vestiaire était plein, elle était tendue.

Un amas de fleurs et de cartes de condoléances avait été déposé dans le cercle au centre de la nef.

Viktor est mort, pensa-t-elle.

Elle fit de son mieux pour s'en convaincre.

Viktor est mort pour de bon.

Elle aperçut alors Karin et Maja qui lui faisaient de grands signes. Pas la moindre chance de leur échapper. Obligée de les rejoindre. Elles étaient toutes deux en tailleur noir. Pour sa part, elle avait fouillé dans sa garde-robe pendant une heure avant de se décider. Tous ses ensembles étaient colorés, rouge, rose et jaune. Elle en avait bien un bleu marine, mais pas moyen de remonter la fermeture Éclair de la jupe. Elle avait opté pour un long gilet de laine dissimulant ses cuisses et ses hanches, il avait au moins l'avantage de l'amincir. Hélas, quand elle vit Karin et Maja, elle se sentit misérable, en haillons et en sueur.

— Où est Vesa ? lui demanda Maja à voix basse avant même qu'elle ne s'assoie.

Sourire amical. Regard assassin.

— Il est malade, répliqua-t-elle. La grippe.

Elle réalisa que les deux femmes n'étaient pas dupes. Maja serra les lèvres et inspira par le nez.

Après tout, elles avaient raison. Malgré le malaise physique provoqué par sa présence en ce lieu, elle se laissa tomber sur la chaise à côté de Maja.

Thomas, qui en avait maintenant terminé avec son sermon aux choristes, se dirigeait vers elles.

Lui aussi, pensa-t-elle, il va falloir affronter son jugement.

Elle eut un haut-le-cœur quand Thomas posa sa main sur le bras de Maja. Il accompagna son geste d'un prompt et chaleureux sourire. Il s'enquit ensuite de Vesa. Astrid réitéra sa réponse : malade, la grippe. Il la considéra avec compassion.

Pauvre de moi qui ai un mari si fragile, jugea-t-elle.

— Si tu t'inquiètes pour lui, tu peux rentrer à la maison, lui dit Thomas.

Docile, elle secoua la tête et se répéta ce mot : inquiète.

Non, elle aurait dû se faire du souci des années auparavant. Mais elle était alors accaparée par les enfants et la construction de la maison. Constatant trop tard qu'elle avait des raisons de se tracasser, elle s'était fait une raison et portait sa croix. Elle avait surmonté la peine de se voir abandonnée par son mari et apprit à vivre avec la honte de ne pas être à la hauteur.

Cette honte était en cause et la forçait à s'asseoir, malgré elle, près de Maja. Cette honte, toujours, lui faisait piocher dans le réfrigérateur des petits pains. Elle les grignotait encore congelés pendant que les enfants étaient à l'école.

Certes, ils couchaient toujours ensemble, mais de plus en plus rarement et toujours dans le noir et en silence.

Et ce matin mémorable. Les enfants étaient déjà partis à l'école. Vesa avait dormi dans l'atelier. Quand elle était venue lui apporter son café, il était dans son pyjama en flanelle assis au bord du lit, mal rasé et les yeux rouges de fatigue, le visage marqué. Ses longues mains d'artiste étaient posées sur ses rotules. Autour de son lit, le sol était encombré de livres d'art reliés et coûteux, au papier glacé et épais. Plusieurs sur les icônes, ainsi que de petits ouvrages de poche publiés par leur propre maison d'édition. Au début, Vesa dessinait les couvertures. Il avait ensuite réalisé qu'il n'en avait pas le temps.

Elle avait posé le plateau avec le café et les tartines sur le sol et s'était glissée derrière lui sur le lit, les hanches de son mari entre ses cuisses. Tandis que ses mains couraient sur ses imposantes épaules, elle avait écarté les pans de sa nuisette et pressé ses seins et sa joue contre son dos athlétique.

— Astrid, s'était-il contenté de grogner.

Dans un sentiment de culpabilité, son timbre contrarié chargeait ce prénom d'excuses.

Elle s'était précipitée dans la cuisine en courant, avait allumé la radio et mis en marche le lave-vaisselle. Prenant Baloo sur ses genoux, elle avait sangloté dans la fourrure du chien.

Thomas Söderberg se pencha vers les trois femmes et leur demanda à voix basse :

— Vous avez des nouvelles de Sanna ?

De la tête, Astrid, Karin et Maja firent signe que non.

— Demande à Curt Bäckström, dit Astrid. Il est sans arrêt sur ses basques.

Tels trois périscopes synchronisés, elles firent pivoter leur cou. Maja le vit la première. Elle le héla un moment et il finit par se lever. À contrecœur, le bonhomme se dirigea vers elle.

Karin le suivit des yeux. Il avait toujours l'air angoissé et marchait d'un pas traînant, presque une démarche de crabe, comme si une approche frontale s'apparentait à une preuve d'agressivité. Il les observait du coin de l'œil, mais fuyait le regard de ses interlocuteurs.

— Sais-tu où est passée Sanna ? commença Thomas Söderberg.

Curt secoua la tête et ajouta pour plus de sûreté :

— Non.

Manifestement, il mentait. Son regard était évasif mais résolu : il ne lâcherait pas le morceau.

Comme un chien ayant trouvé un os dans la forêt, pensa Karin.

Curt les observait à la dérobée, le dos courbé. On imaginait Thomas en train de lui caresser le mufle et lâchant : « Va chercher. »

Le pasteur se tortillait. Il semblait perturbé et gêné par la présence des trois femmes.

— Je voulais juste m'assurer que tout va bien pour elle, dit-il. Il ne doit rien lui arriver.

Curt approuva de la tête. Ses yeux se perdirent sur la tribune qui se remplissait. Il brandit sa bible et la serra contre sa poitrine.

— Je veux témoigner, dit-il. Dieu a son mot à dire.

— Si tu as des nouvelles de Sanna, fais-lui savoir que je me suis inquiété d'elle, conclut Thomas Söderberg.

Astrid le toisa.

Et si tu en as de Dieu, pensa-t-elle, fais-Lui savoir que je me fais du mouron pour Lui.

Måns Wenngren était rentré chez lui très tard. Le patron de Rebecka Martinsson avait quitté le Sophie's presque au petit matin. Il y avait offert à boire à deux jeunes créatures en compagnie d'un client du cabinet. Le représentant de cette société spécialisée dans le matériel informatique, récemment introduite en Bourse, semblait reconnaissant de la moindre couronne sous- traite à la convoitise du percepteur. En revanche, les habitués du délit en matière comptable ou fiscale avaient rarement envie de sortir avec leur avocat. Ils préféraient boire seuls chez eux.

Une fois le bar fermé, l'une des filles avait eu les honneurs du magnifique bureau de Måns. Après lui avoir glissé un billet dans la main, il avait mis la petite Marika dans un taxi et en avait pris un autre.

Pénétrant dans son appartement de Floragatan, plongé dans le noir comme d'habitude, il s'était dit qu'il devrait en louer un plus petit. Mais rien d'étrange à ce qu'il éprouve ce sentiment de... de quoi au juste, il n'aurait su le dire... puisqu'il n'y avait personne.

Il jeta sa veste en cachemire sur une chaise et actionna tous les interrupteurs sur le chemin de la salle de séjour. Rentrant rarement avant onze heures le soir, il programmait le magnétoscope pour enregistrer les informations. Il l'alluma et, tanguant sur le jingle du journal de la quatrième chaîne, il passa dans la cuisine et ouvrit le réfrigérateur.

Ritva avait fait les courses. Le ménage chez lui était sans doute la plus facile des tâches dont elle assumait la charge. Cette habitation ne connaissait pas le désordre, sauf en de rares occasions, lorsque Måns recevait. Quant à la nourriture qu'elle lui achetait, elle la retrouvait en général intacte quand elle venait la remplacer par des produits frais. Il supposait qu'elle emportait les restes chez elle pour les consommer avant la date de péremption. Cela ne le dérangeait pas. Il ouvrit une bouteille de lait et but au goulot, en prêtant l'oreille vers la salle de séjour. La une du jour était le meurtre de Viktor Strandgård.

C'est pour ça que Rebecka est partie à Kiruna, se dit-il en regagnant le salon. Le litre de lait à la main, il se laissa tomber sur le canapé devant la télévision.

— Viktor Strandgård, personnalité religieuse bien connue, a été retrouvé assassiné à Kiruna dans l'église de la Force originelle, annonça la présentatrice.

C'était une femme d'âge moyen et élégante, mariée à une vieille connaissance de Måns.

— Salut, Beata, comment va ? ne put-il s'empêcher de lancer. Il fit mine de trinquer, avant d'avaler une longue gorgée de lait.

— De source policière, la sœur de Viktor Strandgård a découvert son corps. Les enquêteurs parlent d'un meurtre d'une grande cruauté, poursuivit la journaliste.

— Allez, Beata, on sait déjà tout ça, bafouilla Måns qui prit soudain conscience d'être assez ivre.

Il avait du mal à réfléchir et se sentait un peu bête. Il décida donc de se doucher une fois les informations terminées.

Un reportage suivit. Un homme commentait les images qui défilaient à l'écran : d'abord des vues hivernales et bleutées de l'imposante église de Cristal sur sa butte ; puis la police fouillant la neige autour du bâtiment. Le tout complété par des extraits d'une séance de prières de la communauté et une brève présentation de Viktor Strandgård.

— Aucun doute n'est permis, l'événement suscite un très vif émoi à Kiruna, poursuivait le journaliste. On l'a constaté ce soir lorsque la sœur de Viktor, Sanna Strandgård, est arrivée au commissariat en compagnie de son avocate pour y être entendue.

La caméra filmait maintenant un parking recouvert de neige. Une jeune femme sortit d'une Audi rouge et courut, essoufflée, vers ses proies. La crinière rousse du reporter dépassait de sa toque, telle une queue de renard. On aurait dit Claire Wikholm, les années en moins. Malgré l'obscurité, on distinguait au second plan une façade en brique rouge vif. Ce ne pouvait être autre chose que l'hôtel de police. L'une des deux femmes émergea de la voiture la tête baissée. On apercevait juste une longue pelisse surmontée d'un bonnet en peau de mouton, bien enfoncé sur ses yeux. Le deuxième témoin n'était autre que Rebecka Martinsson. Måns augmenta le volume et se pencha en avant sur le canapé.

— Qu'est-ce que c'est que ces salades ? grogna-t-il.

Rebecka lui avait assuré qu'elle s'absentait pour une raison familiale. L'information selon laquelle elle représentait la sœur de la victime ne pouvait être qu'une erreur.

Il observa le visage fermé de Rebecka. Gagnant à pas pressés l'entrée du commissariat, elle serrait contre elle l'autre femme, sûrement la sœur de Viktor Strandgård. De son bras libre, elle s'efforçait d'écarter le micro qui les suivait.

— Est-il vrai qu'on lui a crevé les yeux ? demanda la journaliste avec un fort accent de Luleå. Comment te sens-tu, Sanna, poursuivit-elle, voyant qu'elle n'obtenait pas de réponse. Il paraît que tes enfants étaient avec toi quand tu l'as trouvé dans l'église ?

Sur le pas de la porte, la journaliste leur barra résolument le passage.

— Bon Dieu, lâcha Måns, qu'est-ce que c'est que ce cirque ? Du journalisme à l'américaine en Laponie ?

— Vous pensez à un meurtre rituel ? s'obstina-t-elle.

La caméra zooma sur ses joues rouges d'excitation, puis dévoila un gros plan du visage de Rebecka et enfin le profil de l'autre femme. Tétanisée, Sanna Strandgård dissimulait sa figure derrière ses mains. Les yeux gris de Rebecka se braquèrent d'abord sur la caméra, puis sur la journaliste.

— Ôtez-vous de là ! lança-t-elle sèchement.

Ces mots et l'expression de son visage rappelèrent à Måns un souvenir désagréable. L'année précédente, lors de la fête de Noël organisée par le cabinet, aimable, il avait tenté de l'aborder. Elle lui avait alors décoché un regard semblable, du genre de ceux que l'on réserve à une cuvette avant de la récurer. Si sa mémoire était bonne, elle lui avait lancé sur le même ton :

— Ôte-toi de là !

Après cet incident, il avait pris ses distances. Il ne voulait surtout pas qu'elle se vexe et présente sa démission. Il ne fallait pas non plus qu'elle aille s'imaginer des choses. Peu importait qu'elle ne soit pas bienveillante.

Soudain, les événements se précipitèrent sur l'écran. Måns focalisa son attention et saisit la télécommande, prêt à appuyer sur le bouton « pause ». L'avocate écarta d'un geste brusque la journaliste et disparut de l'image. Rebecka et Sanna donnèrent l'impression d'enjamber la malheureuse avant de s'engouffrer dans le commissariat. La caméra les suivit. Juste avant la coupure, on entendit la journaliste s'écrier furieuse :

— Aïe, mon bras ! T'as mis ça en boîte ?

La voix off masculine qui commentait le reportage se fit à nouveau entendre.

— L'avocate travaille pour le fameux cabinet Meijer & Ditzinger. Mais personne, au siège, ne désire s'appesantir sur cet épisode.

Måns eut alors la fâcheuse surprise de voir s'afficher la façade de leur immeuble, un insert de la rédaction. Il enclencha le bouton « pause ».

— Merde alors ! y a pas de risque, jura-t-il. Il bondit du canapé et renversa au passage du lait sur sa chemise et son pantalon.

Que manigance-t-elle, bon Dieu ? se demanda-t-il. Défend-elle cette Sanna Strandgård sans en avoir informé le cabinet ? Il devait y avoir un malentendu quelque part, elle n'était pas stupide à ce point.

Il attrapa son téléphone et composa un numéro. Pas de réponse. Afin de rassembler ses esprits, il se pinça alors l'arête du nez entre le pouce et l'index. Tout en allant chercher son ordinateur portable dans le hall, il essaya un autre numéro, sans plus de succès. En sueur, essoufflé, il posa l'appareil sur la table de la salle de séjour et réenclencha le magnétoscope. On voyait maintenant sur l'écran le substitut Carl von Post devant l'église de la Force originelle.

— Bon sang ! lâcha Måns.

Le combiné coincé contre son épaule, il tenta d'ouvrir l'ordinateur. Fébrile et tremblant, il n'y parvint pas.

Il trouva alors l'oreillette et l'introduisit dans son lobe pour poursuivre sa délicate manœuvre avec plus de facilité. Aucun des correspondants ne décrochait. Ses interlocuteurs potentiels avaient sans doute eu leur lot de coups de fil après les informations télévisées du soir. Les autres associés se demandaient sûrement comment diable une des assistantes fiscalistes pouvait être en Laponie à boxer des journalistes. Il eut alors l'idée de consulter le nombre d'appels reçus en son absence : quinze, pas un de moins.

À l'écran, Carl von Post fixait Måns droit dans les yeux et expliquait le déroulement de l'enquête. La ritournelle habituelle : on suivait la procédure en vigueur. Procédure faite de porte-à-porte, d'audition des membres de l'Église concernée et recherche de l'arme du crime. Le substitut était vêtu avec soin, son manteau de laine gris assorti à ses gants et à son écharpe.

— Espèce de sale dandy, commenta Måns, oubliant que l'accoutrement de von Post ressemblait beaucoup au sien.

À ce moment, il parvint enfin à joindre quelqu'un : le mari mal embouché de l'une de ses collaboratrices. Elle avait épousé en secondes noces un homme beaucoup plus jeune qu'elle. Il se la coulait douce grâce

aux revenus de sa femme et faisait semblant de poursuivre des études (ou une activité s'en approchant).

Il pourrait être un peu plus aimable, pensa Måns.

Sa collègue s'empara alors du combiné pour abréger.

— Il faut qu'on se réunisse tout de suite, non ? dit
Måns d'une voix peu amène. Comment ça, au milieu
de la nuit ?

Il regarda sa Breitling et remarqua qu'il était quatre
heures et quart du matin.

— Bon, ajouta-t-il. On se voit à sept heures pour un
petit déjeuner de travail. Essayons aussi de faire venir
les autres.

Cette communication achevée, il envoya un mail à
Rebecka Martinsson qui, elle non plus, n'avait pas
répondu au téléphone, puis referma son ordinateur.
Lorsqu'il se leva, il sentit son pantalon qui lui collait
aux jambes. Il baissa les yeux et le découvrit alors
maculé de lait.

— Ah la garce ! marmonna-t-il en se déshabillant
avec rage. La garce !

IL Y EUT UN SOIR,
IL Y EUT UN MATIN :
DEUXIÈME JOUR

Entre chien et loup, l'inspecteur Anna-Maria Mella dort d'un sommeil agité. Les nuages ont envahi le ciel et sa chambre est plongée dans l'obscurité. Dieu en personne semble avoir enveloppé la ville, tel un enfant qui retient prisonnier un insecte sous ses paumes. Une fois la partie entamée, il faut la jouer jusqu'au bout.

Anna-Maria secoue la tête pour échapper aux voix et aux visages de la veille qui envahissent ses songes. Dans son ventre, le fœtus lui assène de furieux coups de pied.

Dans son rêve, elle voit le substitut Carl von Post. Il se penche vers Sanna Strandgård et tente de lui arracher des réponses qu'elle ne peut fournir. Il insiste et menace : si elle n'est pas en mesure de parler, il interrogera ses filles. Plus il la presse de questions, plus elle se bloque et plus sa mémoire se dissout.

— Que faisiez-vous dans l'église au milieu de la nuit ? Pourquoi vous y êtes-vous rendue ? Vous devez pourtant vous rappeler de certains détails. Avez-vous vu quelqu'un d'autre ? Vous souvenez-vous d'avoir appelé la police ? Étiez-vous en colère contre votre frère ?

Sanna enfouit son visage dans ses mains.

— Je ne me souviens pas. Je ne sais pas. Il est venu me trouver au milieu de la nuit. Il est apparu à côté de mon lit et avait l'air triste. Quand il s'est évaporé, j'ai eu un mauvais pressentiment.

— Quand s'est-il « évaporé » ?

Le procureur ne sait s'il doit rire ou la frapper.

— Attendez une seconde : vous dites que vous avez reçu la visite d'un fantôme et donc vous avez su qu'il était arrivé quelque chose à votre frère ?

Dans son sommeil, Anna-Maria gémit si fort qu'elle réveille Robert. Il se redresse sur un coude et lui effleure la tête et chuchote pour l'apaiser :

— Mia-Mia, allons.

Il répète son prénom à plusieurs reprises et caresse ses cheveux couleur de paille, jusqu'à ce qu'elle reprenne son souffle et se détende. Son visage se décrispe et elle cesse de geindre. Au bout d'un moment, sa respiration redevient paisible et régulière.

Elle se rendort.

Les intimes de Carl von Post supposent sans doute qu'il savoure cette nuit. Qu'il a assez attiré l'attention et fait des rêves dorés d'un avenir radieux. De quoi se reposer le sourire aux lèvres.

Pourtant, son sommeil est aussi agité. Dans son lit, il serre les mâchoires à en grincer des dents. Cela n'a rien d'inhabituel. Les événements de la journée ne lui ont pas apporté le salut.

Rebecka Martinsson, elle, dort profondément dans le canapé-lit de la cuisine de ses grands-parents. Sa respiration paraît calme et régulière. Tjapp est venue se lover à ses côtés. Elle dort en enlaçant le corps bien chaud de l'animal, presque enfouie dans son pelage noir. Ici, à l'abri des bruits du monde extérieur, il n'y a ni voitures ni avions. Pas de noctambule éméché non plus, ni de pluie hivernale s'abattant sur les vitres. Non loin de là, Lova marmonne dans son sommeil et se blottit contre Sanna. La maison émet de légers craquements, comme si elle se retournait pendant son hibernation.

Mardi 18 février

Peu avant six heures, Tjapp réveilla Rebecka avec sa truffe.

— Qu'est-ce que tu veux, ma petite ? lui demanda-t-elle à voix basse. Il est peut-être l'heure de te sortir ?

Elle chercha à tâtons la lampe de chevet et l'alluma. La chienne partit vers la porte en trottinant et aboya. Elle revint vers le lit et appuya de nouveau son museau contre le visage de Rebecka.

— Oui, oui, j'ai compris.

Elle s'ébroua au bord du lit et se drapa dans la couverture pour se protéger du froid de la pièce.

L'âme de grand-mère plane ici, songea-t-elle. C'est comme si j'avais dormi avec elle sur ce divan dans la cuisine, et que je restais au chaud pendant qu'elle allume le feu et prépare un café.

Elle voyait assise devant elle à la table pliante Theresia Martinsson, roulant sa cigarette du matin. Afin d'économiser quelques sous, elle utilisait toujours du papier journal. Elle découpait avec soin la marge d'une large page du *Norrbottenskuriren*, dépourvue d'encre d'imprimerie et donc appropriée. Elle y saupoudrait ensuite une pincée de tabac et se confectionnait une fine cigarette entre le pouce et l'index. Ses cheveux argentés étaient arrangés sous sa coiffe. Elle portait le ciré à carreaux bleus et noirs qu'elle enfilait toujours pour aller à l'étable. Les vaches la réclamaient déjà en meuglant. *Pikku-piika*, disait-elle alors dans son dialecte. « Tu es réveillée, ma petite ? »

Tjapp grogna d'impatience.

— Oui, ça vient, lança Rebecka. Laisse-moi seulement allumer le feu.

Elle avait dormi avec des chaussettes en laine. Toujours emmitouflée dans la couverture, elle gagna la vieille cuisinière et ouvrit la trappe du fourneau. Tjapp s'assit près de la porte pour patienter. Elle se manifestait de temps à autre par un petit gémissement, pour ne pas se faire oublier.

Rebecka prit une hachette et, d'une main experte, tailla des bûchettes sur l'un des tasseaux posés à côté. Elle plaça ensuite deux de ces supports sur les bûchettes avec un peu d'écorce et craqua une allumette. Le feu ne tarda pas à prendre. Elle y glissa alors un peu de bouleau, plus long à se consumer que le pin, et referma la porte de la cuisinière.

Je devrais penser plus souvent à ma grand-mère, se dit-elle. Qui a dit qu'il valait mieux se focaliser sur le présent ? Elle occupe de nombreuses cases de ma mémoire mais je lui consacre peu de temps. Et pourtant, que peut m'offrir le présent ?

Tjapp poussa un nouveau grognement près de la porte et amorça une petite pirouette. Rebecka réunit ses vêtements. Ils étaient si glacés qu'elle les enfila avec des gestes tout aussi maladroits que rapides. Elle glissa ses pieds dans des bottines placées près de la porte.

— Fais vite, dit-elle à Tjapp.

En sortant, elle alluma l'éclairage extérieur et celui de la remise.

Le temps s'était un peu radouci. Le thermomètre indiquait moins quinze, les nuages empêchaient la lumière des corps célestes de parvenir jusqu'au sol. Tjapp alla s'accroupir un peu plus loin et Rebecka en profita pour observer les alentours. La cour de la ferme était déblayée jusqu'au pignon de l'étable. Autour de la maison, la neige avait été entassée le long des murs pour l'isoler du froid.

Qui a fait ça ? se demanda-t-elle. Serait-ce Sivving Fjällborg ? Se soucie-t-il encore de déneiger la cour malgré la disparition de grand-mère ? Maintenant, il doit avoir dans les soixante-dix ans.

Elle scruta l'obscurité de l'autre côté de la route, en direction de la maison de Sivving. Une fois le jour levé, elle vérifierait si son nom figurait toujours sur la boîte aux lettres.

Elle longea le mur de l'étable. L'éclairage artificiel faisait scintiller les roses de givre sous les fenêtres à petits carreaux. Sur l'autre pignon se trouvait la serre de grand-mère. Plusieurs vitres brisées semblaient la toiser et l'accuser de leur trou béant.

Tu devrais vivre ici, se dit-elle, t'occuper de la maison et du jardin. Vois comme le mastic des fenêtres se décolle. Imagine l'aspect des tuiles fendues sous la neige, toutes sur le point de tomber. Et pourtant, grand-mère était si soigneuse et dure à la tâche.

Comme si elle devinait ces tristes pensées, Tjapp fendit les ténèbres de la cour et aboya gaiement lorsqu'elle rattrapa Rebecka.

— Chut ! intima celle-ci en riant. Tu vas réveiller tout le village !

En écho, elles perçurent une lointaine salve d'exclamations canines. L'animal dressa l'oreille.

— Oh non, ce n'est même pas la peine d'y penser.

Peut-être aurait-elle dû prendre une laisse.

La prunelle pétillante, Tjapp décida que Rebecka constituait une partenaire de jeu adéquate. Elle enfouit son museau dans la neige floconneuse, se releva et secoua la tête. Elle gratta le sol avec ses pattes de devant pour l'inviter à chahuter en se contorsionnant.

Ses beaux yeux noirs semblaient l'implorer.

— Attends que je t'attrape ! s'écria Rebecka qui fit mine de se lancer à sa poursuite.

Elle glissa et tomba à la renverse. Tjapp se rua sur elle comme une folle. Bondissant tel un chien de cirque, elle se retourna et s'arrêta soudain la langue pendante. Sans doute pour inciter Rebecka à se relever et à remettre ça. Elle s'exécuta hilare. Tjapp sauta par-dessus un amas de neige déblayée que Rebecka gravit tant bien que mal. Elles se retrouvèrent de l'autre côté, dans un mètre de poudreuse.

Au bout de dix minutes, Rebecka, hors d'haleine, déclara forfait :

— J'abandonne.

Elle s'affala sur le monticule, les joues en feu et les vêtements couverts de flocons blancs.

Quand elles rentrèrent, Sanna était levée et avait préparé le café. Rebecka se déshabilla. Ses vêtements étaient trempés de neige et imbibés de sueur. Dans un tiroir, elle trouva un t-shirt, un pull et une paire de caleçons longs appartenant à son oncle Affe.

— Tu es très élégante comme ça, pouffa Sanna. C'est agréable de voir à quelle vitesse tu t'adaptes aux tendances locales.

— Si c'est authentique, parfait, répliqua-t-elle en se déhanchant comme un mannequin sur un podium.

— Mon Dieu, comme tu es maigre, s'exclama Sanna.

Rebecka rentra aussitôt les fesses et lui tourna le dos pour se servir une tasse de café.

— Tu devrais manger plus, poursuivit Sanna d'une voix douce et inquiète, tu n'as que la peau sur les os.

— Oui, oui, soupira Rebecka à la fin de la tirade. Heureusement pour moi, de nos jours la plupart des hommes ont de la poitrine et des fesses. Pour ma part, je préfère le genre planche à pain.

Quelle chance que tu me trouves jolie, ironisa-t-elle intérieurement. Le silence qui suivit déstabilisa un peu Sanna.

— Je dois arrêter de jouer les mères poules, reprit-elle. Sinon, je vais bientôt t'interroger sur ton régime en matière de vitamines.

— Ça ne te dérange pas si je mets les informations régionales ? demanda Rebecka.

Sans attendre la réponse, elle alluma la télévision. L'image était trouble, peut-être à cause du givre sur l'antenne.

Un reportage sur un détournement de subventions de l'Union européenne fit place au meurtre de Viktor Strandgård. La voix du présentateur expliqua que la traque continuait. L'enquête suivait son cours mais la police ne disposait pour l'instant d'aucun suspect. Les images se succédaient : des agents avec des chiens qui fouillaient les abords de l'église de Cristal à la recherche de l'arme du crime, le substitut Carl von Post qui évoquait le travail de porte-à-porte, l'audition de membres et de fidèles de la communauté. Enfin, surgit l'Audi rouge louée par Rebecka.

126

— Oh non ! s'exclama Sanna en posant sa tasse de café sur la table d'un geste violent.

— La sœur de Viktor Strandgård, qui a découvert le corps, a fait une arrivée mouvementée au commissariat, afin d'y être entendue hier soir.

Les images de l'incident apparurent sur l'écran. Dans cette version matinale, le « Ôtez-vous de là » de Rebecka occupait une place de choix. On évoqua ensuite brièvement la plainte pour violences déposée contre l'avocate. Puis le journaliste et le présentateur de la météo échangèrent quelques mots à propos des prévisions suivant l'interlude.

— On ne voit pas la façon dont cette journaliste nous a agressées, s'étonna Sanna.

Comme prise de douleur, Rebecka s'appuya sur le ventre.

— Qu'y a-t-il ? demanda Sanna.

Que répondre à ça ? pensa Rebecka en se laissant tomber sur une chaise, près de la table de la cuisine. Que j'ai peur de perdre mon boulot ? Qu'ils vont me rendre la vie impossible pour que je donne ma démission ? Alors que Sanna vient de perdre son frère. Il faudrait que je l'interroge à nouveau sur Viktor, que je lui demande si elle veut en parler. Je ne tiens pas à me mêler une fois de plus de sa vie, à la prendre en charge avec ses problèmes. Je veux rentrer chez moi, m'installer devant mon ordinateur et rédiger un rapport sur l'imposition séparée des revenus des provisions pour fonds de pension.

— Que crois-tu qu'il est arrivé, Sanna ? Je veux dire : à Viktor. Tu as raconté que son corps avait été atrocement mutilé. Selon toi, qui a pu faire une chose pareille ?

La question parut gêner Sanna.

— Comme je l'ai dit à la police, je ne sais pas. Vraiment pas.

— Tu n'as pas eu peur, quand tu l'as trouvé ?

— Ce n'est pas ce que j'ai ressenti.

— Qu'est-ce que tu as pensé, alors ?

— Je ne sais pas, répéta Sanna en se saisissant la tête pour se réconforter. Je crois que j'ai crié mais je n'en suis pas sûre non plus.

— Tu as déclaré à la police que Viktor t'a réveillée et que c'est pour ça que tu es allée à l'église.

Sanna leva les yeux et fixa Rebecka.

— Tu trouves vraiment cela si bizarre ? Tu estimes donc que tout est terminé une fois que cessent les fonctions corporelles ? Il était près de mon lit, Rebecka. Il avait l'air très triste. Bien entendu, j'étais consciente qu'il n'était pas là en chair et en os, si c'est ce que tu insinues. J'ai pourtant su qu'il s'était passé quelque chose.

Non, je ne trouve pas ça étrange, pensa Rebecka. Elle a toujours eu des visions. Jadis, un quart d'heure avant une visite impromptue de Viktor, elle mettait le café à chauffer. « Il arrive », disait-elle.

— Mais quand même…, commença-t-elle.

— Sois gentille, demanda Sanna, je ne veux pas parler de ça. Je n'ose pas. Pas encore. Il faut que je tienne le coup. Pour les petites. Je te remercie d'être venue, malgré toutes tes obligations professionnelles. Tu estimes peut-être que nous avons perdu le contact, mais je pense très souvent à toi. Cela me donne du courage de te savoir là-bas.

À son tour, Rebecka fut troublée.

Ça suffit, pensa-t-elle. Nous ne sommes pas amies. Il fut un temps où son opinion comptait beaucoup pour moi. Qu'elle dise aujourd'hui que j'occupais une grande place dans sa vie ! Là, j'ai l'impression qu'elle tente de me prendre dans ses filets.

Tjapp entendit la première le scooter et les interrompit en grognant. Elle dressa les oreilles et scruta la fenêtre.

— Une visite ? interrogea Rebecka.

Incertaine de la provenance du bruit, elle avait l'impression que le moteur tournait au ralenti non loin de la maison. Le front contre la vitre, Sanna plaça ses mains en visière pour voir au-delà de son reflet.

— Oh non, s'exclama-t-elle en riant jaune, c'est Curt Bäckström. Il nous a amenées ici, les filles et moi. Je crois qu'il en pince un peu pour moi. Il est très bien de sa personne et ressemble un peu à Elvis. Il serait parfait pour toi, Rebecka.

— Je t'en prie.

— Quoi ? Qu'est-ce que j'ai fait ?

— Ce que tu ne cesses de faire depuis que je te connais. Tu attires tout un tas de types farfelus et ensuite tu me les mets de côté. Très gentil mais non, merci.

— Pardon, ajouta Sanna, offensée. Je suis désolée si les gens que je fréquente ne sont pas du goût de madame. Comment peux-tu le qualifier de farfelu sans le connaître ?

Rebecka s'approcha de la fenêtre et jeta un coup d'œil dans la cour.

— Il reste assis sur son scooter au milieu de la nuit à monter la garde là où tu es sans venir te voir. Comment veux-tu que je change d'avis ?

— Ce n'est pas ma faute si certains hommes se prennent d'affection pour moi. Tu considères peut-être, comme Thomas, que je suis une traînée.

— Non, mais je voudrais que tu arrêtes de commenter ma mine. Quand tu ne tentes pas de me refiler tes soupirants éconduits…

Sur ces mots, Rebecka attrapa sa valise et se précipita dans la salle de bains. Elle claqua la porte si fort que la maison en trembla presque.

— Dis-lui au moins de monter, cria-t-elle, retranchée. Il ne peut pas rester dehors à se geler.

Mon Dieu, pensa-t-elle en s'enfermant à clé, elle et ses admirateurs un peu cinglés, sa façon négligée de s'habiller. Bien sûr, ça ne me concerne plus, mais cela préoccupait beaucoup Thomas Söderberg. À l'époque où Sanna et moi partagions le même appartement, curieusement j'étais un peu responsable.

— J'aimerais que tu parles à Sanna de sa tenue, dit Thomas Söderberg à Rebecka.

Tous ses sens lui indiquent qu'il n'est pas content d'elle. Elle est alors comme tétanisée. Lorsqu'il sourit, le ciel se dégage et elle sent l'amour de Dieu, à défaut de l'entendre. Pourtant, quand Thomas affiche cet air déçu, tout paraît s'obscurcir. Un désert intime.

— J'ai essayé, tente-t-elle de se défendre. Je lui ai dit de faire attention à sa façon de s'habiller. Qu'elle ne doit pas dévoiler son décolleté, mettre un soutien-gorge et des jupes moins courtes. Elle le comprend… Enfin, elle ne doit pas se rendre compte de ce qu'elle enfile le matin. Si je ne suis pas là pour la surveiller, elle oublie tout. Et quand on la rencontre en ville, elle a l'air d'une…

Elle hésite à utiliser le mot de « traînée ». Thomas condamnerait son emploi.

— ... d'une je ne sais quoi, poursuit-elle. Et lorsqu'on lui fait remarquer son accoutrement, elle se contemple toute surprise. Elle ne le fait pas exprès.

— Je me fiche pas mal qu'elle le fasse exprès ou pas, réplique Thomas. Tant qu'elle ne se vêtira pas de façon décente, je lui refuserai une place d'envergure au sein de notre communauté. Comment pourrais-je lui permettre de témoigner, d'être choriste ou de conduire les prières ? Quatre-vingt-dix pour cent des hommes présents n'ont d'yeux que pour ses tétons dardant sous son pull. Ils n'ont qu'une idée : lui glisser la main entre les jambes.

Il se tait et regarde au-dehors. Ils sont assis dans la salle de prières, derrière l'église de la Mission. L'éclat du soleil printanier se faufile à travers les hautes et étroites fenêtres. Ce lieu de culte se situe dans un immeuble locatif dessiné par Ralph Erskine. Les habitants de Kiruna surnomment ce bloc de béton brun la « Tabatière ». Par analogie, l'église est devenue la « Chique de Notre-Seigneur ». Rebecka préférait sa simplicité spartiate d'autrefois, comme celle d'un monastère, avec ses murs nus, son sol en ciment et ses bancs de bois brut. Mais Thomas Söderberg a abattu la chaire fixe et l'a remplacée par une autre, mobile. Il a aussi fait poser un plancher en guise d'estrade. Pour qu'elle soit moins triste et, surtout, semblable aux autres églises libres.

Thomas observe le plafond et son attention se porte sur une grosse tache d'humidité. Elle apparaît toujours au printemps, quand la neige fond sur le toit.

Sa façon de se taire et son regard fuyant éclairent Rebecka. Il est en colère contre Sanna : elle le met à rude épreuve. Il figure au nombre de ceux qui aimeraient fourrer leur main...

131

Alors la brûlure monte en elle.

Maudite Sanna, jure-t-elle intérieurement. Espèce de petite pute.

Elle sait la difficulté d'être pasteur. Thomas est exposé à des tentations de toutes sortes. L'ennemi aimerait tant l'abattre. Il a une faiblesse concernant la chose qui est la chose. Il l'a reconnu avec franchise devant les jeunes du groupe d'étude biblique.

Elle se rappelle ses aveux : lors de la visite de deux anges, il n'a pu s'empêcher d'être attiré par l'un d'eux. Ce chérubin à l'apparence féminine s'en était aperçu.

« Ce serait très grave, lui avait-il dit. Car je serais alors la négation de ce que je suis, les ténèbres succédant à la lumière. »

Sanna vint frapper à la porte du cabinet de toilette.

— Je descends dire à Curt de monter, Rebecka. Peux-tu sortir ? Les petites dorment encore et je préfère ne pas rester seule avec lui...

Lorsque elle émergea de la salle de bains, Curt Bäckström était assis à la table de la cuisine, une tasse de café calée entre les mains. Il la souleva avec précaution, s'inclinant pour ne pas trop avoir à la hisser. Il n'avait pas enlevé ses bottes[1] et le haut de sa combinaison intégrale pendait autour de sa taille. Il reluqua Rebecka, la saluant de biais.

En quoi ressemblait-il à Elvis ? pensa-t-elle. Deux yeux et le nez au milieu de la figure, comme tout le monde. Son air triste, peut-être, et ses cheveux.

---

1. Rappelons qu'il est d'usage de se déchausser à l'intérieur, dans la Scandinavie hivernale, à cause de la neige.

Ils étaient bruns et bouclés. Aplatis sous son gros bonnet de cuir, ils paraissaient raides sur son front. Il avait le coin des yeux légèrement incliné vers le bas.

— Waouh ! s'écria Sanna en toisant Rebecka. Comme tu es élégante. Un jean et un pull pris au hasard de la penderie et c'est la classe. C'est l'effet « nippes de luxe ». Oh pardon, ajouta-t-elle, dissimulant mal son sourire en coin. J'avais oublié : pas de commentaires sur ta personne.

— Je voulais juste m'assurer que tout allait bien, glissa Curt à Sanna.

Il fit mine d'écarter sa tasse, signifiant ainsi son congé.

— Comme tu peux le constater, tout baigne ! continua-t-elle. Enfin, vu les circonstances ! Rebecka m'a sauvée. Si elle ne m'avait pas accompagnée au commissariat, je ne sais pas ce que j'aurais fait.

Disant cela, elle effleura le bras de Rebecka qui vit les muscles de la bouche de Curt se figer. Il repoussa sa chaise en arrière pour se lever.

Parfait, Sanna, songea Rebecka. Explique-lui à quel point je suis élégante, et comme je t'ai aidée. N'oublie pas de me cajoler, qu'il jauge notre complicité. Ainsi tu l'auras mis à distance, et c'est à moi qu'il en voudra. Tel un fou placé devant une dame menacée sur un échiquier. Mais je ne suis pas ton foutu bouclier, tu sais. Le fou refuse de se sacrifier.

Elle s'empressa de retenir Curt en l'agrippant par l'épaule :

— Restez pour tenir compagnie à Sanna. Elle va vous dégoter de quoi grignoter. Je descends chercher mon téléphone et mon ordinateur portables dans la voiture. Je vais m'installer en bas pour passer des coups de fil et envoyer quelques mails.

Sanna l'observa avec une expression indéchiffrable lorsqu'elle gagna le vestibule pour enfiler ses bottines. Elles étaient certes humides, mais quelques pas seulement la séparaient du véhicule. Elle entendit Sanna et Curt continuer à bavarder dans la cuisine.

— Tu as l'air fatigué, dit Sanna.

— J'ai passé toute la nuit à l'église, répondit-il. Nous avons lancé une chaîne de prières, de sorte qu'il y ait toujours quelqu'un là-bas. Vas-y toi aussi. Inscris-toi pour une demi-heure, ça suffira. Thomas Söderberg a demandé de tes nouvelles.

— Tu ne lui as pas révélé où j'étais, hein ?

— Non, bien sûr que non. Mais tu sais, en ce moment, tu ne devrais pas fuir la communauté. Tu pourrais au contraire chercher refuge en son sein et rentrer chez toi.

Sanna poussa un soupir.

— Je ne sais plus à qui me fier. Ne dis surtout à personne où je suis.

— C'est promis. S'il y a quelqu'un en qui tu peux avoir confiance, Sanna, c'est moi.

Rebecka franchit le seuil au moment où Curt tentait de prendre la main de Sanna de l'autre côté de la table.

— Mes clés, dit-elle. Je les ai perdues. Celles de la voiture et de la maison. J'ai dû les égarer dans la neige en jouant avec Tjapp.

Rebecka, Sanna et Curt cherchèrent les clés à la lueur des lampes de poche. L'aube n'était pas levée. Dans la cour, ils balayèrent de leurs faisceaux lumineux les congères et les empreintes dans la poudreuse.

— C'est sans espoir, déplora Sanna en fouillant au hasard autour d'elle. Dans cette neige pas damée, elles se sont sans doute enfoncées profondément.

Tjapp grattait comme une possédée près de Sanna. Ayant trouvé une petite branche, elle détala en flèche avec son butin entre les crocs.

— On ne peut même pas compter sur elle, commenta Sanna en regardant s'enfuir la chienne, vite happée par l'obscurité. Elle peut les avoir repérées et prises dans sa gueule, et les abandonner pour un trophée plus tentant.

— Tu ferais aussi bien de rentrer avec Curt et la chienne, dit Rebecka en dissimulant mal sa contrariété. Les filles risquent de se réveiller et... Je ne sais plus où j'ai cherché, moi, maintenant... Ni à quel endroit vous l'avez fait.

Elle avait les pieds humides et glacés.

— Non, je ne veux pas rentrer, geignit Sanna. Je veux t'aider à les retrouver. On va y arriver. Ces clés sont forcément quelque part.

Curt, lui, paraissait toujours de bonne humeur. Les ténèbres l'immunisaient contre sa propre timidité. L'air frais et ce regain d'activité le stimulaient.

— Une nuit vraiment incroyable ! affirma-t-il, très agité, à Sanna. Dieu n'a cessé de me rappeler Sa puissance. J'ai été littéralement comblé. Tu devrais aller à l'église, Sanna. Je sentais Sa force m'irradier tandis que je priais. J'articulais sans réfléchir les mots et les sons qui me venaient, et mon esprit se laissait bercer. Par moments, je m'asseyais et laissais tomber ma bible. Elle s'ouvrait sur les passages choisis pour moi par Dieu. Et les promesses d'avenir se succédaient. Il m'arrosait de promesses.

— Alors, vous pouvez toujours prier pour mes clés, marmonna Rebecka.

— Ces extraits étaient comme gravés au laser sur ma rétine, poursuivit Curt. Pour que je les transmette. Isaïe, chapitre 43, verset 19 : « Voici que moi je vais faire du neuf qui déjà bourgeonne ; ne le reconnaîtrez-vous pas ? Oui, je vais mettre en plein désert un chemin, dans la lande, des sentiers. »

— Tu n'as qu'à prier toi-même, répliqua Sanna.

Rebecka se fendit d'un rire méprisant et gloussa dans son coin.

— Ou encore Isaïe, chapitre 48, verset 6 : « Vous avez entendu la prédication : regardez-la accomplie. À votre tour ne l'annoncerez-vous pas ? Maintenant je te fais part de nouveautés mises en réserve, que tu ne connaissais pas. »

Sanna se redressa et braqua sa lampe dans les yeux de Rebecka.

— Tu as entendu ce que je t'ai dit ? demanda-t-elle très sérieuse. Pourquoi n'implores-tu pas toi-même pour tes clés ?

Rebecka se protégea de cette lumière aveuglante.

— Arrête ça ! s'écria-t-elle.

— Et je crois que Dieu m'a montré chaque passage du Nouveau Testament où il est dit qu'il ne faut pas mettre du vin nouveau dans de vieilles outres, confia Curt à Tjapp. (Elle était à ses pieds et semblait la seule à l'écouter.) Car alors elles éclatent ! Et ceux où il est conseillé de ne pas mettre une pièce d'étoffe écrue sur un vieux vêtement, car le morceau rapporté accentue la déchirure.

— Si tu veux qu'on prie pour ton trousseau, on peut le faire, insista Sanna sans écarter le faisceau du visage de Rebecka. Mais ne te conduis pas comme si Dieu était plus réceptif à mes prières et à celles de Curt qu'aux tiennes. Ne piétine pas le sang de Jésus.

— Je t'ai dit d'arrêter ça, siffla Rebecka en braquant à son tour sa lampe dans les yeux de Sanna.

Curt se tut et les examina.

— Curt ? demanda Sanna qui fixait sans broncher le faisceau aveuglant de Rebecka, tu crois que Dieu écoute tous les êtres humains avec la même attention ?

— Oh oui ! Il a l'ouïe fine. Mais Sa volonté peut rencontrer des obstacles et Ses desseins ne pas être exaucés.

— Par exemple, si on ne vit pas selon Ses principes. Alors, Dieu ne peut pas intervenir de la même manière ?

— En effet.

— Mais c'est une façon de mettre les actes au-dessus de la foi, s'exclama Sanna, désespérée. Dans un tel schéma, quelle place pour la grâce ? Et d'après toi, comment juge-t-Il l'idée de « la-prière-et-la-lecture-de-la-Bible-une-heure-par-jour-pour-une-foitriomphante » ? Moi, je prie et je consulte la Bible quand j'ai besoin de la présence de Dieu. Je voudrais qu'on m'aime ainsi. Pourquoi Dieu serait-Il différent ? Et puis l'idée de vivre selon Ses principes, c'est un des buts de l'existence, et non pas un moyen de toucher le jackpot au loto œcuménique.

Curt ne répondit pas.

— Excuse-moi, Sanna, finit par ajouter Rebecka en abaissant sa torche. Je n'ai pas l'intention de me disputer à propos de la foi chrétienne. En tout cas, pas avec toi.

— Parce que tu sais que je gagnerais, rétorqua Sanna espiègle, en écartant sa lampe à son tour.

Elles gardèrent le silence un moment, les yeux fixés vers les faisceaux sur la neige.

— Ça me rend folle, cette histoire de clés, reprit Rebecka. C'est de ta faute, stupide animal !

La chienne aboya, marquant ainsi son approbation.

— Ne l'écoute pas, Tjapp, intervint Sanna en l'attrapant par le cou. Ce n'est pas vrai, tu n'es pas stupide mais la plus belle et la plus merveilleuse des chiennes, et je t'aime sans limites.

Elle la serra dans ses bras. Répondant à sa démonstration de tendresse, Tjapp lui lécha le visage.

Curt les observait d'un œil avide.

— C'est une voiture de location, hein ? demanda-t-il. Je peux aller en ville chercher un double.

Il s'adressait à Sanna mais elle ne semblait pas l'écouter, totalement absorbée par la bête.

— J'apprécierais vraiment, répondit Rebecka.

Comme si tu t'en souciais, pensa-t-elle en regardant les épaules voûtées de Curt. Il se tenait derrière Sanna, à l'affût du moindre signe d'attention de sa part.

Sivving Fjällborg, s'avisa-t-elle soudain. Il a un double de la maison. Du moins il en avait un jadis. Je vais aller le voir.

À sept heures et quart, Rebecka pénétra chez Sivving Fjällborg sans sonner à la porte, comme elles le faisaient toujours, sa grand-mère et elle. Il dormait sans doute encore car les fenêtres étaient plongées dans le noir. C'était un cas de force majeure. Elle alluma dans le petit vestibule et essuya ses bottines sur un tapis de lirette à même le sol. Elles étaient couvertes de neige de sorte qu'elle ne pouvait guère avoir les pieds plus mouillés. Un escalier menait au niveau supérieur. Juste à côté, une porte vert foncé donnait accès à la chaufferie. La cuisine était fermée. Elle lança vers l'obscurité de l'étage :

— Y a quelqu'un ?

Un chien se mit aussitôt à aboyer depuis les entrailles de la maison, suivi par l'imposante voix de Sivving.

— Silence, Bella ! Assieds-toi ! Je parle à la chienne. Une seconde.

Des pas se firent entendre dans l'escalier, puis la porte du sous-sol s'ouvrit et Sivving apparut. Ses cheveux étaient désormais tout blancs et le sommet de son crâne un peu dégarni. Mis à part ce détail, il n'avait pas changé. Ses sourcils, à bonne distance de ses yeux, semblaient toujours indiquer qu'il était porteur d'une bonne nouvelle ou sur le point de révéler une découverte inattendue. Sa chemise de flanelle à carreaux bleus et blancs peinait à contenir son ventre, bien que glissée avec soin dans un pantalon militaire. La ceinture de cuir brun le retenant avait été ternie par l'usure.

— Tiens, Rebecka ! s'exclama-t-il, affichant un large sourire. Viens ici, Bella ! ajouta-t-il par-dessus son épaule.

Dans la seconde, une chienne vorsteh gravit l'escalier à toute allure.

— Bonjour ! dit Rebecka en riant à l'animal. C'est toi qui as un timbre aussi puissant ?

— Oui, elle aboie comme un mâle. Cela tient les colporteurs et autres vendeurs de billets de loterie à distance, alors je ne m'en plains pas. Entre donc !

Il ouvrit la porte de la cuisine et alluma la lumière. Il y régnait un ordre quasi militaire dans une légère odeur de renfermé.

— Assieds-toi, dit-il en désignant la banquette en bois.

Rebecka expliqua l'objet de sa visite. Pendant que Sivving cherchait son double de la clé, elle inspecta les lieux. D'une propreté éclatante, le tapis aux rayures vertes et blanches était ajusté avec soin sur le plancher en bois de pin. La table était recouverte, non pas d'une banale toile cirée, mais d'une nappe de lin repassée, agrémentée d'un petit vase de cuivre martelé contenant des renoncules et des pieds-de-chat. Trois murs étaient percés de fenêtres. Celle située derrière dévoilait la maison de sa grand-mère. À condition qu'il fasse jour, bien entendu. Pour l'heure, seul le lustre s'y reflétait.

Après lui avoir donné la clé, Sivving alla s'asseoir de l'autre côté de la table. On aurait dit un étranger dans sa propre cuisine, réfugié sur le coin de sa chaise à parements rouges. Bella ne paraissait pas plus à l'aise. La queue frétillante, elle ne cessait d'arpenter la pièce comme une âme en peine.

— Ça fait un bail, ajouta Sivving avec un sourire en observant Rebecka. J'allais préparer du café. Tu en veux ?

— Volontiers, répondit-elle.

Elle organisa intérieurement sa journée : pas plus de cinq minutes pour faire sa valise et une demi-heure pour ranger la maison avant de partir. Si Curt se chargeait d'aller chercher la clé de la voiture, elle pourrait prendre l'avion de dix heures trente.

— Eh bien, suis-moi, dit Sivving en descendant l'escalier menant au sous-sol, Bella sur ses talons.

La chaufferie avait été bien aménagée. Le lit déjà fait était placé le long d'un mur. La chienne alla se coucher dans son panier, à côté du lit de son maître. Ses gamelles étaient impeccables. Une table de nuit était disposée devant le ballon d'eau chaude et une plaque électrique sur une petite table pliante.

— Si tu veux bien tirer le tabouret, là-bas, reprit Sivving en le lui désignant de la main.

Sur une étagère mobile, il prit une petite cafetière de bûcheron et deux tasses. L'odeur du café se mêla à celle du chien, du sous-sol et du savon. Un caleçon long, deux chemises de flanelle et un t-shirt aux armes du Kiruna Truck séchaient sur une corde à linge.

— Excuse le désordre, dit-il avec un geste vers le sous-vêtement. Je ne m'attendais pas à avoir de la visite.

— Je ne comprends pas. Tu dors ici ?

Sivving frotta son menton mal rasé tout en comptant les cuillers avant de les larguer dans la cafetière et bredouilla :

— Bah, Maj-Lis est morte il y a deux ans, tu sais.

Elle marmonna de vagues condoléances.

— Cancer de l'estomac. On l'a opérée mais cela n'a pas servi à grand-chose. Quoi qu'il en soit, après ça, la maison était trop grande pour moi. Les enfants sont partis il y a bien longtemps et Maj-Lis n'est plus là… J'ai d'abord cessé d'utiliser l'étage. J'avais assez de la cuisine et de la petite chambre du rez-de-chaussée. Ensuite, Bella et moi, on traînait toujours dans la cuisine. J'ai alors condamné la petite chambre, installé le poste de télévision dans l'autre pièce et je me suis mis à dormir sur le canapé.

— Et pour finir, tu as emménagé ici, au sous-sol.

— Oui, ça fait moins de ménage. Il y avait déjà la machine à laver et la douche. J'ai acheté ce frigo et ça me suffit bien.

Il montra un petit réfrigérateur, dans le coin de la pièce, sur lequel trônait un égouttoir à vaisselle.

— Mais qu'en disent Lena et… (Rebecka buta sur le nom du fils de Sivving).

— … Mats. Oh là ! Le café va bouillir. Eh bien, Lena estime que son père est fou et ne lui fait pas de cadeaux. Quand elle vient me voir avec les enfants, ils envahissent toute la maison. Une bonne chose, car sans ça je ferais aussi bien de la vendre. Elle s'est installée à Gällivare avec ses trois garçons. Ils commencent à être grands et mènent leur propre vie. Ma chance : ils aiment la pêche et viennent souvent au printemps pour taquiner le poisson. Du lait ? Du sucre ?

— Non, je le préfère noir.

— Mats, lui, est divorcé et a deux petits, Robin et Julia. Ils passent parfois leurs vacances ici. Mais toi, comment vas-tu, Rebecka ? Tu es mariée ? Tu as des enfants ?

— Ni l'un ni l'autre, répondit-elle en sirotant son café brûlant pour se réchauffer.

— Ah, ils n'osent pas.

— Quoi donc ? demanda Rebecka en riant.

— T'approcher. À cause de ton tempérament, ajouta Sivving qui se leva pour prendre un sac de petits pains à la cannelle dans le réfrigérateur. Toujours prête à batailler, hein ? Tiens, prends-en un. Mon Dieu, je me souviens encore du jour où tu as fait du feu dans le fossé. Haute comme trois pommes et un beignet, tu jouais déjà les agents de police. Quand on a accouru avec ta grand-mère, tu nous as crié de façon autoritaire : « Arrêtez ! N'approchez pas ! » Bon sang, tu nous en voulais salement quand on a éteint le feu. Tu t'étais mis en tête de faire griller du poisson !

Sivving éclata de rire et essuya une larme. La chienne leva le museau et manifesta sa joie.

— Et le jour où tu as jeté une pierre à la tête d'Erik parce que les garçons refusaient de te laisser embarquer sur leur radeau, poursuivit Sivving, toujours hilare.

— Il y a prescription aujourd'hui, répliqua Rebecka avec un sourire. Elle donna un morceau de gâteau à Bella. C'est toi qui as déneigé la cour de notre maison ?

— Oui. Inga-Lill et Affe ont autre chose à faire, quand ils viennent. Moi, j'ai besoin d'un peu d'exercice, ajouta-t-il en se tapotant le ventre.

— Y a quelqu'un ? cria Sanna en haut de l'escalier.

Bella bondit sur ses pattes et se mit à aboyer.

— On est en bas, répondit Rebecka.

— Salut, dit Sanna en entrant. Pas de problème, j'aime bien les chiens.

Ces derniers mots s'adressaient à Sivving. Il retenait Bella par le collier. Sanna s'agenouilla de façon que l'animal puisse la flairer. Sivving resta de marbre.

— Sanna Strandgård, j'ai appris ce qui est arrivé à ton frère. C'est affreux. Je suis désolé.

— Merci, répondit-elle en câlinant une chienne savourant les caresses. Rebecka, Curt vient d'appeler. Il arrive avec la clé.

Sivving se leva

— Du café ?

Sanna accepta et il lui tendit une tasse en faïence décorée d'une frise aux fleurs brunes et jaunes. Il lui suggéra de tremper une brioche dedans.

— Ils sont bons tes petits pains, commenta Rebecka. Qui les fabrique ? Toi ?

— Non, c'est Mary Kuoppa. Elle ne supporte pas qu'un frigo du village ne renferme pas de quoi accompagner le café.

Lorsque Rebecka entendit prononcer le nom de Mary comme s'il rimait avec Harry, un souvenir lui revint à l'esprit.

— Mary, à l'anglaise ? La pauvre, dit Sanna en riant.

— Oui, c'était jadis l'avis de l'instituteur, répondit Sivving ; il balaya de la main quelques miettes que Bella s'empressa d'engloutir. Quand il l'appelait ainsi, elle regardait par la fenêtre et feignait de ne pas comprendre qu'il s'adressait à elle.

Rebecka et Sanna pouffèrent comme deux gamines en le voyant mimer la scène. Leur hostilité réciproque avait disparu.

Je l'aime bien quand même, songea Rebecka.

— Je crois me souvenir aussi d'un élève prénommé Slark, non ? Ses parents adoraient un certain « Slark Gable » !

— Non, protesta Sivving en riant, il n'y a jamais eu de Slark chez nous, peut-être ailleurs. En revanche, durant sa jeunesse, ta grand-mère connaissait une petite fille peu gâtée. Très fragile à la naissance, on craignait qu'elle ne survive pas. L'instituteur l'a baptisée en catastrophe. Il s'appelait Fredrik quelque chose. Quoi qu'il en soit, la fillette a eu la vie sauve et il a ensuite fallu la baptiser dans les règles. Le pasteur ne parlait que suédois et les parents ne connaissaient que le patois finnois de Tornedalen. Lorsqu'il les interrogea sur le prénom choisi, ils ont compris qu'il les questionnait sur le précédent baptême et ils ont répondu : *Feki se kasti*, c'est-à-dire « Fredrik l'a fait ». Le pasteur l'a retranscrit sur l'acte. À l'époque, les pasteurs étaient tout-puissants et leurs paroles d'évangile. Elle s'est donc appelée Fekisekasti pour le restant de ses jours.

Rebecka regarda sa montre, Curt devait être revenu. Si elle ne voulait pas rater l'avion, elle n'avait pas une minute à perdre.

— Merci pour le café, dit-elle en se levant.

— Tu nous quittes déjà ? demanda Sivving. Un peu bref comme visite.

— Eh oui, je suis arrivée hier soir et je repars ce matin, répliqua Rebecka, le sourire aux lèvres.

— Les femmes ambitieuses ! Tu connais le tableau : toujours en mouvement, glissa Sanna à Sivving.

Rebecka enfila ses gants avec des gestes saccadés.

— Ce n'est pas vraiment un voyage d'agrément, commenta-t-elle. J'accroche la clé à l'endroit habituel, poursuivit-elle à l'intention de Sivving.

— Reviens au printemps et on ira à la cabane de Jiekajärvi. Tu te souviens qu'on s'y rendait avec ton grand-père en scooter ? Ta grand-mère, toi, Maj-Lis et les enfants, vous faisiez le trajet à skis.

— Très volontiers, répondit-elle, surprise de constater sa franchise.

La cabane, pensa-t-elle. Le seul lieu où grand-mère s'accordait des moments d'oisiveté, une fois les baies ramassées au cours de la journée nettoyées et le gibier plumé et vidé.

Rebecka la voyait encore, absorbée par la lecture d'une nouvelle dans son magazine favori, pendant qu'elle disputait une partie de *fia*[1] ou de cartes avec son grand-père. L'endroit étant très humide en leur absence, les cartes doublaient de volume et les pièces vacillaient sur le plateau de jeu gondolé. Peu importait.

Elle se sentait en sécurité en s'endormant tandis que les adultes bavardaient à côté, autour de la table. Idem, lorsque bercée par la chaleur de la cheminée et le son de sa grand-mère qui lessivait la bassine, elle se laissait aller à ses rêveries.

— Heureux d'avoir fait ta connaissance, Sanna, glissa Sivving. N'est-ce pas, Bella ?

---

1. Jeu de dés et de pièces, sur une plaque spéciale, inconnu en France.

Rebecka raccompagna Sanna et les enfants chez elle, et se gara devant la maison. Elle aurait préféré s'éclipser sans sortir de la voiture et poursuivre son chemin. Les adieux à bord étaient plus vite expédiés, la ceinture interdisant tout excès d'effusion. On y avait autre chose à se raconter que « cette fois, revoyons-nous vite ». Juste rappeler d'un « tu es sûre que tu as tout » le sac sur le siège arrière et la valise dans le coffre. La portière refermée, tous les non-dits se désintégraient. Un petit signe de la main et on mettait les gaz, sans un arrière-goût saumâtre. Pas obligée de rester plantée là, à se dandiner d'un pied sur l'autre comme une imbécile se creusant les méninges pour trouver les mots justes. Elle avait la ferme intention de rester attachée dans la voiture.

Sanna en descendit très vite et sans commentaires, suivie comme son ombre par Tjapp. Rebecka se sentit alors obligée de la suivre. Elle remonta le col de son manteau. Il ne la protégeait pas des assauts du froid, qui s'infiltrait sous l'étoffe et lui pinçait les oreilles. Elle jeta un coup d'œil vers l'appartement de Sanna situé dans un petit bâtiment recouvert de bois vert forêt et d'un toit en tôle rouge. La cour n'avait pas été déneigée depuis longtemps, les rares voitures stationnées avaient laissé de profondes traces. Une vieille Dodge agonisait sous un épais amas blanc. La perspective de ne pas pouvoir repartir inquiéta Rebecka. L'immeuble appartenait à la société minière LKAB et était occupé par des gens de condition modeste. L'entreprise jugeait inutile de leur consacrer ses couronnes pour déblayer lorsque c'était nécessaire. Pour extraire sa voiture de ce bourbier, on ne pouvait compter que sur soi-même.

Sara et Lova restaient assises sur le siège arrière, très occupées à rythmer une ritournelle avec leurs mains et leurs coudes. La première menait la danse tandis que la seconde peinait à assimiler les mouvements. Elle se trompa à plusieurs reprises, et elles éclatèrent de rire avant de recommencer.

Tjapp cavalait comme une démente, flairant le sol avec son museau. Elle inspecta deux voitures dans la cour et déchiffra avec un intérêt certain le haïku en caractères jaune pipi, laissé par un congénère. Elle suivit ensuite la piste d'une souris énervante réfugiée sous les marches du perron, puis renonça à la traquer.

Sanna rejeta la tête en arrière en humant l'air et se tourna vers Rebecka :

— Ça sent l'averse de neige. Il va en tomber. Beaucoup.

Comme elle ressemble à Viktor, pensa Rebecka, inhalant à son tour : la même peau diaphane aux reflets céruléens, tendue sur de hautes pommettes. Les joues de Sanna étaient un peu plus rondes, presque enfantines.

Et sa posture, identique à celle de Viktor. La tête toujours inclinée d'un côté ou de l'autre, comme si elle avait un défaut de fixation.

— Bon, il va falloir que j'y aille, lança-t-elle pour entamer les adieux, mais Sanna s'était accroupie et appelait Tjapp.

— Viens ici mon petit troll, allez vite !

L'animal surgit ventre à terre.

Une image tirée d'un livre de contes, songea Rebecka. La jolie chienne noire constellée de flocons jusqu'à la queue. Avec sa grande pelisse grise descendant jusqu'aux genoux et un bonnet en peau de mouton recouvrant sa toison blonde, Sanna incarnait la fée de la forêt.

Elle avait un véritable don pour amadouer les animaux. D'une certaine façon, elles se ressemblaient, la chienne et elle. Le petit animal avait été négligé et maltraité pendant des années. Cela paraissait ne pas avoir laissé de traces mais seulement la place à une intense joie de vivre. Cette insouciance se communiquait par exemple en fourrant sa truffe dans la neige fraîche, ou en aboyant après un écureuil apeuré et réfugié sur le tronc d'un pin. Sanna, qui avait trouvé quelques heures plus tôt son frère mort et dépecé sur le sol d'une église, jouait maintenant avec son toutou dans la neige.

Je ne l'ai pas vue verser la moindre larme, comme si tout glissait sur elle. Les peines, pas plus que les êtres humains, n'ont de prise sur Sanna. Ni même, sans doute, ses deux enfants. Mais ce n'est plus mes oignons et je n'ai à m'acquitter d'aucune dette, se dit Rebecka. Je m'en vais et je ne penserai plus à elle, ses enfants, son frère et à ce trou minier en guise de ville.

Rebecka alla ouvrir la portière arrière de la voiture.

— Sara et Lova, c'est l'heure de descendre, les filles. Je dois aller prendre l'avion. Salut ! lança-t-elle, en les voyant escalader les marches du perron.

Lova se retourna et lui adressa un signe de la main. Sara fit celle qui n'entendait pas.

Elle repoussa l'émoi éprouvé en voyant le manteau rouge de Sara disparaître par la porte. Une image qui datait de l'époque où elle vivait avec Sanna et sa fille aînée surgit des tréfonds de sa mémoire. Elle était assise avec la petite dans les bras et lui lisait l'histoire de Petter et de ses quatre chèvres. La joue posée contre les doux cheveux de Sara qui pointait les images de l'index.

C'est comme ça, se dit-elle. Moi, je m'en souviendrai toujours. Elle, elle a déjà oublié.

Elle s'avisa soudain de la présence de Sanna. Ses ébats avec Tjapp avaient rendu écarlates ses joues d'habitude si pâles.

— Tu peux bien venir manger un morceau avant de partir.

— Mon avion décolle dans une demi-heure et...

Elle acheva sa phrase en agitant la tête.

— Il y en a d'autres, des vols, plaida Sanna. Je ne t'ai même pas remerciée d'être venue. Je ne sais pas ce que j'aurais fait si...

— C'est mieux ainsi, répliqua Rebecka. Il faut vraiment que j'y aille.

Avec un sourire, elle tendit la main pour lui dire au revoir.

Lorsqu'elle enleva son gant, elle comprit les implications de son geste. Sanna baissa les yeux et refusa de la serrer.

Zut, se dit Rebecka.

— On était comme des sœurs, toi et moi, marmonna Sanna sans lever les yeux. J'ai perdu non seulement mon frère, mais aussi ma sœur.

Son petit rire triste avait tout d'un sanglot.

— Dieu reprend ce qu'il a donné. Loué soit le Seigneur.

Rebecka dut faire un effort pour se contenir et ne pas serrer Sanna dans ses bras pour la consoler.

Pas de ça avec moi, se martela-t-elle furieuse, en laissant retomber sa main. Une fois brisées, certaines fêlures ne peuvent être recollées. Et pas en l'espace de trois minutes en se quittant par un froid de canard !

Ses pieds commençaient à geler dans ses trop fines chaussures de ville. Ses douleurs aux orteils disparaissaient car elle commençait à ne plus les sentir. Elle tenta de les remuer à l'intérieur de ses escarpins.

— Je t'appelle dès que je suis arrivée, dit-elle en montant dans la voiture.

— C'est ça, répondit Sanna d'une voix indifférente, le regard fixé sur Tjapp. Tapi au coin de la maison, l'animal se manifesta dans la neige.

Ou bien l'année prochaine, pensa Rebecka en démarrant.

Regardant dans le rétroviseur, ses yeux se figèrent sur Sara et Lova, réapparues sur le perron.

Quelque chose dans leur expression fit trembler la terre sous les amortisseurs.

Non, non, ce n'est rien. Tout va bien. Dépêche-toi de partir d'ici.

Mais son pied refusait de débrayer. Le regard braqué sur celui des deux fillettes, elle vit leurs yeux écarquillés et leurs lèvres articulant quelque chose qu'elle ne put distinguer. Les bras levés, elles désignaient l'appartement, avant de se recroqueviller lorsqu'un homme sortit de l'immeuble.

Un agent en uniforme se dirigeait vers Sanna à grands pas, mais impossible de l'entendre.

Rebecka regarda sa montre : inutile de tenter d'attraper l'avion. Elle ne pouvait plus partir et sortit de la voiture en soupirant. Son corps la mena avec lenteur vers Sanna et l'agent. Les fillettes étaient toujours là, penchées sur la balustrade enneigée. Sara avait les yeux fixés sur sa mère et sur le policier pendant que Lova avalait la neige restée collée sur son gant.

— Comment ça, une perquisition ?

Au ton de Sanna, Tjapp se figea, avant de la rejoindre, sur ses gardes.

— Vous n'avez pas le droit de pénétrer chez moi sans ma permission ! Qu'en penses-tu, l'avocate ? ajouta-t-elle à l'intention de Rebecka.

À cet instant, le substitut Carl von Post apparut, flanqué de deux policiers en civil. Rebecka les reconnut. Il s'agissait de cette petite femme au visage chevalin, comment s'appelait-elle déjà, Mella ? Et de l'homme à la moustache de morse. Elle pensait ce genre de parure virile disparu avec les années 70. On aurait dit un scalp d'écureuil collé sous le nez.

Le substitut s'avança vers Sanna. Il brandissait une mallette et en sortit un sac transparent contenant un couteau d'environ vingt centimètres. Le manche était noir et luisant, la pointe de la lame légèrement ascendante.

— Sanna Strandgård, dit-il en lui collant le sachet en plastique sous le nez. Nous venons de trouver ceci dans votre logement. Le reconnaissez-vous ?

— Non. Cela ressemble à un couteau de trappeur mais je ne chasse pas.

Sara et Lova rejoignirent leur mère. La cadette tira sur la manche de sa pelisse pour attirer son attention.

— Maman, gémit-elle.

— Attends une seconde, mon chou, répondit Sanna dans le vague.

Sara se réfugia contre sa mère qui, d'un pas en arrière, rétablit l'équilibre. Du haut de ses onze ans, elle observait les gestes du substitut, essayant de comprendre ce que tramaient ces adultes si sérieux autour de sa mère.

— Vous êtes tout à fait sûre ? demanda à nouveau von Post. Regardez bien, poursuivit-il en montrant l'arme recto verso.

Le plastique crissa dans le froid tandis que le procureur le retournait de la sorte, indiquant tantôt le manche, tantôt la lame.

— Oui, je suis certaine, se défendit Sanna qui recula pour fuir le couteau et éviter de le voir plus longtemps.

— Certaines questions pourraient attendre un peu, suggéra Anna-Maria Mella, désignant les deux enfants pendues à la jupe de leur mère.

— Maman, ne cessait de répéter Lova en s'agrippant au bras de Sanna. Maman, pipi.

— J'ai froid, gémit Sara, je veux rentrer.

La chienne tentait de se réfugier entre les jambes de sa maîtresse.

Autre tableau tiré du même livre de contes, pensa Rebecka. La fée a été capturée par les villageois qui l'ont encerclée et la molestent.

— Avez-vous l'habitude de glisser ce type de couverts entre les serviettes et les draps rangés sous le canapé de votre cuisine ?

— Une seconde, mon chou, répéta Sanna à une Sara de plus en plus pressante.

— Pipi, pipi, implorait Lova. Je vais faire pipi dans ma culotte.

— Allez-vous répondre à ma question ? insista von Post.

Dans son dos, Anna-Maria Mella et Sven-Erik Stålnacke désapprouvèrent du regard.

— Non, répliqua Sanna stressée. Je ne mets pas mes couteaux sous mon canapé.

— Et ceci ? persista von Post, dégainant un autre sac en plastique de sa mallette. Vous le reconnaissez ?

Il contenait une bible brune reliée d'un cuir fatigué. Il ne restait plus grand-chose des dorures sur la tranche des pages, elles-mêmes noircies par l'usure. De nombreux signets dépassaient du volume : cartes postales, bouts de ficelle, coupures de journaux.

Sanna s'affala sur un tas de neige en gémissant et resta assise.

— Le nom de Viktor Strandgård est inscrit au verso de la couverture, poursuivit le magistrat, impitoyable. Pouvez-vous me dire si cette bible lui appartenait, et pourquoi on l'a aussi retrouvée dans le canapé de votre cuisine ? Ne l'emportait-il pas partout ? Ne l'avait-il donc pas sur lui dans l'église juste avant de mourir ?

— Non, bredouilla Sanna, la tête entre les mains, non.

— Levez-vous, lui intima von Post d'une voix autoritaire. Je vous place en garde à vue. Vous êtes soupçonnée de l'assassinat de Viktor Strandgård.

Sara se tourna vers le substitut et lui hurla :

— Laissez-la tranquille !

— Éloignez les enfants, ordonna von Post à l'agent Tommy Rantakyrö.

Il fit un timide pas en direction de Sanna, mais Tjapp se précipita et prit position devant elle. La gueule baissée et les oreilles en arrière, elle dévoila ses crocs acérés avec un grondement sourd. Rantakyrö battit aussitôt en retraite.

— Bon, ça suffit comme ça, déclara Rebecka à Carl von Post. Je porte plainte, ajouta-t-elle à Anna-Maria Mella qui observait les immeubles alentour.

Aux fenêtres, les curieux entrouvraient les rideaux.

— Vous voulez…, s'étrangla Carl von Post en secouant la tête. Vous, vous allez aussi me suivre jusqu'au commissariat ! Pour y être entendue à propos d'une autre plainte pour violences, déposée contre vous par une journaliste de la télévision régionale.

Anna-Maria effleura discrètement le bras de von Post.

— On commence à attirer l'attention, glissa-t-elle. Si un voisin prévient la presse et parle de bavure, cela aura un effet déplorable. Je peux me tromper, mais je me demande si le type là-haut ne nous filme pas avec sa caméra.

Elle désigna l'une des fenêtres.

— Peut-être que Sven-Erik et moi devrions filer pour ne pas donner l'impression d'un déploiement de forces excessif. On pourrait appeler la scientifique. Je suppose que vous voulez qu'ils inspectent l'appartement.

La lèvre supérieure de von Post en vibra de rage. Il tenta de distinguer une forme humaine derrière le rideau indiqué par Anna-Maria Mella, mais tout semblait noir. Il s'avisa qu'il fixait peut-être l'objectif d'un caméscope et détourna vivement les yeux. En aucun cas, son nom ne devait être mêlé à une affaire de brutalités policières et s'attirer ainsi les foudres des médias.

— Non, je veux m'entretenir avec le technicien, répondit-il. Chargez-vous avec Sven-Erik d'emmener

Sanna Strandgård. Et faites apposer des scellés sur l'appartement.

— Nous nous reverrons, ajouta-t-il à Sanna avant de grimper à bord de sa Volvo tout-terrain.

Rebecka vit Anna-Maria Mella scruter le véhicule qui s'éloignait.

Ça alors, se dit-elle, stupéfaite. Le visage aquilin de cette femme l'avait abusée. Elle paraissait en réalité fort maligne. Elle voulait se débarrasser du substitut. Et bon sang, elle y était parvenue !

Une fois le magistrat disparu, le calme revint dans la cour. Indécis, Tommy Rantakyrö attendait une consigne d'Anna-Maria ou de Sven-Erik. Agenouillées dans la neige, Sara et Lova enlaçaient leur maman, assise par terre. Tjapp s'était couchée à ses côtés et jouait avec du givre. Quand Rebecka se baissa pour la caresser, elle frétilla de la queue pour signifier que tout allait bien. Sven-Erik jeta un coup d'œil interrogateur à Anna-Maria.

— Tommy, dit-elle pour rompre le silence, tu veux bien monter avec Olsson bloquer l'accès au domicile ? Apposez un scellé supplémentaire sur le robinet de la cuisine pour que personne ne l'utilise avant l'arrivée de la scientifique.

— Bonjour, commença doucement Sven-Erik. Désolé de cet incident mais nous exécutons les ordres et il va falloir nous accompagner au commissariat.

— Peut-on déposer vos enfants quelque part ? demanda Anna-Maria.

— Non, dit Sanna en relevant la tête. Je veux m'entretenir avec mon avocate, Rebecka Martinsson.

— Sanna, je ne suis pas ton avocate, soupira-t-elle.

— Je veux quand même te parler.

Hésitant, Sven-Erik questionna sa collègue du regard.

— Je ne sais pas…

— Ça suffit, coupa Rebecka. Elle est en garde à vue, pas mise en examen. Elle a le droit de me consulter. Restez si cela vous chante. De toute façon, nous n'avons pas de secrets.

Lova murmura à l'oreille de Sanna.

— Qu'est-ce que tu racontes, ma chérie ?

— J'ai fait pipi, brailla Lova.

La petite attira l'attention générale. Une auréole était apparue sur son vieux jean.

— Il lui faut un autre pantalon, dit Sanna à Anna-Maria Mella.

— Bon, Lova, on va monter te chercher des vêtements propres, expliqua-t-elle aux fillettes. Ensuite on redescendra rejoindre votre maman. Je vous promets qu'elle ne s'en ira pas entre-temps.

— Obéissez à la dame, mes petits boutons de rose, chuchota Sanna. Descendez aussi de la nourriture pour Tjapp, et de quoi me changer.

— Malheureusement, je ne peux pas. Le substitut va vouloir faire analyser les habits que vous portez par le laboratoire de Linköping.

— Très bien, coupa Rebecka. Je te procurerai ce dont tu as besoin. D'accord, Sanna ?

Anna-Maria disparut avec les enfants dans l'immeuble. Sven-Erik s'accroupit non loin de Sanna et de Rebecka et fit ami-ami avec Tjapp. Entre ces deux-là, le courant semblait passer.

— Sanna, je ne peux rien pour toi, reprit Rebecka. Je suis fiscaliste, je ne m'occupe pas d'affaires criminelles. Mais si tu as besoin d'un bon défenseur, je peux t'en recommander un.

— Tu ne comprends donc pas qu'il faut que ce soit toi ? répliqua Sanna. Si tu ne me viens pas en aide, personne ne le fera et je m'en remettrai à Dieu.

— Sanna, arrête !

— Toi, arrête ! J'ai besoin de toi, Rebecka. Mes filles aussi. Je me fiche pas mal de ce que tu penses de moi. Accepte, je t'en supplie. Qu'attends-tu de moi ? Que je te le demande à genoux, au nom de notre vieille amitié ? Il faut que ce soit toi.

— Que veux-tu dire à propos des enfants ?

Sanna empoigna le manteau de Rebecka.

— Maman et papa me les prendront, dit-elle d'une voix empreinte de douleur. Ça ne doit pas arriver. Tu comprends ? Je ne veux pas laisser Sara et Lova à mes parents. Pas même cinq minutes. Je ne peux plus l'empêcher, mais toi, si. Fais-le pour Sara.

Ses parents. Les souvenirs se bousculaient dans l'esprit de Rebecka, affluant pêle-mêle à la surface de sa conscience. Le père. Bien habillé, de la prestance. Des façons très douces de se comporter qui lui avaient valu une grande popularité dans le petit monde de la politique locale. Rebecka avait même aperçu une fois son nom dans la presse nationale. Lors des prochaines élections, il figurerait sans doute en place éligible sur la liste des candidats démocrates-chrétiens au Parlement. Mais sous cette façade affable, il avait un tempérament de fer et de chef. Le pasteur Thomas Söderberg lui-même le respectait beaucoup et se soumettait à son jugement sur nombre de points. Rebecka se rappela, gênée, comment Sanna lui avait raconté sur un ton léger — comme si tout cela était arrivé à une autre — qu'il se chargeait, en personne, de mettre à mort ses animaux domestiques. Sans l'en avertir. Chiens, chats, oiseaux. Elle n'avait pas eu le droit de conserver l'aquarium donné par l'un de ses maîtres de l'école primaire. Soumise, sa mère expliquait parfois cela en invoquant les tendances allergiques de Sanna. Une autre fois, le prétexte trouvé était ses mauvais résultats scolaires. Le plus souvent, on ne lui fournissait aucune explication et ce silence n'autorisait pas la moindre question. Rebecka se souvint que Sanna lui avait confié, un soir où elle était assise avec Sara dans les bras : « Je ne veux pas être comme eux. Ils fermaient la porte de ma chambre à clé de l'extérieur. »

— Je dois en parler à mon patron, dit Rebecka.

— Alors, tu restes ?

— Un certain temps, répondit-elle, la voix nouée.

Le visage de Sanna se détendit.

— C'est tout ce que je te demande. Combien de temps ça peut prendre, puisque je suis innocente ? Tu ne me crois pas coupable de ça, hein ?

L'image de Sanna marchant au milieu de la nuit dans la lueur des réverbères, un couteau sanglant à la main, effleura Rebecka.

Mais alors, pourquoi serait-elle retournée sur les lieux du crime ? Pourquoi aurait-elle emmené Sara et Lova pour le « découvrir » ?

— Bien sûr que non, conclut-elle.

Numéro d'affaire, nombre d'heures. Numéro d'affaire, nombre d'heures. Numéro d'affaire, nombre d'heures.

Au cabinet d'avocats Meijer & Ditzinger, Maria Taube établissait son état de service hebdomadaire. Cela ne se présentait pas trop mal, pensa-t-elle, inscrivant en bas de la colonne le total des heures à facturer. Quarante-deux. Certes, il était impossible de satisfaire Måns, mais, à défaut, il ne serait pas mécontent. Au cours des sept derniers jours, elle avait travaillé plus de soixante-dix heures afin de pouvoir s'en faire payer quarante-deux. Elle ferma les yeux et rabattit le dossier de son siège. La ceinture de sa jupe lui comprimait le ventre.

Je devrais faire de l'exercice, jugea-t-elle, au lieu de passer mon temps devant mon ordinateur à me livrer à la compensation orale, comme disent les psys. On est mardi matin. Mardi, mercredi, jeudi, vendredi, quatre jours avant samedi. Alors, je me dépenserai, je dormirai, je décrocherai le téléphone et je me coucherai tôt.

La pluie qui crépitait sur le carreau avait des vertus soporifiques. Au moment où ses muscles se détendaient, et où son corps volait un peu de repos, hélas, le téléphone retentit. Elle eut l'impression d'être réveillée en plein sommeil par un coup de pied dans le visage. Elle se redressa sur son siège et saisit le combiné. C'était Rebecka Martinsson.

— Salut, ma petite ! s'exclama Maria, la voix claire. Attends une seconde.

Toujours calée dans sa chaise à roulettes, elle se tracta jusqu'à la porte de son bureau et la ferma du pied.

— Enfin des nouvelles ! reprit-elle. Je t'ai cherchée partout.

— Je sais. J'ai une centaine de messages sur mon répondeur, mais je n'en ai encore écouté aucun. Mon portable était resté dans ma voiture fermée à clé et… bref, je n'ai pas la force de te raconter tous mes malheurs. Je suppose qu'un ou deux ont été laissés par un Måns Wenngren des plus outrés ?

— Je ne vais pas te mentir. Les associés ont tenu une réunion de crise après ce qui a été dit aux informations. Ils sont furieux que la télévision ait montré des images de notre cabinet et parlé d'avocate irascible. Aujourd'hui, je peux te dire que radio ragots va bon train.

Rebecka se tassa derrière le volant et soupira. La gorge nouée, elle avait du mal à trouver ses mots. Dans la cour, Tjapp, Sara et Lova jouaient avec un tapis pendu devant la maison pour être battu. Elle espérait qu'il appartenait à Sanna, pas à un voisin.

— Bon, dit-elle au bout d'une seconde. Est-ce utile que je parle à Måns ou exige-t-il une lettre de démission ?

— Non, non, pas du tout. Appelle-le. Si j'ai bien compris, la plupart des associés cherchaient un moyen de se débarrasser de toi. Heureusement pour toi, Måns n'était pas du tout de leur avis. Tu fais toujours partie de la maison.

— Pour récurer les toilettes et servir le café ?

— Oui, et en string ! Non, sérieusement, Måns a vraiment pris ton parti. Dis-moi que c'est un malentendu, cette nouvelle te présentant comme l'avocate de la frangine du Pèlerin du Paradis. Juste une vieille copine à toi, hein ?

— Oui. Pourtant il vient d'arriver quelque chose qui...

Rebecka essuya avec sa paume la vitre de la voiture dont l'habitacle se couvrait de buée. Perchées sur un amas de neige, Sara et Lova papotaient. Aucune trace de Tjapp. Où était-elle maintenant ?

— Je verrai ça avec Måns, si tu veux bien me le passer. Je suis pressée...

— Bon. Surtout pas un mot à propos de la réunion.

— Non. Comment l'as-tu appris, toi ?

— Sonja m'en a parlé. Elle y a participé.

Sonja Berg était l'une des plus anciennes secrétaires de la firme Meijer & Ditzinger. Sa principale qualité : elle était muette comme une carpe concernant les affaires du cabinet. Bon nombre d'avocats avaient tenté de lui tirer les vers du nez. Ils s'étaient alors trouvés confrontés à un mélange particulier, une mixture faite de mauvaise volonté et de feinte incapacité à comprendre où l'intéressé voulait en venir. Lors des réunions extraordinaires, par exemple celles précédant les séances du conseil d'administration, elle rédigeait tous les comptes rendus.

— Tu es incroyable, lâcha Rebecka, impressionnée. Toi, tu ferais jaillir de l'eau d'un rocher !

— Ça, du gâteau ! Faire parler Sonja, c'est une autre paire de manches. Mais ça te va bien d'encenser mes exploits. Qu'as-tu fait à Måns ? Lobotomisé une poupée vaudou ou quoi ? Si j'avais assommé une journaliste devant des caméras de télévision, à l'heure qu'il est, je vivrais mes derniers instants, attachée à un poteau dans sa salle de torture particulière.

Rebecka se fendit d'un rire amer.

— Je suppose que durant les prochaines semaines, mon boulot risque de ressembler à ça. Tu me le passes ?

— Bien sûr, mais attention. S'il a pris ta défense, il n'est pas enchanté pour autant.

Rebecka baissa la vitre de la voiture et cria à Sara et Lova :

— Où est Tjapp ? Sara, va la chercher. Et restez dans mon champ de vision. On part dans une minute.

— Tu l'as déjà vu enchanté, toi ? reprit-elle.

— Qui n'est pas enchanté ? demanda Måns Wenngren à l'autre bout du fil.

— Oh, salut, articula-t-elle en s'efforçant de reprendre ses esprits. C'est Rebecka.

— Ah oui, se contenta-t-il de répondre.

Elle déduisait son degré d'irritation à sa fréquence respiratoire. Il n'allait pas lui faciliter la tâche.

— Je voulais simplement t'expliquer. C'est un malentendu que l'on m'ait présentée comme l'avocate de Sanna Strandgård.

Silence à l'autre extrémité de la ligne.

— Ah bon, finit-il par lâcher. Rien de plus ?

— Non…

Allez, s'ordonna-t-elle pour se donner du courage. Ne tourne pas autour du pot. Dis-lui ce que tu as sur le cœur et raccroche. De toute façon, le mal est fait.

— La police a découvert un couteau et la bible de Viktor Strandgård dans l'appartement de Sanna, continua-t-elle. Ils l'ont placée en garde à vue et la soupçonnent du meurtre. Ils viennent de l'embarquer. Je suis devant sa maison, mais ils vont en interdire l'accès et je dois déposer ses filles dans leurs écoles respectives.

Le pouls de Måns semblait retrouver un rythme plus raisonnable. Rebecka marqua une pause avant de poursuivre.

— Elle m'a demandé d'assurer sa défense. Elle refuse de prendre un autre avocat. Je ne peux pas lui dire non. Je vais donc devoir rester ici un certain temps.

— Tu as un sacré culot, explosa Måns Wenngren. Tu agis en électron libre dans mon dos, et tu exposes le cabinet à la curiosité malsaine des médias. Pour couronner le tout, tu acceptes une affaire en dehors de tes attributions. Je ne sais pas si tu te rends compte mais c'est de la concurrence déloyale doublée d'un motif de licenciement.

— Måns, tu ne comprends pas que je désire le faire pour le compte du cabinet, mais sans t'en demander la permission. Je ne peux plus reculer et je suis persuadée d'y arriver. Ce n'est quand même pas la mer à boire. Je vais devoir l'assister au cours de ses auditions, mais comme elle ne sait rien et n'a aucun souvenir, ça devrait être vite réglé. Ils ont trouvé l'arme du crime, si c'est bien ce couteau, et la bible de Viktor dans son appartement. Elle s'est rendue dans l'église le jour du meurtre. Peter Althin lui-même n'obtiendrait pas sa remise en liberté lors de l'audience préliminaire. Si elle devait être mise en examen, j'espère qu'un de nos spécialistes en matière criminelle, Bengt-Ove Falk ou Göran Carlström, pourra me prêter main-forte. Un peu de publicité dans ce domaine ne ferait pas de mal à la boîte, et tu sais que cette histoire ne passera pas inaperçue. Les affaires commerciales et le fiscal nous font vivre. Les criminelles assoient la réputation d'un cabinet dans les journaux et à la télévision.

— Merci. Pour la publicité, tu t'en es déjà chargée. Mais bon Dieu ! Pourquoi ne m'as-tu pas appelé quand tu as assommé cette journaliste ?

— Je ne l'ai pas assommée. J'ai simplement tenté de passer et elle a glissé en me barrant la route…

— Je n'ai pas terminé ! hurla Måns. J'ai perdu une heure et demie de ma matinée pour participer à une réunion dont tu étais l'ordre du jour. Si j'étais parvenu à mes fins, je te prierais de m'envoyer ta lettre de démission. Heureusement pour toi, certains ici sont plus enclins que moi au pardon.

Rebecka fit mine de ne pas avoir entendu ces propos, et continua.

— J'ai besoin d'aide en ce qui concerne cette journaliste. Pourrais-tu contacter sa rédaction et faire en sorte qu'elle retire sa plainte ?

Étonné, Måns éclata de rire.

— Pour qui me prends-tu ? Pour Don Corleone ?

Rebecka essuya à nouveau la vitre de la voiture.

— Je posais simplement la question. Il faut que je te laisse. Je dois m'occuper des enfants de Sanna et la plus jeune est en train de se déshabiller.

— Laisse-la faire, s'écria Måns. On n'en a pas terminé.

— Je te rappellerai ou t'enverrai un mail. Les petites sont dehors et il fait un froid de canard. Je ne veux pas me retrouver avec en prime une gosse de quatre ans affligée d'une double pneumonie. Salut.

Elle raccrocha avant qu'il ait eu le temps de dire ouf.

Il ne s'y est pas opposé, songea-t-elle, soulagée. Il ne m'a pas interdit de continuer et ne m'a pas mise à la porte. Comment ai-je pu m'en tirer aussi bien ?

Elle se souvint alors des fillettes et sortit en trombe de la voiture.

— Que faites-vous ? cria-t-elle à Sara et Lova.

Cette dernière avait enlevé son manteau, ses gants et ses deux pulls. Debout dans la neige avec son bonnet sur la tête, elle n'avait gardé qu'un mince tricot de corps. Des larmes de crocodile coulaient sur ses joues. Tjapp la regardait d'un air soucieux.

— Sara a dit que j'étais moche avec le pull que tu m'as prêté, pleurnicha Lova, et qu'on allait se moquer de moi à l'école.

— Rhabille-toi tout de suite, ordonna sèchement Rebecka.

Puis elle attrapa par le bras la petite fille en larmes et l'obligea à enfiler ses chandails.

— C'est vrai, intervint Sara pour en remettre une couche. Elle est affreuse comme ça. À mon école, une fois une élève avait un pull pareil. Les garçons lui ont enfoncé la tête dans la cuvette des toilettes et ont tiré la chasse. Elle a failli se noyer.

— Je veux pas ! hurlait Lova tandis que Rebecka lui remettait ses vêtements de force.

— Montez dans la voiture, dit Rebecka d'une voix autoritaire. Je vous emmène toutes les deux à l'école.

— Tu n'as pas le droit ! cria Sara. T'es pas notre maman.

— Qu'est-ce qu'on parie ? bougonna Rebecka en installant les deux fillettes récalcitrantes sur la banquette.

Tjapp bondit et se mit à tourner en rond.

— Et puis j'ai faim, couina Lova.

— C'est vrai, ajouta Sara. On n'a pas pris de petit déjeuner. Voilà un cas de mauvais traitements à enfant. Donne-moi ça, j'appelle grand-père ! Elle saisit le portable de Rebecka.

— Ah non ! s'exclama la jeune femme en lui arrachant l'appareil des mains.

Elle sortit de la voiture et ouvrit la portière arrière.

— Dehors ! rugit-elle. Elle les extirpa sans ménagement.

Les deux gamines se retrouvèrent dans la neige et la regardèrent, interloquées.

— Vous avez raison, je ne suis pas votre maman, leur dit-elle en s'efforçant de garder son calme. Mais elle m'a demandé de m'occuper de vous et on n'a pas le choix. Ni vous ni moi. Alors, mettons-nous d'accord. On va aller prendre un petit déjeuner au café en face de l'arrêt d'autobus. Pour compenser cette mauvaise matinée, vous avalerez tout ce qui vous fera plaisir. Ensuite, on ira acheter des vêtements neufs à Lova. Vous m'aiderez à choisir une jolie tenue pour Sanna. Alors, c'est d'accord, vous grimpez dans la voiture ?

Sara demeura muette à contempler ses souliers. Puis elle haussa les épaules et s'assit sur le siège arrière, suivie de Lova. L'aînée aida la cadette à attacher sa ceinture. Tjapp acheva de la consoler en lapant ses larmes.

Rebecka démarra et quitta la cour de l'immeuble de Sanna en marche arrière.

Mon Dieu, songea-t-elle pour la première fois depuis bien des années. Mon Dieu, aide-moi !

Les maisons en brique rouge de Gasellvägen ressemblaient à des pièces de Lego. Les haies couvertes de neige, les congères, comme les rideaux qui dissimulaient la partie inférieure des fenêtres, abritaient leurs occupants des regards indiscrets.

Ce n'est pas du luxe pour une famille dans cette situation, pensa Anna-Maria Mella, lorsque avec Sven-Erik Stålnacke ils descendirent de voiture devant le numéro 35.

— On sentirait presque les yeux des voisins sur sa nuque, glissa-t-il, comme s'il devinait les pensées de sa collègue. Que vont bien pouvoir nous raconter les parents de Sanna et Viktor Strandgård ?

— On verra. Hier, ils ont refusé de nous recevoir. Quand ils ont appris que leur fille avait été placée en garde à vue, ils ont appelé eux-mêmes pour nous voir.

Ils enlevèrent la plus grande partie de la neige collée à leurs chaussures et sonnèrent.

Olof Strandgård leur ouvrit. Les priant poliment d'entrer, il leur serra la main et les débarrassa de leurs manteaux, pour les suspendre. D'âge mûr, voire plus avancé encore, il ne présentait pourtant pas l'embonpoint assez fréquent chez ses congénères.

Il doit avoir des haltères et un rameur au sous-sol, spécula Anna-Maria.

— Non, gardez-les, je vous en prie, dit-il en voyant Sven-Erik se pencher afin de se déchausser.

Anna-Maria nota qu'il portait des souliers d'intérieur bien cirés.

Il les précéda dans la salle de séjour. L'un des côtés dévoilait un salon de style gustavien. Des chandeliers en argent et un vase d'Ulrika Hydman-Vallien se reflétaient dans le plateau en acajou sombre de la table. Un petit lustre contemporain était suspendu au plafond. Un ensemble composé d'un imposant canapé d'angle en cuir clair et d'un fauteuil assorti occupait l'autre partie de la pièce. La table basse en verre fumé reposait sur des pieds en métal. Tout paraissait en ordre et épousseté.

Effondrée dans le fauteuil, Kristina Strandgård salua d'un air absent les deux policiers qui débarquaient chez elle.

Blonds et épais comme ceux de ses enfants, ses cheveux étaient coupés au carré.

Jadis, pensa Anna-Maria, ce devait être une belle femme, avant d'être rongée par une lassitude qui ne date pas d'hier.

Olof Strandgård se baissa vers sa femme. Avec un léger sourire de compassion, il suggéra d'une voix douce :

— Laissons peut-être le fauteuil à l'inspecteur Mella. Il est plus confortable.

Kristina Strandgård se leva comme secouée par une décharge électrique.

— Oh, bien sûr, excusez-moi.

Elle afficha une mimique gênée à l'intention d'Anna-Maria et resta un instant figée debout, absente

170

et désemparée. Puis elle parut reprendre ses esprits et s'affala sur le canapé à côté de son mari.

Anna-Maria s'installa comme elle put dans le fauteuil. Il était beaucoup trop profond, et son dossier trop incliné pour être confortable. Du coin des lèvres, elle exprima sa gratitude. Le fœtus se retrouva aussitôt coincé dans le haut de son ventre. Elle ressentit alors une violente douleur dans le bas du dos, ponctuée de brûlures d'estomac.

— Vous désirez boire quelque chose ? demanda Olof Strandgård. Du café ? Du thé ? De l'eau ?

Tel un automate, sa femme bondit sur ses pieds.

— Bien sûr, dit-elle en guettant son mari. J'allais vous le proposer...

Anna-Maria et Sven-Erik déclinèrent d'un geste de la main. Kristina Strandgård se rassit alors sur le bord du canapé, prête à se relever si nécessaire.

Anna-Maria l'observa. Avec ses cheveux proprets et son brushing, elle n'avait pas l'air d'une mère venant de perdre son enfant. Les tons sable et beige de son polo, de son gilet et de son pantalon étaient du plus bel effet. Sa bouche et ses yeux étaient maquillés avec soin et elle ne se tordait pas les mains de désespoir. Pas de trace non plus de mouchoirs humides, en vrac sur la table. Elle paraissait hermétique au monde extérieur.

Non, pensa soudain Anna-Maria, mal à l'aise. Elle n'est pas coupée de son environnement, elle s'est cloîtrée et a jeté la clé aux oubliettes.

— Nous vous sommes reconnaissants d'avoir accepté de venir aussi vite, commença Olof Strandgård. Nous venons d'apprendre le placement en garde à vue de Sanna, il ne peut s'agir que d'une erreur. Ma femme et moi sommes très inquiets.

— Naturellement, dit Sven-Erik. Mais, si vous voulez bien, chaque chose en son temps. Avant d'en venir à votre fille, nous préférerions d'abord vous poser certaines questions concernant Viktor.

— Cela va de soi, répondit Olof Strandgård avec un sourire.

Parfait, Sven-Erik, songea Anna-Maria. Prends la direction des opérations, sinon cette visite se terminera sans que nous ayons obtenu la moindre réponse.

— Pouvez-vous nous parler de lui ? demanda Sven-Erik. Quel genre d'homme était-ce ?

— En quoi ce genre de renseignement peut-il vous être utile ? rétorqua Olof Strandgård.

— Question de routine en pareille circonstance, répondit Sven-Erik sans se laisser démonter. Nous devons nous faire une image de lui la plus précise possible, vu que nous ne l'avons pas connu vivant.

— Il était doué, reprit le père sur un ton grave. Très doué. Tous les parents en diraient autant de leur enfant, mais demandez à ses anciens maîtres, ils confirmeront. Il avait d'excellents résultats scolaires et était très bon musicien. Il jouissait d'une grande faculté de concentration, qu'il s'agisse de ses devoirs ou de ses leçons de guitare. Après son accident, il s'est tout entier consacré à Dieu.

Il se rejeta en arrière sur le canapé et réajusta le pli de son pantalon avant de croiser les jambes.

— La vocation imposée par Dieu à notre fils était impérieuse, poursuivit-il, et il a donc écarté toute autre activité. Il a interrompu ses études au lycée et abandonné la musique pour se consacrer à la prière et à la prédication. Il était persuadé qu'un élan religieux se produirait à Kiruna, à condition que les différentes communautés libres fusionnent. Ne dit-on pas que l'union fait la force ? À l'époque, les pentecôtistes, les baptistes et la Mission restaient chacun dans leur coin. Or, malgré ses dix-sept ans, il était têtu. Lorsqu'il a découvert sa foi, il a presque contraint les différents pasteurs à se rencontrer et à prier ensemble. Thomas Söderberg pour la Mission, Vesa Larsson pour l'Église pentecôtiste et Gunnar Isaksson pour les baptistes.

Anna-Maria ne tenait pas en place dans son fauteuil. Le bébé gigotait du côté de sa vessie, la contraignant à se tortiller aussi.

— La vocation lui est venue après son accident ? demanda-t-elle.

— Oui, il a été renversé à bicyclette en plein hiver. Mais, habitant Kiruna, vous ne pouvez l'ignorer. La communauté a connu un essor considérable et nous avons pu construire l'église de Cristal. Elle est maintenant aussi célèbre que notre fils. Carola y a même chanté à Noël dernier.

— Quels étaient vos rapports ? Étiez-vous proches ? reprit Sven-Erik.

Anna-Maria remarqua qu'il s'efforçait de capter l'attention de Kristina Strandgård avec ses questions. En vain, ses yeux demeuraient fixés sur les motifs de la tapisserie, le regard vide.

— Notre famille est très soudée, répondit le père.

— Fréquentait-il quelqu'un, ou s'intéressait-il à autre chose qu'à l'Église ?

— Non, comme je vous l'ai déjà dit, il avait décidé de renoncer à tout ce qui n'avait pas trait à Dieu.

— Cela ne vous inquiétait pas ? Je veux dire : qu'il ait exclu de ses préoccupations les filles et les loisirs ?

— Non, vraiment pas, répondit le père en éclatant de rire.

Il semblait juger la question parfaitement ridicule.

— Quels étaient ses amis les plus intimes ?

Sven-Erik examina les photos sur les murs. Un grand portrait de Sanna et Viktor surplombait la télévision. Deux enfants à la chatoyante crinière blonde. Les boucles angéliques de Sanna. Viktor et ses baguettes de tambour. Sanna découvrait l'adolescence. Un air de défi calé au coin des lèvres, elle refusait obstinément de sourire au photographe. Viktor paraissait sérieux lui aussi, mais plus naturel. Il semblait être ailleurs, perdu dans ses pensées.

— Sanna avait treize ans, le garçon dix, précisa Olof Strandgård en se rendant compte de l'intérêt de Sven-Erik. On voit très bien combien il admirait sa sœur. Dès son plus jeune âge, comme elle, il a voulu avoir les cheveux longs. Si sa mère tentait de l'approcher avec des ciseaux, il hurlait comme un cochon saigné de frais. Au début, on s'est moqué de lui à l'école, mais il n'en a pas démordu.

— Ses amis ? rappela Anna-Maria.

— À mon sens, sa famille constituait ses meilleurs amis. Il était très attaché à nous et Sanna, et il adorait les filles.

— Les enfants de Sanna ?

— Oui.

— Madame Strandgård, dit Sven-Erik.

Kristina sursauta.

— Voulez-vous ajouter quelque chose ? Sur Viktor, reprit-il en remarquant ses yeux ahuris.

— Que dire ? s'interrogea-t-elle en se tournant vers son époux. Non, je n'ai rien à ajouter, mon mari l'a très bien décrit.

— Avez-vous gardé des coupures de journaux le concernant ? demanda Anna-Maria. La presse a souvent parlé de lui.

— Elles sont là, répondit Kristina Strandgård en désignant un épais classeur brun posé sur une étagère.

— Je peux vous les emprunter ? demanda Anna-Maria qui se leva pour prendre l'album. Je vous le rends dès que possible.

Elle le conserva un moment avant de le reposer sur la table. Elle avait hâte de se représenter Viktor autrement que ce corps mutilé aux orbites vides.

— Pouvez-vous nous consigner par écrit une liste des personnes qui le connaissaient ? ajouta Sven-Erik, afin de les interroger.

— Elle risque d'être longue, fit remarquer Olof Strandgård. La Suède entière avait entendu parler de lui. Comme le reste du monde d'ailleurs.

— J'entendais par là les intimes, précisa Sven-Erik. Nous vous enverrons quelqu'un ce soir pour la récupérer. Quand avez-vous vu votre fils en vie pour la dernière fois ?

— Dimanche soir, lors de l'office d'action de grâce.

— Donc la veille du jour où il a été assassiné. Lui avez-vous parlé ?

Ému, Olof Strandgård secoua la tête.

— Non, il était très occupé avec les choristes.

— Votre dernier échange remonte à quand ?

— Vendredi après-midi, un peu plus de deux jours avant…

Soudain, Olof s'interrompit pour regarder sa femme.

— C'était bien vendredi, n'est-ce pas, Kristina ? Tu lui avais préparé de quoi manger.

— Oui, c'est ça, au début du colloque consacré au miracle, confirma-t-elle. Je sais qu'il néglige souvent les repas et fait toujours passer les autres avant. Nous sommes allés chez lui remplir le réfrigérateur. Il me trouvait mère poule.

— Avait-il l'air préoccupé, inquiet pour une raison ou une autre ? poursuivit Sven-Erik.

— Non.

— Selon toute vraisemblance, il n'avait pas mangé depuis un bout de temps lorsqu'il est mort, reprit Anna-Maria. Savez-vous pourquoi ? A-t-il pu oublier ?

— Je suppose qu'il jeûnait.

Je vais devoir m'informer du chemin menant aux toilettes, pensa Anna-Maria.

— Jeûnait ? s'étonna-t-elle. Pourquoi ?

— Bah, répondit Olof Strandgård. La Bible nous enseigne que Jésus a jeûné pendant quarante jours dans le désert malgré le diable et ses tentations, avant de choisir ses premiers disciples. Elle nous apprend qu'eux aussi priaient et jeûnaient lorsqu'ils choisissaient les frères supérieurs des premières communautés et les confiaient à Dieu. Dans l'Ancien Testament, Moïse et Élie jeûnaient avant de recueillir les révélations de Dieu. Viktor avait sans doute le sentiment d'être investi d'une mission importante pendant ce colloque. Il est probable qu'il voulait lui aussi prier et s'abstenir pour mieux se concentrer.

— Qu'est-ce que ce colloque ? demanda Sven-Erik.

— Il a débuté vendredi dernier et se poursuit jusqu'à dimanche soir. Séminaires dans la journée et soirées récréatives. Il y est question du miracle sous toutes ses formes : guérisons, souhaits comblés et autres manifestations de la grâce divine. Attendez un instant.

Olof Strandgård se dirigea vers le vestibule. Il revint avec un prospectus en couleurs sur papier glacé. Il le tendit à Sven-Erik, qui se pencha vers Anna-Maria pour qu'elle puisse le voir aussi. Une simple feuille de format A4 pliée en deux. Pris avec des filtres adoucissants, les clichés montraient des gens béats implorant le ciel. Sur l'un d'eux, une femme exhibait son nourrisson en riant. Un autre dévoilait Viktor Strandgård qui priait pour un homme agenouillé, une main levée vers le ciel. Les yeux clos, Viktor maintenait index et médius appuyés sur son front. Le texte informait le lecteur des sujets abordés au cours des séminaires. Pêle-mêle : « Tu as la force d'exiger d'être exaucé », « Dieu a déjà vaincu ta maladie » et « Libère les dons spirituels tombés du ciel ». Par ailleurs, on évoquait les séances vespérales : sessions durant lesquelles on pourrait danser en esprit, chanter en esprit et rire en esprit ; mais aussi constater les miracles de Dieu sur sa propre vie et celle de ses semblables. Tout cela pour la modique somme de quatre mille deux cents couronnes[1], gîte et couverts en sus.

— Combien de participants ? interrogea Sven-Erik.

— Je ne sais pas avec précision, mais sans doute plus de deux mille, répondit Olof non sans fierté.

Anna-Maria devina que Sven-Erik calculait de tête les gains pour la communauté.

— À qui doit-on s'adresser pour obtenir la liste des participants ? demanda-t-elle.

Olof Strandgård lui indiqua un nom qu'elle nota dans son carnet. Sven-Erik le croiserait avec les fichiers de la police.

— Et avec Sanna ?

— Pardon ?

— De quoi étaient faites leurs relations ?

— Ils étaient frère et sœur.

---

1. Une couronne suédoise est égale à 0,11 euro.

— Ce n'est pas un gage de bonne entente, s'entêta Anna-Maria.

Après une inspiration, le père développa.

— Ils étaient les meilleurs amis du monde. Mais Sanna est un être fragile. Sensible. Ma femme, mon fils et moi avons souvent dû nous occuper d'elle et de ses filles.

Ils ne cessent de nous répéter qu'elle est fragile, pensa Anna-Maria.

— Qu'entendez-vous par sensible ? insista-t-elle en voyant Kristina se tortiller de gêne.

— Ce n'est pas facile à expliquer, dit Olof. Elle a parfois des difficultés à se comporter en adulte, à fixer des limites à ses filles, et même à se prendre en charge ainsi que ses enfants. N'est-ce pas, Kristina ?

— Oui, acquiesça-t-elle, docile.

— Il lui est arrivé de rester couchée une semaine entière dans le noir, reprit Olof Strandgård, de ne pas répondre quand on lui adressait la parole. Dans ces cas-là, nous nous chargions des petites et Viktor la faisait manger à la cuiller, comme un bébé.

Il observa un instant Anna-Maria en silence.

— Sans l'aide de sa famille, on lui aurait retiré la garde de ses filles, ajouta-t-il.

Bon, songea-t-elle. Tu veux vraiment nous convaincre qu'elle est faible et fragile. Pourquoi ? Une famille de votre rang devrait plutôt adopter un profil bas concernant ce détail, non ?

— Elles n'ont pas de père ? demanda-t-elle.

— Si, bien sûr, soupira-t-il. Mais Sanna n'avait que dix-sept ans quand Sara est née. Et je…

Il secoua la tête à l'évocation de ce souvenir.

— … j'ai insisté pour qu'ils se marient. Ils n'avaient pas l'âge légal et ont dû solliciter une dispense royale. Hélas, malgré la promesse faite devant Dieu, ce jeune homme a abandonné sa femme et sa fille alors qu'elle n'avait pas un an. Quant au père de Lova, c'était juste une aventure.

— Comment s'appellent-ils ? demanda Sven-Erik. Nous aimerions leur poser quelques questions.

— Naturellement. Aux dernières nouvelles, Ronny Björnström, le papa de Sara, vivait à Narvik. Mais comme il ne s'enquiert jamais de sa fille... Sammy Andersson, celui de Lova, est mort il y a deux ans dans un tragique accident de scooter. Il a voulu traverser un lac à la fin de l'hiver et la glace a cédé sous lui. Une histoire horrible.

Il faut que j'y aille si je ne veux pas m'oublier sur ce fauteuil, se dit Anna-Maria en se levant.

— Excusez-moi, je dois...

— À droite dans l'entrée, indiqua Olof Strandgård en se redressant tandis qu'elle quittait la pièce.

Les toilettes étaient immaculées, à l'image du reste de la maison ; il y régnait un parfum synthétique de fleur, provenant sans doute de l'un des désodorisants disposés sur la petite armoire. Au bord de la cuvette, un diffuseur en plastique contenait un produit bleu qui se répandait quand on actionnait la chasse.

Quelle netteté, pensa Anna-Maria de retour dans le salon.

— Le fait que Rebecka Martinsson ait nos petites-filles nous tracasse, dit Olof Strandgård lorsqu'elle reprit place dans le fauteuil. Après ce qui s'est passé, elles doivent être encore sous le choc et effrayées. Elles ont besoin de calme et de sécurité.

— La police n'y peut rien, rétorqua Anna-Maria. Votre fille a la garde des enfants et les a confiées à Rebecka Martinsson, alors...

— Puisque je vous dis que Sanna est irresponsable. Sans ma femme et moi, elle n'aurait jamais obtenu leur garde.

— Ce n'est toujours pas du ressort de la police, s'obstina Anna-Maria. Le service social et le tribunal décident à qui confier la responsabilité des enfants dont les parents sont défaillants.

Toute amabilité disparut de la voix d'Olof Strandgård.

— Ainsi nous n'avons aucune aide à attendre de vous, lâcha-t-il, brusque et sec. S'il le faut, je prendrai contact avec la Protection de l'enfance.

— Vous ne comprenez donc pas, s'exclama soudain Kristina Strandgård. Rebecka a déjà tenté de briser notre famille. Elle fera tout pour monter les petites contre nous. Comme la fois avec Sanna…

Ces derniers mots s'adressaient à son mari. Figé, Olof Strandgård regardait par la fenêtre de la salle de séjour, les mâchoires crispées et les mains nouées sur ses genoux.

— Que voulez-vous dire par « la fois avec Sanna » ?

— Quand Sara avait trois, quatre ans, Sanna partageait son logement avec Rebecka Martinsson, poursuivit Kristina Strandgård d'une voix contrainte. Elle a essayé de diviser notre famille. C'est une ennemie de l'Église et de l'œuvre de Dieu dans cette ville. Sachant les filles entre ses mains, vous comprenez donc ce que nous ressentons ?

— Je vois, dit Sven-Erik, avec toute la sympathie dont il était capable. Comment a-t-elle tenté de scinder votre famille et de contrecarrer les plans de l'Église ?

— En…

Un coup d'œil vers son mari lui fit avaler la fin de sa phrase.

— En faisant quoi ? insista Sven-Erik.

Le visage de Kristina Strandgård était maintenant de marbre, les yeux fixés sur la surface étincelante de la table en verre.

— Ce n'est pas ma faute, se contenta-t-elle d'ajouter, la voix brisée.

Elle répéta ces mots à plusieurs reprises sans oser regarder son mari.

Se défend-elle devant lui ou l'accuse-t-elle ? s'interrogea Anna-Maria.

Il redevint alors l'époux attentionné qu'il était quelques secondes auparavant. Il posa sa main sur le bras de sa femme qui se tut avant de se lever.

— Je crois que c'est plus que ce que nous sommes en état de supporter, dit-il pour clore l'entretien.

Lorsque Anna-Maria Mella et Sven-Erik Stålnacke sortirent de la maison, les portières de deux véhicules garés dans la rue s'ouvrirent brusquement. Il en jaillit deux journalistes munis de micros. L'un d'eux était suivi de très près par un cameraman.

— Anders Grape, rédaction régionale de la télévision suédoise, se présenta le premier. Vous avez placé la sœur du Pèlerin du Paradis en garde à vue. Un commentaire concernant cette décision ?

— Lena Westerberg, de la troisième chaîne, enchaîna la journaliste accompagnée du cameraman. Vous avez été les premiers sur le lieu du crime ? Pouvez-vous nous décrire la scène ?

Sven-Erik et Anna-Maria grimpèrent dans leur voiture et les abandonnèrent sans piper mot.

— Ils ont sûrement demandé aux voisins de les prévenir de notre venue, dit Anna-Maria en les observant dans le rétroviseur.

Ils s'apprêtaient à sonner à la porte des parents Strandgård.

— La pauvre femme, continua Sven-Erik quand ils tournèrent dans Bävervägen. C'est pas un marrant cet Olof Strandgård.

— As-tu remarqué qu'il n'a pas cité une seule fois le nom de Viktor. Il l'a toujours désigné par « il », « le garçon » ou « notre fils ».

— Il faudra s'entretenir avec son épouse un jour où il est absent, songea Sven-Erik à haute voix.

— Tu t'en chargeras, toi qui sais si bien parler aux femmes.

— Quel sort s'acharne sur les jolies femmes ? demanda Sven-Erik. Combien connaissent un destin pareil ? Elles choisissent le mauvais type et, une fois les enfants partis, elles se retrouvent comme des oiseaux en cage.

— Elles ne sont pas plus nombreuses que les moches à finir ainsi. On les remarque plus, c'est tout.

— Qu'as-tu l'intention de faire maintenant ?

— Examiner cet album et les bandes vidéo.

Anna-Maria jeta un coup d'œil vers l'extérieur. Au-dessus de leurs têtes, le ciel s'étalait, gris et bas. Lorsque les rayons du soleil ne parvenaient pas à s'infiltrer entre les nuages, les couleurs disparaissaient et la ville ressemblait alors à une photo sépia.

— Pas possible ! lâcha Rebecka en examinant derrière la porte, lorsque le gardien ouvrit la porte pour laisser sortir Sanna dans le couloir.

La cellule était toute petite et les murs d'un beige approximatif, avec çà et là des taches blanches et noires. Pas un meuble, juste un matelas de toile recouvert de papier et posé à même le sol. La lucarne en verre blindé donnait sur un sentier derrière lequel on apercevait un immeuble couvert de tôle verte. Une odeur âcre, de crasse et relents d'alcool, s'en exhalait.

Le gardien escorta Sanna et Rebecka jusqu'au parloir. Une table et trois chaises s'alignaient devant une fenêtre. Pendant que les deux femmes s'asseyaient, il palpa les sacs apportés par Rebecka.

— Je suis drôlement contente qu'ils me gardent ici, commença Sanna. J'espère qu'ils ne vont pas me transférer à la vraie prison de Luleå. À cause des filles. Il faut que je puisse les voir. Ils ont des cellules de garde à vue meublées, mais elles étaient toutes occupées. Du coup, ils m'ont mise dans celle de dégrisement. Elle est conçue de façon assez pratique. Si le locataire vomit, il suffit de la rincer au jet d'eau. Ce serait parfait à la maison. On sort le tuyau, on arrose et on termine le ménage du vendredi en un clin d'œil. Anna-Maria Mella, tu sais, la petite enceinte, m'a dit qu'une cellule ordinaire se libérera aujourd'hui. Il fait assez clair. As-tu remarqué, de la fenêtre du couloir on aperçoit la mine et le Kebnekaise ?

— Oui, oui, répondit Rebecka. Il suffit de convoquer Martin Timell[1] et l'endroit sera parfait pour une famille de trois enfants.

Le gardien rendit les sacs à Rebecka en hochant la tête avant de s'éloigner. Rebecka les tendit à Sanna, qui fouilla à l'intérieur comme une gamine le soir de Noël.

— Oh, comme c'est beau ! commenta-t-elle avec un sourire, les joues pourpres de joie. Regarde ce pull ! Dommage qu'il n'y ait pas de glace ici.

Elle brandit devant elle un tricot rouge décolleté, émaillé de fils scintillants, puis le déploya sous toutes les coutures à l'intention de Rebecka.

— Sara l'a choisi, dit-elle.

Sanna farfouilla à nouveau dans les sacs.

— Des sous-vêtements, du savon, du shampooing et tout le reste. Je te rembourserai ça.

— Non, non, c'est un cadeau, protesta Rebecka. Ça n'a pas coûté cher. On est allées chez Lindex.

— En prime, tu as emprunté des livres à la bibliothèque et acheté des bonbons.

— Il y a aussi une bible, ajouta Rebecka en désignant un autre petit paquet. C'est la dernière traduction. Je sais que tu préfères celle de 1917, mais tu la connais déjà par cœur. Je me suis dit que ça pourrait t'intéresser de les comparer.

Sanna prit le livre rouge et le retourna dans tous les

1. Célèbre présentateur de télévision, spécialisé dans l'aménagement intérieur.

sens, avant de l'ouvrir au hasard et d'en feuilleter les très fines pages.

— Merci. Quand la traduction du Nouveau Testament par la commission biblique est parue, j'ai trouvé la langue dénuée de toute beauté. Cela va être captivant de se plonger dans celle-ci. Bizarre aussi d'avoir sous les yeux un texte entièrement nouveau. On a l'habitude de son exemplaire, de ses passages soulignés et des annotations en marge. Des formulations différentes et des pages vierges de gribouillis peuvent être utiles. On est alors moins conditionné.

Ma propre bible est sans doute dans un carton au grenier de l'étable de grand-mère, pensa Rebecka. Malgré tout, je ne l'ai pas jetée à la poubelle. Avec toutes les cartes postales et autres coupures de journaux intercalées dedans, elle servait de pense-bête. Les extraits surlignés pour leur contenu un rien scabreux en disent long. « Comme le cerf soupire après les eaux courantes, ainsi mon âme soupire après toi, ô Dieu », « Au jour de ma détresse, je cherche le Seigneur ; mes mains sont levées la nuit sans se lasser ; mon âme refuse d'être consolée ».

— Ça s'est bien passé avec les filles aujourd'hui ?

— En fin de compte, oui. J'ai au moins réussi à les conduire à l'école.

Sanna se mordit la lèvre et ferma la bible d'un coup sec.

— Qu'est-ce qu'il y a ?

— Je pense à papa et maman. Ils risquent d'aller les chercher.

— Qu'y a-t-il au juste entre tes parents et toi ?

— Rien de nouveau. Rien mis à part le fait que j'en ai assez d'être leur chose. Tu dois bien te souvenir de leur attitude pendant l'enfance de Sara ?

En retard, Rebecka monte en courant l'escalier de l'appartement qu'elle partage avec Sanna. Elles devraient être à ce goûter d'anniversaire depuis dix minutes, or il en faut au moins vingt pour faire le trajet, voire plus à cause de la neige. Peut-être Sanna et Sara sont-elles parties sans elle ?

Espérons, espérons, se dit-elle en ne voyant pas les chaussures de Sara sur le palier. Si elles sont en route, pas de mauvaise conscience à avoir.

En revanche, les bottes de Sanna n'ont pas bougé. Rebecka ouvre la porte et reprend haleine : il lui faut assez de souffle pour débiter d'une traite les explications et les excuses qu'elle a en tête.

Sanna est assise sur le sol du vestibule plongé dans le noir. Rebecka l'évite de justesse. Le menton sur les genoux et les bras autour des jambes, elle se balance d'avant en arrière. Pour se consoler ? À moins que ces oscillations ne suffisent à écarter les démons qui l'assaillent. Il faut un certain temps à Rebecka pour établir le contact et la faire parler. Elle se met à pleurer.

— C'est papa et maman, sanglote-t-elle. Ils sont venus me prendre Sara. Je leur ai expliqué qu'on devait aller à une fête. Que l'on avait prévu toutes sortes de réjouissances pour le week-end. Mais ils ne m'ont pas écoutée et ils l'ont emmenée.

Soudain prise de colère, elle frappe le mur avec ses poings.

— Ils se fichent pas mal de ce que je veux, crie-t-elle. Ma volonté n'existe pas. Je suis leur chose et mon enfant leur appartient aussi. Comme mes chiens, jadis. Laïka, que papa a tuée. Ils ont si peur de rester seuls l'un avec l'autre, alors ils...

Elle s'interrompt. Sa rage et ses larmes se transforment en un gémissement continu. Ses mains retombent, inertes, sur le sol.

— ... ils me l'ont prise, geint-elle. On devait faire des gâteaux au gingembre toutes les trois.

— Allez, chuchote Rebecka en lui écartant les cheveux du visage. Je vais arranger ça. Je te le promets.

Elle essuie les larmes de Sanna du revers de la main.

— Quel genre de maman suis-je ? murmure Sanna. Pas même capable de défendre sa fille.

— Tu es une excellente mère, la console Rebecka. Tes parents ont commis une erreur, tu entends ? Pas toi.

— Je ne veux pas vivre comme ça. Il s'introduit ici avec son double des clés et fait comme bon lui semble. Que devais-je faire ? Je ne voulais pas me mettre à hurler et agripper Sara. Ma petite fille aurait eu très peur.

L'image d'Olof Strandgård prend forme dans l'esprit de Rebecka. Sa voix grave et sourde ne souffrant pas la contradiction. Ce perpétuel sourire ancré par-dessus son faux col. Et sa femme, guère plus qu'une ombre.

Je vais le tuer, songe-t-elle. Je vais le tuer de mes propres mains.

Sanna s'habille et la suit docilement. Elle conduit, mais Rebecka lui indique la route à suivre.

Kristina Strandgård ouvre la porte.

— Nous sommes venues chercher Sara, dit Rebecka. Elle est invitée à un goûter nous avons déjà quarante minutes de retard.

La peur se lit dans les yeux de Kristina. Elle jette un coup d'œil par-dessus son épaule, à l'intérieur de la maison, sans pour autant s'écarter et les laisser entrer. Rebecka entend des convives.

— *Mais nous étions convenus qu'elle passerait le week-end avec nous, répond Kristina en tentant de capter le regard de Sanna qui ne cille pas.*

— *À ce que j'ai compris, rien n'a été décidé du tout, réplique Rebecka.*

— *Attendez une seconde, dit Kristina nerveuse, en se mordant la lèvre.*

Elle disparaît alors dans le salon. Au bout d'un moment, Olof Strandgård surgit dans l'encadrement de la porte. Il ne semble pas content. Il dévisage d'abord Rebecka, puis se tourne vers sa fille.

— *Qu'est-ce que c'est que ces bêtises ? gronde-t-il. Je croyais que nous avions conclu un accord, Sanna. Ce n'est pas bon pour Sara d'être ballottée de droite à gauche. Je suis très déçu de constater qu'une fois de plus, tu lui fais payer tous tes caprices.*

Sanna se voûte davantage et ne lève toujours pas les yeux. Les flocons se déversent sur ses cheveux et y forment une espèce de casque glacé.

— *Réponds-moi quand je te parle. Tu peux au moins faire preuve d'un peu de respect envers moi, non ? ajoute Olof, en essayant de maîtriser son timbre de voix.*

Il craint un esclandre parce qu'ils ont de la visite, pense Rebecka.

Son cœur bat la chamade. Elle fait pourtant un pas en avant et, la voix tremblante, affronte le père de Sanna.

— *Nous ne sommes pas venues ici pour discuter, lance-t-elle. Allez chercher Sara ou j'emmène votre fille au commissariat et l'on déposera une plainte pour rapt d'enfant. Je jure sur la Bible que je le ferai.*

Mais avant ça, je vais rentrer chez vous et faire un scandale que vous n'oublierez pas. Sara est la fille de Sanna et elle la réclame. Maintenant, à vous de choisir. Vous allez la chercher ou nous prévenons la police.

Kristina Strandgård observe la scène derrière son mari, son inquiétude est palpable.

Quant à lui, il adresse un sourire de mépris à Rebecka.

— Sanna, dit-il à sa fille d'une voix impérieuse sans cesser de fixer Rebecka. Sanna...

Elle scrute toujours le sol mais secoue la tête de façon quasi imperceptible.

Alors le miracle se produit. Tout d'un coup, Olof Strandgård change d'attitude et affiche une mine à la fois déçue et préoccupée.

— Entrez, ajoute-t-il et il recule dans l'entrée.

— Si tu avais le sentiment que c'était important pour toi, il suffisait de le dire, sermonne le père pendant que Sanna passe sa combinaison en nylon et ses chaussures à sa fille. Je ne suis pas capable de lire dans les pensées. Nous imaginions qu'il te serait agréable de passer la fin de la semaine sans ton enfant.

En silence, Sanna enfile ses gants et son bonnet à Sara. Son père lui parle à voix basse, de peur que ses invités n'entendent.

— Tu n'avais pas besoin de venir nous menacer et faire une scène, poursuit-il.

— Je ne te reconnais pas, Sanna, murmure sa mère avec un coup d'œil chargé de haine à Rebecka, appuyée contre le chambranle de la porte.

— Demain, on fait changer la serrure, dit-elle à Sanna tandis qu'elles regagnent la voiture.

*Sanna porte Sara dans ses bras et demeure silen-
cieuse. Elle serre sa fille comme si elle avait l'intention de ne plus jamais la lâcher.*

Mon Dieu, comme je me suis énervée, pensa
Rebecka. Cette colère n'était même pas la mienne.
Cela aurait dû être celle de Sanna, mais elle n'en était
pas capable. On a en effet changé la serrure, mais
deux semaines plus tard, elle donnait un double des
clés à ses parents.

Sanna saisit Rebecka par le bras pour la tirer de ses
songes.

— Ils vont exiger qu'on leur confie les enfants pendant ma garde à vue.

— Ne t'inquiète pas. Je vais en parler à l'école.

— Combien de temps vont-ils m'obliger à rester
ici ?

Rebecka haussa les épaules.

— La garde à vue ne peut excéder soixante-douze
heures. Passé ce délai, il faut que le procureur fasse
une demande de mise en examen. L'audience doit
avoir lieu au plus tard quatre-vingt-douze heures
après le début de la garde à vue, donc samedi.

— Tu crois qu'ils vont me mettre en examen ?

— Je ne sais pas, répondit Rebecka, gênée. Peut-
être. Le fait qu'ils aient retrouvé la bible de Viktor et
un couteau dans ton canapé ne joue pas en ta faveur.

— Mais n'importe qui a pu les placer là pendant
que j'allais à l'église. Tu sais que je ne ferme jamais
à clé.

Elle se tut et se mit à tripoter son gilet.

— Et si c'était moi ? ajouta-t-elle soudain.

Rebecka eut l'impression d'une dépressurisation
dans la petite pièce, que l'air venait à manquer.

— Que veux-tu dire ? interrogea-t-elle.

— Je ne sais pas, répondit Sanna d'une voix plaintive en se massant les yeux avec les mains. Je dormais et je ne sais pas ce qui s'est passé. Et si j'étais coupable ? Il faut que tu tâches de le savoir.

— Je ne comprends toujours pas ce que tu veux dire. Si tu dormais…

— Mais tu me connais ! J'oublie ce que je fais. Comme lorsque je me suis retrouvée enceinte de Sara. Je ne me rappelais même pas avoir couché avec Ronny. Il me l'a appris et a ajouté que c'était très agréable. Je ne m'en souviens toujours pas, mais comme Sara est là, je suppose que c'est arrivé.

— Écoute ! Je ne pense pas que ce soit toi. Avoir des trous de mémoire n'implique pas toujours de se transformer en meurtrier. Il faut que tu réfléchisses.

Sanna regarda Rebecka d'un air étonné.

— Si ce n'est pas toi, reprit celle-ci, quelqu'un d'autre a forcément mis cette bible et ce couteau là où on les a découverts. Quelqu'un qui veut te faire porter le chapeau et qui sait que tu ne fermes jamais ta porte à clé. Tu comprends ? Ça ne peut être le premier imbécile venu.

— Tu dois découvrir de ce qui s'est passé.

— Tu sais que c'est le boulot de la police, répondit Rebecka en secouant la tête.

Les deux femmes se turent et levèrent les yeux lorsque la porte s'ouvrit. L'entrebâillement révéla le visage d'un gardien. Pas celui qui les avait amenées au parloir. Il paraissait grand et large d'épaules et avait une coupe militaire. Malgré cela, Rebecka lui trouva un petit air égaré quand elle le vit dans l'encadrement. Il adressa un sourire embarrassé à Rebecka puis tendit un petit sac en papier à Sanna.

— Excusez-moi de vous déranger, mais je vais devoir partir et… Enfin, j'ai pensé qu'un peu de lecture vous ferait plaisir. Je vous ai aussi apporté des friandises.

Les yeux brillants de joie, Sanna afficha un large sourire avant de baisser soudain le regard, comme confuse. Ses cils semblèrent faire de l'ombre à ses joues.

— Oh merci. Comme c'est gentil de votre part.

— De rien, glissa-t-il en se dandinant d'un pied sur l'autre. J'ai eu peur que vous vous ennuyiez.

Il se tut un instant. Comme aucune des deux jeunes femmes ne lui répondait, il reprit :

— Bon, il va falloir que j'y aille.

Une fois parti, Sanna examina le contenu du sachet qu'il lui avait remis.

— Tes bonbons sont bien meilleurs.

— Tu n'es pas obligée de dire ça, soupira Rebecka.

— Je le fais quand même.

Après sa visite à Sanna, Rebecka rejoignit Anna-Maria Mella. Assise dans la salle de réunion du commissariat, elle dévorait une banane comme si on risquait de la lui voler à tout moment. Sur la table devant elle, trois trognons de pomme alignés. À l'extrémité opposée de la pièce, un poste de télévision. Anna-Maria regardait un film enregistré lors d'un office dans l'église de Cristal. Lorsque Rebecka pénétra dans la pièce, elle l'accueillit comme une vieille copine.

— Tu veux du café ? lui demanda-t-elle. Je suis allée en chercher mais, je ne sais pas pourquoi, je n'arrive pas à en boire depuis que…

Elle n'acheva pas sa phrase, mais désigna son ventre.

Rebecka s'immobilisa sur le seuil. Le passé s'immisçait en elle. Il refit surface lorsqu'elle distingua les visages sur l'écran bleuté. Elle dut s'adosser au chambranle. La voix d'Anna-Maria paraissait lointaine.

— Ça ne va pas ? Assieds-toi.

À l'image, Thomas Söderberg s'adressait à la communauté. Rebecka s'affala sur un siège, sentant sur elle la prunelle d'Anna-Maria lourde d'interrogations.

— Ça a été enregistré peu avant que Viktor ne soit assassiné. Tu veux regarder ?

Rebecka hocha la tête. Il fallait fournir une explication, dire qu'elle n'avait pas mangé, ou une excuse du même acabit. Mais elle demeura muette.

Derrière Thomas Söderberg, les choristes étaient sur le pied de guerre. Certains approuvaient de la voix son prêche, ainsi ponctué d'« alléluia » et autres « amen » qui se mêlaient à ceux de la communauté.

Il a changé, pensa Rebecka. Il portait autrefois une chemise rayée à col Mao de la boutique du Travailleur, un jean et un gilet en cuir. Il ressemble aujourd'hui à un boursicoteur avec son costume chic et ses lunettes dernier cri. Quant aux fidèles, des clichés bon marché de la réussite dénichés chez H&M.

— Quel bon orateur ! commenta Anna-Maria.

Thomas Söderberg passait avec une rapidité étonnante de la plus profonde gravité à la plus futile des plaisanteries. Au programme de son sermon : Soyez prêts à recevoir les grâces divines.

Pour finir, il demanda à l'assistance de s'avancer pour mieux se laisser pénétrer par l'Esprit saint.

— Viens, afin que nous priions pour toi, lança-t-il.

Comme s'il n'attendait que ce signal, Viktor Strandgård se retrouva à ses côtés, entouré des deux autres pasteurs et de certains anciens.

— *Shabala shala amen*, s'écria Gunnar Isaksson, faisant les cent pas et agitant les mains. Approche, toi dont le corps et l'âme souffrent. Ce n'est point la volonté de Dieu que tes tourments persistent. Il y a ici une personne victime de maux de tête. Le Seigneur te voit. Avance-toi. Le Seigneur décèle parmi nous une sœur en proie à des troubles d'estomac. Dieu a l'intention de mettre un terme à tes douleurs. Tu n'auras plus besoin de médicaments. Le Seigneur a neutralisé l'acide qui te rongeait le corps. Accepte la grâce de la guérison. Alléluia.

Alors, la foule s'avança. La table de communion fut prise d'assaut par des fidèles en extase. Certains s'allongèrent sur le sol. D'autres restèrent debout les mains tendues vers le ciel, les bustes oscillant comme des herbes dans le vent. Tous priaient, riaient et pleuraient.

— Que font-ils ? demanda Anna-Maria.

— Ils s'abandonnent à la force de l'esprit, répondit Rebecka. Ils chantent, ils parlent et dansent avec lui. Certains ne vont pas tarder à prophétiser, et le chœur accompagnera le tout de ses cantiques.

La chorale se mit en effet à psalmodier. Les pèlerins continuèrent à affluer, quelques-uns dansaient comme s'ils étaient ivres.

La caméra zoomait souvent sur Viktor Strandgård. Il priait intensément en faveur d'un homme grassouillet avec des béquilles et une bible dans la main. Une femme postée dans le dos de Viktor implorait aussi, les paumes sur la tête. Un appoint de force divine.

Viktor s'empara alors d'un micro et prit la parole. Comme à l'accoutumée, il commença par demander à l'assemblée :

— De quoi allons-nous parler ?

Il procédait toujours ainsi : il se préparait par la prière, puis les paroissiens décidaient du thème de son prêche, dont une bonne part se présentait sous la forme d'un dialogue avec eux. Cela aussi avait contribué à sa réputation.

— Raconte-nous les cieux, crièrent des voix parmi les ouailles.

— Que voulez-vous savoir concernant le ciel ? demanda-t-il avec un sourire las. Achetez plutôt mon livre et lisez-le. Proposez-moi un autre sujet.

— Parle-nous du succès ! lança quelqu'un.

— Le succès, répéta Viktor. Au royaume de Dieu, il n'existe pas de raccourci pour la gloire. Pensez à Ananie et Saphire et priez : pour moi et ce que mes yeux ont vu et verront, pour que la force divine continue à se manifester par mes mains.

— Qu'a-t-il dit, un peu plus tôt ? demanda Anna-Maria. Ana… et Safira ou quelque chose. Qui est-ce ?

— Ananie et Saphire. Des personnages des Actes des apôtres, répondit Rebecka sans cesser d'observer le téléviseur. Ils ont dérobé l'argent de la première communauté chrétienne. Dieu les a punis en les frappant à mort.

— Ah bon, je croyais que seul l'Ancien Testament évoquait Dieu se débarrassant des gens comme ça, d'un seul coup.

Rebecka secoua la tête.

Les prières reprirent après que Viktor eut parlé un certain temps. Un homme d'environ vingt-cinq ans s'avança vers Viktor. Il portait un froc de moine sur un jean élimé qui lui tenait mal à la taille.

— Patrick Mattsson, celui-là, dit Rebecka. Ainsi, il est toujours des leurs.

L'individu en tenue de moine saisit les poignets de Viktor. Juste avant que la caméra ne se détourne vers le chœur, Rebecka vit Strandgård reculer vivement et enlever ses mains de celles de Patrick Mattsson.

Pourquoi ? s'interrogea-t-elle. Qu'y a-t-il entre eux ?

Elle jeta un coup d'œil en direction d'Anna-Maria Mella. Penchée en avant, elle fouillait parmi les bandes vidéo réunies dans un carton sur le sol.

— Voici l'enregistrement d'hier, dit-elle, lorsque sa tête émergea par-dessus la table. Tu veux le voir ?

Sur la cassette filmée le soir suivant le meurtre de Viktor Strandgård, Thomas Söderberg prêchait de nouveau : sous ses pieds, les lames de parquet brunes de sang et une multitude de roses déposées là.

Cette fois, l'atmosphère semblait plus sérieuse et enflammée. Thomas Söderberg exhortait les membres de la communauté à se préparer à une guerre spirituelle.

— Plus que jamais nous avons besoin de ce colloque sur le miracle, s'écria-t-il. Satan ne doit pas avoir le dessus.

L'assemblée approuva à grand renfort d'« alléluias ».

— Je n'en crois pas mes yeux, lâcha Rebecka, abasourdie.

— Réfléchissez bien à qui vous faites confiance. N'oubliez pas qu'il est écrit : « Celui qui n'est pas avec moi est contre moi. »

— Il incite les gens à ne pas collaborer avec la police, continua Rebecka, perplexe. Il resserre les rangs.

Anna-Maria la considéra avec étonnement. Elle songea à ses collègues ayant passé la journée à faire du porte-à-porte pour s'entretenir avec les fidèles. Unanimes lors du rapport, ils avaient déploré le total mutisme des membres de la communauté.

Pendant les prières, il fut procédé à une quête.

— Si tu envisageais de ne donner qu'un billet de dix couronnes, emballe-le dans un de cent ! exhorta le pasteur Gunnar Isaksson.

Curt Bäckström prit à son tour la parole :

— De quoi allons-nous parler ? demanda-t-il à la manière de Viktor Strandgård.

Cinglé, ce type, pensa Rebecka.

L'assistance se tortilla sur les sièges, mais personne ne dit mot. Thomas Söderberg sauva la situation :

— Parle-nous de la force de la prière.

— Celui-là priait dans l'église quand nous avons interrogé les pasteurs, coupa Anna-Maria en désignant Curt Bäckström qui pontifiait sur l'écran. Je sais que tu as été des leurs. Je suppose que tu les connais tous ?

— Oui, répondit Rebecka d'une voix réticente pour souligner son désir de ne pas s'appesantir sur le sujet.

Et même, pour certains, au sens biblique du terme, songea-t-elle. À cet instant, l'image se modifia et elle se trouva face à face avec un Thomas Söderberg fixant la caméra.

Dans le bureau du pasteur Thomas Söderberg, Rebecka est assise, en larmes, sur le fauteuil destiné aux visiteurs. C'est l'époque des soldes de fin d'année. La ville grouille de monde. Sur des panneaux dans les vitrines, d'immenses chiffres rouges annoncent les bonnes affaires. L'atmosphère inspire un curieux sentiment de vide.

— J'ai l'impression qu'il ne m'aime pas, gémit-elle.

Elle parle de Dieu.

— J'ai la sensation d'être une enfant adultère, continue-t-elle, d'avoir été intervertie à la naissance.

Thomas Söderberg a un sourire prudent. Il lui tend un autre Kleenex dans lequel elle se mouche. Tout juste dix-huit ans, et elle pleure comme une gamine.

— Pourquoi ne puis-je pas percevoir sa voix ? gémit-elle. Toi, tu l'entends et tu lui parles tous les jours. Sanna aussi. Viktor l'a même rencontré...

— Viktor est un cas à part.

— Précisément, réplique Rebecka. J'aimerais bien, moi aussi, être un cas particulier.

Thomas Söderberg garde le silence. Il semble chercher les mots justes.

— Affaire d'entraînement, Rebecka. Tu dois me faire confiance. Au départ, lorsque je pensais l'entendre, ce n'était que le fait de mon imagination.

Il joint les mains devant la poitrine, lève les yeux au ciel et, sur un ton puéril, ajoute :

— M'aimes-tu, Dieu ?

Puis, d'une voix à peine perceptible, se répond :

— Oui, Thomas, tu le sais. Infiniment.

Entre deux sanglots, Rebecka éclate de rire. Un peu trop, d'ailleurs. Elle paraît submergée. Elle a tant pleuré que son désarroi laisse place à un autre sentiment. Thomas l'imite un moment puis redevient sérieux et la dévisage.

— Mais tu es à part, Rebecka. Crois-moi, tu l'es.

De nouvelles larmes coulent en silence le long de ses joues. Thomas Söderberg s'approche d'elle pour les essuyer. Sa paume effleure les lèvres de Rebecka, qui se fige. Une manœuvre destinée à ne pas l'effrayer, ne pas la faire fuir, se dira-t-elle par la suite.

Thomas Söderberg tend son autre main et sèche ses larmes avec le pouce tandis que ses doigts saisissent ses cheveux. Perceptible, son haleine se déverse sur son visage telle une eau tiède. Elle mêle l'odeur âcre du café et celle, plus douce, des gâteaux au gingembre. Plus une autre senteur, qui lui est propre.

Dès lors, tout se déroule très vite. Leurs bouches s'entremêlent. Ses doigts s'enchevêtrent dans ses cheveux. Elle le prend par la nuque d'une main et tente vainement, de l'autre, de défaire l'unique bouton de sa chemise. Il lui palpe la poitrine avant de glisser ses mains sous sa jupe. Ils sont pressés. Ils ont hâte d'explorer leurs corps respectifs ; avant que la raison ne les rattrape, avant que la honte ne s'empare d'eux.

Elle lui passe les bras autour du cou. Alors, dans un même mouvement, il la soulève du fauteuil, la pose sur le bureau et relève sa jupe. Elle recherche l'osmose, presse son corps contre le sien. Il lui fait mal à la cuisse lorsqu'il lui enlève son collant. Mais elle ne s'en apercevra qu'après. Il n'a pas le temps d'ôter sa culotte, il se contente de lui écarter l'entre-jambe en déboutonnant son pantalon. Elle aperçoit la clé dans la serrure par-dessus son épaule et se dit qu'ils devraient verrouiller la porte, mais il est déjà en elle. Sa propre bouche est béante contre l'oreille de Thomas, et elle respire au rythme de ses coups de boutoir. Elle s'accroche à lui comme un petit singe à sa mère. Un dernier soubresaut et il vient en elle en retenant un cri. Puis il se penche sur elle et la contraint à se retenir en posant une main sur le plateau du bureau, afin de ne pas tomber en arrière.

Après cela, il s'écarte d'elle et recule de plusieurs pas jusqu'à heurter la porte. Il l'observe avec des yeux dépourvus d'expression, secoue la tête, lui tourne le dos et regarde par la fenêtre. Rebecka se laisse glisser au bas du bureau, remonte son collant et rajuste sa jupe. Le dos de Thomas Söderberg lui apparaît comme un véritable mur.

— Pardon, s'excuse-t-elle à mi-voix. Ce n'était pas dans mes intentions.

— Fais-moi le plaisir de partir, dit-il d'une voix rauque. Va-t'en.

Elle court sans s'arrêter jusque chez Sanna, et tra-
verse les rues sans regarder. En plein cœur du mois
de janvier et de l'hiver, le froid la saisit à la gorge et
lui fait mal. Elle sent quelque chose de poisseux entre
ses cuisses.

Soudain, la porte s'ouvrit et le visage furieux du substitut Carl von Post apparut dans l'encadrement.

— Que se passe-t-il ici, bon sang ? demanda-t-il.

Constatant qu'il n'obtenait pas de réponse, il se tourna vers Anna-Maria.

— Que faites-vous ? Vous lui montrez des éléments de l'enquête préliminaire ? ajouta-t-il en désignant Rebecka de la tête.

— Ce ne sont pas des pièces confidentielles. On peut acheter ces bandes vidéo à la librairie de l'église de la Force originelle. Nous étions juste en train de bavarder. Rassurez-moi, ce n'est pas interdit ?

— Ah bon, siffla von Post. Désormais, c'est avec moi que vous allez discuter ! Dans mon bureau dans cinq minutes.

Il sortit en claquant la porte. Les deux femmes se regardèrent.

— La journaliste a retiré sa plainte pour violences, dit Anna-Maria.

Elle parlait sur un ton badin, afin de souligner son changement de registre et sa distance vis-à-vis du magistrat. Le message n'en passa pas moins.

Voilà pourquoi il est si en colère, songea Rebecka.

— Elle a affirmé avoir glissé et que tu n'avais sûrement pas voulu la faire tomber, poursuivit Anna-Maria en se levant avec peine. Je dois y aller. Y avait-il autre chose ?

201

Les idées dansaient la sarabande en Rebecka, allant de Måns — qui avait sans doute parlé à cette journaliste — à la bible de Viktor.

— La bible de Viktor est ici ? demanda-t-elle.

— Non, elle a été expédiée à Linköping. Ils vont la garder jusqu'à ce qu'ils en aient terminé. Pourquoi ça ?

— Si c'est possible, j'aurais aimé y jeter un coup d'œil. Pourraient-ils m'en faire des copies là-bas ? Pas de toutes les pages, bien entendu, mais de celles qui sont annotées. Et aussi des cartes postales et autres papiers glissés dedans.

— Naturellement, répondit Anna-Maria, pensive. Cela devrait être possible. En contrepartie, si j'ai des questions à te poser, tu accepteras peut-être de me parler un peu de la communauté.

— Tant qu'il ne s'agit pas de Sanna, ajouta Rebecka avec un coup d'œil à sa montre.

L'heure d'aller chercher Sara et Lova. Elle salua vite Anna-Maria Mella. Avant de regagner sa voiture, elle s'assit sur le canapé de la réception, sortit son ordinateur et le brancha sur son téléphone portable. Elle tapa l'adresse électronique de Maria Taube et écrivit : « Salut, Maria. Tu connais sûrement un employé qui a un faible pour toi au service du contentieux des impôts. Pourrais-tu lui demander de me fournir des renseignements sur certaines personnes, et sur une association à but non lucratif ? »

Elle expédia le message et obtint une réponse avant même d'avoir débranché l'appareil. « Salut, ma petite. Je peux lui réclamer à peu près n'importe quoi. Pourvu que ce ne soit pas confidentiel. M. »

Le hic, pensa Rebecka, déçue, c'est que ces renseignements qui ne le sont pas, je peux me les procurer seule.

Son ordinateur à peine refermé, son portable sonna. C'était Maria.

— Tu n'es pas aussi maligne que tu le crois, dit-elle.

— Quoi ? demanda Rebecka interloquée.

— Tu ne comprends pas. Tous les mails reçus au bureau peuvent être interceptés. Mon patron a accès au serveur et peut lire les courriers entrants et sortants. Tu veux que tous les associés soient au courant de ta demande concernant des informations fiscales confidentielles ? Et tu crois que je désire qu'ils le sachent ?

— Non, répondit Rebecka, confuse.

— Alors, de quoi as-tu besoin ?

Rebecka rassembla fissa ses idées et débita d'une traite :

— Demande-lui de se brancher sur le site local et national du ministère des Finances et de chercher…

— Attends une seconde, il faut que je note tout ça. Que doit-il faire ?

— Aller sur le site local et national du ministère des Finances et examiner ce qu'il y a sur la communauté de la Force originelle et sur les pasteurs qu'elle emploie : Thomas Söderberg, Vesa Larsson et Gunnar Isaksson. Et sur Viktor Strandgård. Il me faut leur bilan consolidé et en savoir un peu plus sur la situation financière des pasteurs et de ce Viktor. Leur salaire et qui le leur verse. S'ils ont des biens immobiliers, un portefeuille et le reste.

— Bon, dit Maria en griffonnant.

— Autre chose. Peux-tu décortiquer le registre du commerce, voir un peu ce qui gravite autour de la communauté ? C'est très long pour se connecter par l'intermédiaire du portable. Regarde si la Force originelle possède des actions dans une société non cotée en Bourse, des participations dans une firme commerciale ou des investissements dans ce goût-là. Vérifie bien ce qui concerne les pasteurs et Viktor.

— Peut-on te demander pourquoi ?

— Je ne sais pas. Une idée qui m'est venue. Il faut tout de même bien que je m'occupe pendant que je suis bloquée ici.

— Comment dit-on, déjà ? Secouer le cocotier, c'est ça ? Pour voir si quelque chose en tombe.

— Peut-être, conclut Rebecka.

Dehors, l'obscurité avait gagné du terrain. Rebecka fit sortir Tjapp de la voiture, qui fila aussitôt s'accroupir contre une congère. Les réverbères avaient été allumés et éclairaient un carré blanc glissé sous l'essuie-glace de l'Audi. Rebecka pensa d'abord à une contravention. Mais elle aperçut ensuite son nom inscrit au crayon en grandes capitales sur une enveloppe. Elle fit monter Tjapp sur le siège du passager, s'installa à bord du véhicule et ouvrit le pli. À l'intérieur : un message rédigé à la main d'une écriture maladroite et pointue. Comme si son auteur portait des gants ou ne l'avait pas écrit avec sa main habituelle :

« Quand je dis à l'impie : "Impie, tu MOURRAS certainement !" si tu ne parles pour inciter le méchant à quitter sa voie, lui, l'impie MOURRA pour son péché ; mais je te demanderai compte de son SANG. Mais si tu avertis le méchant afin qu'il se détourne de sa voie, et qu'il ne se détourne pas de sa voie, il mourra pour son péché ; mais toi, tu auras sauvé ton âme.

TU ES PRÉVENUE ! »

Rebecka sentit son estomac se nouer et ses poils se hérisser sur ses bras. Elle parvint à résister à l'envie de se retourner pour voir si quelqu'un l'observait. Elle chiffonna le morceau de papier et le laissa tomber sur le sol devant le siège du passager.

— Montrez-vous, espèces de sales lâches, dit-elle à voix haute en quittant le parking.

Pendant tout le trajet vers l'école, elle demeura persuadée qu'on la suivait.

L'air contrarié, la directrice du groupe scolaire de Bolagsområdet examina Rebecka par-dessus la table. La cinquantaine, assez trapue, ses épais cheveux teints en noir corbeau et noyés de laque formaient un solide casque, surplombant un visage carré. Comme des yeux de chat, ses lunettes pendaient à une cordelette autour de son cou, emmêlée à un collier en cuir, plumes et fragments de céramique.

— Je ne vois vraiment pas ce que l'école peut faire dans pareille situation, dit-elle en ôtant un cheveu tombé sur son gilet bigarré.

— Mais je viens de vous l'expliquer, insista Rebecka, s'efforçant de masquer son impatience. Le personnel éducatif ne doit confier Sara et Lova à personne d'autre que moi.

La directrice eut un petit sourire condescendant.

— Nous préférons ne pas nous mêler des affaires de famille. Je l'ai déjà fait savoir à Sanna Strandgård, la mère des fillettes.

Rebecka se leva et se pencha sur le bureau.

— Je me fiche pas mal de ce que vous voulez ou ne voulez pas, lança-t-elle d'une voix forte. En tant que directrice de cet établissement, il est de votre devoir de veiller à la sécurité des enfants à l'école. Jusqu'à l'arrivée de leurs parents, ou de ceux à qui ils ont été confiés. Si vous ne faites pas ce que je vous dis et n'ordonnez pas à votre personnel de ne remettre ces fillettes à nulle autre que moi, votre nom sera cité dans les médias, en tant que complice de mauvais traitements sur des enfants. Et, croyez-moi, ils s'en repaîtront. Mon portable déborde de messages de journalistes qui désirent s'entretenir avec moi de Sanna Strandgård.

La directrice contracta la mâchoire et crispa les lèvres.

— Je suppose que ce sont là les manières qu'on acquiert à Stockholm lorsqu'on travaille dans un prestigieux cabinet d'avocats.

— Non, répliqua Rebecka, on les prend en se confrontant à des gens comme vous.

Elles se regardèrent un moment en silence, puis, d'un haussement d'épaules, la directrice abandonna la partie.

— Il n'est pas facile de savoir que faire avec ces petites filles, siffla-t-elle. Au début, seuls les parents et le frère de Sanna Strandgård avaient le droit de venir les chercher. La semaine dernière, elle a surgi ici en coup de vent pour m'expliquer qu'il ne fallait les confier qu'à elle. Et maintenant, c'est à vous.

— Sanna vous a expliqué ça la semaine dernière ? s'étonna Rebecka. A-t-elle précisé pourquoi ?

— Non. En revanche, ses parents sont les personnes les plus serviables qu'on puisse imaginer. Ils ne disent jamais non.

— Ça, c'est vous qui l'affirmez, souligna Rebecka. Désormais, je viendrai chercher les enfants ici.

À dix-huit heures, Rebecka était dans la cuisine de sa grand-mère, à Kumarajiva. Les manches retroussées, Sivving se tenait près de la cuisinière et faisait griller de la viande de renne dans la grande poêle noire en fonte. Une fois les pommes de terre cuites, il en fit de la purée au batteur électrique dans la casserole en aluminium et ajouta du lait, du beurre et deux jaunes d'œuf. Puis il assaisonna le tout avec du sel et du poivre. Hypnotisées par ces délicieuses odeurs, Tjapp et Bella étaient assises à ses pieds, sages comme des chiens de cirque. Sara et Lova regardaient un dessin animé, couchées sur un matelas posé à même le sol.

— J'ai apporté des films vidéo, si vous voulez, les enfants, leur avait-il dit. Il y a *Le Roi Lion* et d'autres choses. Tout est dans le sac.

Rebecka feuilletait distraitement un vieil exemplaire de magazine familial. Il était agréable d'être aussi proches les uns des autres dans cette petite cuisine, avec Sivving qui prenait ses aises aux fourneaux. Quand elle était venue chercher la clé pour la deuxième fois ce jour-là, il avait aussitôt demandé si elles avaient faim et proposé de leur faire à manger. Le feu de bois crépitait et de petits claquements résonnaient dans le conduit de cheminée.

Quelque chose de bizarre s'est passé au sein de la famille Strandgård, pensa Rebecka. Demain, il va falloir que Sanna me dise quoi.

Elle regarda Sara. Sivving ne paraissait pas se soucier de son silence buté.

Je ne dois pas en faire trop, se dit-elle. Je vais la laisser tranquille.

— Elles ont besoin de quelque chose pour les distraire, lança Sivving en désignant les fillettes de la tête. De nos jours, à cause des DVD et des jeux électroniques, certains gosses semblent ne plus savoir s'amuser dehors. Tu connais Manfred, il habite de l'autre côté de la rivière. Eh bien, il m'a raconté que, l'été dernier, ses petits-enfants sont venus en vacances chez lui. Il les a obligés à jouer en plein air. « En été, on se distrait à l'intérieur lorsqu'il pleut à verse », leur a-t-il dit. Alors ils sont sortis, mais ne savaient que faire. Ils étaient là, à tourner en rond dans la cour. Au bout d'un moment, il les a vus se mettre en cercle les mains jointes. Il leur a alors demandé en quoi consistait leur petit manège. Ils ont prétendu prier Dieu pour qu'un orage éclate.

Il ôta la poêle du feu.

— Voilà, c'est prêt.

Il déposa la viande, la purée de pommes de terre et de la confiture d'airelles dans un emballage recyclable sur la table.

— Ah, ces gosses, soupira-t-il. Manfred en a fait une maladie.

Assis sur un tabouret dans le vestibule de son appartement, Måns Wenngren découvrit un message de Rebecka sur son répondeur. Il n'avait pas pris le temps d'enlever son manteau, ni celui d'éclairer. Il se le repassa à trois reprises en écoutant sa voix de façon attentive. Elle paraissait différente de ce qu'elle était d'habitude, comme si sa propriétaire ne la tenait plus. Au bureau, ce timbre se couchait docilement aux pieds de son maître, lui permettant de ne pas trahir ses véritables sentiments.

« Merci d'être intervenu auprès de cette journaliste. Tu as dû vite trouver une tête de cheval à déposer dans son lit, Don Corleone ? À moins que tu n'aies résolu le problème d'une autre façon ? J'ai éteint mon portable car je suis harcelée par les reporters, mais j'écoute mes messages et je lis mon courrier électronique. Merci encore. Bonne nuit. »

Il se demanda si elle avait aussi changé d'apparence. Comme cette fois où il l'avait croisée à cinq heures du matin dans le hall : les négociations auxquelles il avait participé s'étaient prolongées très tard dans la nuit et elle venait d'arriver à pied. Ses cheveux étaient ébouriffés et une mèche collée sur sa joue. Le visage rougi par la fraîcheur du vent, ses yeux brillants semblaient presque joyeux. Il se souvenait de son air ahuri et de sa légère gêne. Il avait tenté d'engager la conversation, mais elle avait marmonné une excuse et s'était réfugiée dare-dare dans son bureau.

— Bonne nuit, lâcha-t-il dans le silence de son appartement.

IL Y EUT UN SOIR,
IL Y EUT UN MATIN :
TROISIÈME JOUR

Trois heures et quart du matin, il se met à neiger. D'abord doucement, puis de plus en plus fort. Au-dessus de nuages massifs, l'aurore boréale se tord en tous sens dans le ciel, tel un serpent qui se pavane devant les constellations.

Dans le garage situé sous leur maison plongée dans l'obscurité, Kristina Strandgård est assise dans la Volvo gris métallisé de son mari. Seul le plafonnier éclaire sa robe de chambre molletonnée et ses pantoufles. Sa main gauche est posée sur ses genoux, la droite serre fort les clés de la voiture. Avec des tapis de lirette, elle a calfeutré le bas de la porte du garage. Celle qui donne sur l'intérieur de la maison est fermée à clé, et les interstices sont colmatés avec du ruban adhésif.

Je devrais pleurer, pense-t-elle, être comme Rachel : « Une voix a retenti dans Rama, une lamentation et une longue plainte : c'est Rachel qui pleure ses enfants et refuse d'être consolée car ils ne sont plus. » Mais je ne ressens rien. En moi-même, je suis comme une feuille de papier blanc et bruissant. Je suis la véritable malade de la famille. Je ne le croyais pas. Il en est pourtant ainsi.

Elle glisse la clé dans le démarreur, mais les larmes ne veulent toujours pas couler.

Dans sa cellule, Sanna Strandgård, le front appuyé sur les feuillards glacés placés devant la vitre blindée de la fenêtre, observe le sentier, en dessous des façades en tôle verte de Konduktörsgatan. Sous le faisceau de l'un des réverbères, Viktor est debout dans la neige. À part ses immenses ailes gris pigeon rabattues sur son corps pour le protéger un peu, il est nu. Les flocons déferlent sur lui telle une pluie d'étoiles et étincellent à la lumière de l'éclairage public. Ils ne fondent pas en atterrissant sur sa peau. Il lève les yeux et regarde Sanna.

— Je ne peux pas te pardonner, murmure-t-elle en dessinant sur la vitre avec le bout de son doigt. Mais le pardon est un miracle qui se produit au fond du cœur. Alors, si tu me pardonnes, peut-être que…

Elle ferme les yeux et voit Rebecka, les bras couverts de sang des coudes jusqu'aux mains. Elle les tend et, protectrice, les pose sur les têtes de Sara et Lova.

Je suis navrée, Rebecka, songe Sanna. Mais tu dois t'en charger.

Lorsque l'horloge de l'hôtel de ville sonne cinq heures, Kristina Strandgård retire la clé du contact et sort de la voiture. Elle ôte les tapis placés devant la porte du garage, puis arrache le ruban adhésif et en fait une boule qu'elle glisse dans la poche de sa robe de chambre. Elle monte ensuite dans la cuisine et travaille de la pâte à pain. Elle y jette quelques graines de lin pour faciliter le transit capricieux d'Olof.

Mercredi 19 février

Le téléphone sonna tôt le matin chez Anna-Maria Mella.

— Laisse, grogna Robert.

Forte de plusieurs années d'habitude, Anna-Maria tendait le bras pour saisir le combiné.

Sven-Erik Stålnacke était au bout du fil.

— C'est moi, dit-il. Tu as l'air essoufflée.

— Je viens de monter l'escalier.

— Tu as regardé dehors ? Il a beaucoup neigé cette nuit.

— Mmm.

— On a une réponse du labo. Pas d'empreintes digitales sur le couteau. Il a été lavé et essuyé. Aucun doute, c'est l'arme du crime : il y a des traces du sang de Viktor sur le tranchant, près du manche. Et on en a relevé aussi dans l'évier de Sanna Strandgård.

Pour toute réponse, Anna-Maria fit claquer sa langue sur son palais.

— Carl von Post est fou de rage. Il aurait bien sûr voulu qu'on ait des preuves matérielles. Il m'a appelé à cinq heures et demie du matin en hurlant qu'il nous fallait un mobile, et retrouver à tout prix l'objet contondant ayant servi à assommer Viktor.

— Bah, il a raison, répondit Anna-Maria.

— Tu crois qu'elle a fait une chose pareille ?

— Cela me paraît peu probable, mais je ne suis pas expert-psychiatre.

— En tout cas, ce fumier va lui faire son affaire.

Contrariée, Anna-Maria soupira de façon appuyée.

— Comment ça, lui faire son affaire ?

— Je ne sais pas. Je suis persuadé qu'il va à nouveau l'interroger. Il a, en plus, parlé de la transférer à Luleå dès qu'elle sera inculpée.

— Mais bon sang, protesta Anna-Maria. Il ne comprend pas que c'est inutile de lui ficher la frousse ? Il faudrait faire venir un professionnel pour lui parler. D'ailleurs, je vais la voir moi aussi. Pas la peine de perdre son temps à écouter le procureur la questionner.

— Vas-y mollo, conseilla Sven-Erik. S'il s'avise que tu l'interroges derrière son dos, ça fera un raffut de tous les diables.

— Je trouverai un prétexte quelconque. Il vaut mieux que je flirte avec la ligne blanche, plutôt que toi.

— Quand passes-tu ? Il y a aussi une tonne de fax arrivés pour toi de Linköping. Les secrétaires sont débordées, demandent s'il faut tout enregistrer et sont furieuses que le fax ait été bloqué toute la matinée.

— Dis-leur que non, ce sont seulement des copies de la bible de Viktor.

— Alors, quand viens-tu ? insista Sven-Erik.

— Pas tout de suite, biaisa Anna-Maria. Robert doit d'abord déneiger la voiture et les alentours.

— Bon, dit Sven-Erik avant de raccrocher, je te coincerai quand tu arriveras.

— Où en était-on ? demanda une Anna-Maria badine, en baissant les yeux vers Robert.

Il était allongé nu sous elle, et caressait avec délicatesse son gros ventre en remontant vers ses seins.

— On en était très exactement là, dit-il en dessinant du bout des doigts des cercles sur ses mamelons bruns.

Armé d'un balai de bruyère dans la cour de sa grand-mère, Rebecka Martinsson déneigeait sa voiture. Vu la quantité tombée au cours de la nuit, ce n'était pas une mince affaire et elle transpirait sous son bonnet. Il faisait encore sombre et il neigeait toujours. Sur la route recouverte d'une épaisse couche de poudreuse, la visibilité était à peu près nulle. Le périple pour se rendre en ville risquait d'être périlleux. À supposer qu'elle parvienne à sortir la voiture de la cour. Sara et Lova l'observaient derrière la fenêtre de la cuisine. Inutile de les faire venir pour monter dans la voiture, elles attraperaient froid. Après avoir fait une fois le tour de la maison, Tjapp avait disparu. À ce moment-là, son portable sonna. Elle le porta à l'oreille et répondit d'une voix irritée :

— Rebecka.

— Allô, siffla Maria Taube, gaie comme un pinson. Ah tiens, tu réponds maintenant ! J'aurais juré entendre ta boîte vocale.

— Je viens d'appeler le voisin pour qu'il m'aide à sortir la voiture de la cour, haleta Rebecka. Il n'arrête pas de neiger et je dois emmener les filles à l'école. Pour l'instant, l'Audi est bloquée par ce qui est tombé cette nuit.

— « Emmener les filles à l'école », la singea Maria Taube. Je parle bien à Rebecka Martinsson ? On croirait entendre une mère de famille au bout du rouleau, avec un pied à l'école et l'autre au boulot. Dieu merci, vendredi approche. On va pouvoir se détendre en prenant l'apéro et manger des chips devant la télé.

Rebecka rit de bon cœur à ce petit numéro. Précédées par des gerbes de neige, Tjapp et Bella déboulèrent en courant ventre à terre. Bella était en tête. À cause de ses petites pattes, l'épais manteau neigeux ralentissait Tjapp. Sivving n'allait sûrement pas tarder à arriver.

— J'ai obtenu les renseignements que tu désirais sur la communauté et j'ai promis d'inviter Johan Dahlström à dîner pour le remercier. Tu sais ce qu'il te reste à faire. Moi aussi, ça ne me ferait pas de mal d'aller jouer les vedettes au Sturehof.

— Tu as fait une bonne affaire, toi aussi, plaisanta Rebecka en passant le balai sur le capot de la voiture. Ton Johan va d'abord insister pour payer ce repas de remerciements. Ensuite, je t'inviterai pour que le monde entier découvre tes somptueuses jambes.

— Ce n'est pas *mon* Johan. Mais tu dois être gentille et pleine de gratitude, sinon : motus et bouche cousue.

— Je *suis* gentille et pleine de gratitude, assura Rebecka. Alors, raconte.

— Bon, il m'a dit que la communauté a coché la case ABNL.

— Sans blague, lâcha Rebecka.

— Ça signifie quoi au juste ? demanda Maria. Je ne me suis jamais occupée des associations et des fondations.

— Association à but non lucratif, donc ne faisant pas de bénéfices et non soumise à l'impôt sur le revenu ou sur la fortune. Par conséquent, elle ne déclare rien et n'est pas tenue de présenter un bilan chaque année. Autrement dit, on ne peut rien savoir sur ses activités ni sur ses finances.

— En ce qui concerne Viktor Strandgård, Johan m'a révélé qu'il perçoit un tout petit salaire de la communauté. Il est remonté deux ans en arrière mais n'a pas trouvé trace d'autre rémunération. Pas de fortune, de biens immobiliers ni de portefeuille d'actions.

À ce moment, le bonnet enfoncé sur les yeux et tirant une herse à neige derrière lui, Sivving arriva dans la cour. Les chiennes se précipitèrent à sa rencontre et bondirent autour de ses jambes, bien décidées à jouer. Rebecka lui fit signe de la main mais il scrutait le sol et ne la vit pas.

— Les pasteurs encaissent, eux, quarante-cinq mille par mois.

— Pour un pasteur, c'est énorme, s'exclama Rebecka.

— Thomas Söderberg détient un gros portefeuille d'actions. Il y en a pour environ un demi-million et il possède par ailleurs un terrain non bâti sur Värmdö.

— Värmdö à côté de Stockholm ?

— Oui, imposable pour environ quatre cent vingt, mais sur le marché ça peut valoir n'importe quelle somme. La maison de Vesa Larsson est récente et d'une valeur imposable d'un million deux. Une estimation faite par le fisc, suite à une visite l'an dernier. Il a emprunté un million, sans doute gagé sur la maison.

— Et Gunnar Isaksson ?

— Rien de particulier. Un peu d'argent à la banque et des obligations.

— Et la communauté ? Possède-t-elle une société commerciale ou quelque chose y ressemblant ?

Sivving surgit alors dans le dos de Rebecka.

— Bonjour, lança-t-il. Tu parles toute seule ?

— Attends une seconde, dit Rebecka à Maria.

Elle se tourna vers Sivving. Seule une partie de son visage émergeait de son écharpe. Un petit tas de neige s'était déjà formé sur le sommet de son bonnet.

— Je suis au téléphone, expliqua-t-elle en désignant le fil de l'écouteur vissé dans son oreille. Je n'arrive pas à sortir la voiture : quand j'ai essayé de démarrer, les roues ont patiné.

— Ce bout de ficelle, un téléphone ? s'étonna-t-il. Mon Dieu, on vous en implantera bientôt un dans le crâne à la naissance. Mais vas-y, continue ta conversation pendant que je déneige.

Il s'activa avec la herse devant le véhicule.

— Allô, reprit Rebecka.

— Je suis toujours là, répliqua Maria. La communauté ne possède pas de biens propres. J'ai aussi vérifié pour les pasteurs et leurs femmes. Elles sont actionnaires d'une société, la VictoryPrint HB.

— Tu as des détails ?

— Non, mais tout cela est public, il te suffit de passer à l'hôtel des impôts. Je n'ai pas voulu exagérer avec Johan. Il n'était pas très heureux de passer par le biais d'un autre service fiscal pour avoir ces informations.

— Merci mille fois. Je dois maintenant aider Sivving à dégager la voiture. Je te rappelle.

— Sois prudente, conseilla Maria en raccrochant.

La nuit se déroba par la fenêtre en verre blindé et sous la lourde porte métallique, abandonnant lentement Sanna Strandgård. Elle laissa la place au jour, avec ce qu'il peut avoir d'impitoyable. L'aube était encore loin. La pâle lueur des réverbères pénétrait par la lucarne, s'étendant au plafond et y formant un semblant de pénombre. Immobile, Sanna était allongée sur sa couchette.

Encore un petit moment de répit, supplia-t-elle. Mais le sommeil l'avait déjà fuie, emportant avec lui l'oubli.

Elle avait le visage engourdi. Elle dégagea sa main de la couverture et la passa sur ses lèvres, comme si cette paume était les cheveux de Sara. Elle se rappela l'odeur de Lova qui, malgré son âge, sentait toujours le bébé. Sanna se détendit et se laissa emporter par les souvenirs. Toutes les quatre au lit dans la chambre de son appartement : Lova, les bras autour de son cou ; Sara, blottie derrière son dos, avec sur ses pieds Tjapp, cavalant en rêve. Tout cela semblait tatoué sur sa peau, gravé sur ses mains et ses lèvres. Quoi qu'il advienne, son corps s'en souviendrait.

Rebecka, pensa-t-elle. Je ne les perdrai pas.

Rebecka fera le nécessaire. Je ne dois pas pleurer, cela ne sert à rien.

La porte de la cellule s'entrouvrit une heure plus tard. La lumière se déversa par l'entrebâillement et une voix murmura :

— Tu es réveillée ? demanda l'inspecteur de police à la grande natte et au ventre proéminent.

Sanna répondit lorsque le visage d'Anna-Maria apparut dans l'encadrement.

— Je viens voir si tu veux un petit déjeuner. Du thé et des tartines ?

Sanna accepta et Anna-Maria disparut en laissant la porte de la cellule entrouverte. Elle entendit alors la voix irritée du gardien.

— Mais enfin quoi, Mella !

Puis la réponse d'Anna-Maria :

— Bah, où est le problème ? Tu crois qu'elle va franchir les grilles comme des haies ?

Sans doute une bonne mère, pensa Sanna. Du genre à laisser la porte ouverte pour que les enfants l'entendent s'affairer dans la cuisine et à laisser une veilleuse pour les protéger des dangers tapis dans le noir.

Anna-Maria Mella revint peu après avec deux tartines au concombre dans une main, et une tasse de thé dans l'autre. Elle avait en plus un dossier sous le bras et fut contrainte de pousser la porte avec le pied. Ébréchée, la tasse avait jadis appartenu à la « meilleure grand-mère du monde ».

— Oh, s'exclama Sanna avec gratitude en se levant. Je croyais qu'en prison, on était au pain sec et à l'eau.

— Mais c'est du pain et de l'eau, répondit Anna-Maria avec un rire. Je peux m'asseoir ?

Sanna l'invita d'un geste en désignant le pied du lit. Anna-Maria déposa ses documents à même le sol et s'assit.

— Il descend, dit Sanna entre deux gorgées de thé, en indiquant de la tête le ventre d'Anna-Maria. Ça ne va plus tarder maintenant.

— En effet.

Elles demeurèrent un moment silencieuses. Sanna grignotait ses tartines et on entendait le concombre craquer sous ses dents. Anna-Maria regardait au-dehors la neige tombant à gros flocons.

— Le meurtre de ton frère possède un caractère, comment dire, religieux, n'est-ce pas ? Rituel, en un certain sens.

Sanna cessa de mâcher, le morceau de pain forma une masse compacte dans sa bouche.

— Les yeux crevés, les mains coupées, les nombreux coups de couteau, poursuivit Anna-Maria. L'endroit où il gisait : au milieu de l'allée centrale et l'absence de traces de lutte.

— Comme l'agneau du sacrifice, commenta Sanna à voix basse.

— Exactement. Ça me rappelle le passage de la Bible où il est dit : « Œil pour œil, dent pour dent. »

— Un passage de l'Exode, précisa Sanna, la main tendue pour prendre le volume posé par terre à côté du lit.

Elle chercha un instant et se mit à lire : « Mais s'il y a un accident, tu donneras vie pour vie, œil pour œil, dent pour dent... »

Parcourant la suite pour elle-même, elle observa une pause avant de reprendre à haute voix :

— ... « main pour main, pied pour pied, brûlure pour brûlure, blessure pour blessure, meurtrissure pour meurtrissure. »

— Qui pouvait avoir des raisons de se venger de lui ?

Sanna ne répondit pas et continua à feuilleter l'ouvrage au hasard.

— L'Ancien Testament fourmille d'yeux crevés. Les Ammonites offrirent la paix aux assiégés de Yabboq, à condition de pouvoir tous les énucléer.

Elle se tut quand la porte s'ouvrit en grand. Le gardien entra, suivi de Rebecka Martinsson. Des mèches de cheveux humides pendaient sur ses épaules, son mascara avait dégouliné sur ses pommettes et son nez s'apparentait à un robinet pourpre et percé.

— Bonjour, dit-elle en contemplant de ses grands yeux les deux femmes souriantes assises sur la couchette. Pas de questions !

Rebecka resta debout sur le seuil de la porte alors que le gardien regagnait son poste.

— C'est la prière du matin ? demanda-t-elle.

— Nous parlions des yeux crevés dans la Bible, répondit Sanna.

— Par exemple « Œil pour œil, dent pour dent », précisa Anna-Maria.

— Mmm, bredouilla Rebecka, et le passage où il est dit : « Et si ton œil est pour toi une occasion de chute », etc. Où est-ce, déjà ?

Sanna feuilleta sa bible.

— Voilà, c'est dans saint Marc : chapitre 9, verset 43 et la suite. « Et si ta main est pour toi une occasion de chute, coupe-là : mieux vaut pour toi entrer dans la vie manchot que de t'en aller avec tes deux mains dans la géhenne, dans le feu qu'on n'éteint pas. Et si ton pied est pour toi une occasion de chute, coupe-le : mieux vaut pour toi entrer dans la vie boiteux que d'être jeté avec tes deux pieds dans la géhenne. Et si ton œil est pour toi une occasion de chute, arrache-le : mieux vaut pour toi entrer borgne dans le royaume des cieux que d'être jeté dans la géhenne, là où pour eux le ver ne meurt pas et le feu ne s'éteint pas. »

— Pouah ! s'écria Anna-Maria.

— Comment en êtes-vous arrivées à parler de ça ? demanda Rebecka en enlevant son manteau.

Sanna reposa l'ouvrage.

— Anna-Maria trouve que le meurtre de Viktor relève du rituel.

Il s'ensuivit un silence gêné dans la petite cellule. Rebecka observait Anna-Maria Mella d'un œil peu amène.

— Je ne veux pas que vous parliez de cette affaire sans moi, déclara-t-elle sèchement.

Anna-Maria se pencha avec peine et attrapa la chemise sur le sol avant de se lever. Elle regarda Rebecka en face et dit :

— Je n'avais pas prévu de le faire. C'est venu comme ça, au cours de la conversation. Bon, je vous accompagne. Rebecka, quand vous en aurez terminé, tu veux bien demander au gardien d'emmener Sanna à la douche ? Nous nous verrons au parloir dans quarante minutes.

Elle tendit le dossier à Rebecka et ajouta :

— Voilà les photocopies de la bible de Viktor que tu as demandées. J'espère vraiment que nous pourrons collaborer sur de bonnes bases.

Un à zéro pour toi, songea Rebecka pendant qu'elle les précédait dans le couloir.

Une fois seules, Rebecka s'affala sur une chaise. Elle considéra Sanna qui, debout devant la fenêtre, regardait les flocons tomber en serrant les dents.

— Qui a pu déposer l'arme du crime chez toi ? l'interrogea-t-elle.

— Je ne vois pas, répondit Sanna, et je n'en sais pas plus qu'avant. Je dormais et Viktor se tenait près de mon lit. J'ai mis Lova dans le traîneau, j'ai pris Sara par la main et on est parties vers l'église. Il gisait au milieu de la nef.

Elles se turent et Rebecka ouvrit le dossier transmis par Anna-Maria. Le premier document était la copie du verso d'une carte postale dépourvue de timbre. Rebecka observa l'écriture et sentit son sang se glacer : identique à celle du message laissé sur son pare-brise. Son auteur semblait aussi l'avoir rédigée avec des gants ou la mauvaise main. Elle déchiffra : « Ce que nous avons fait n'est pas mal aux yeux de Dieu. Je t'aime. »

— Qu'y a-t-il ? demanda Sanna en voyant Rebecka blêmir.

Je ne peux rien lui dire concernant le message laissé sur ma voiture, pensa-t-elle. Elle serait morte d'inquiétude pour ses filles.

— Rien. Écoute ça.

Elle lut à voix haute la carte postale.

— Qui l'aimait, Sanna ? demanda-t-elle ensuite.

Sanna baissa les yeux.

— Je ne sais pas. Tout un tas de gens.

— Tu ne sais vraiment pas grand-chose, s'irrita Rebecka.

Elle était perturbée. Quelque chose ne collait pas, mais elle ne parvenait pas à trouver quoi.

— Étais-tu en froid avec Viktor lorsqu'il est mort ? Pourquoi, comme tes parents, n'avait-il plus le droit d'aller chercher tes filles ?

— Je t'ai expliqué pourquoi, lança Sanna. Il les aurait conduites chez eux.

Rebecka demeura silencieuse et regarda par la fenêtre en songeant à Patrick Mattsson. Sur l'enregistrement vidéo, elle l'avait vu tenter de saisir les mains de Viktor qui s'était dégagé.

— Je dois maintenant aller me doucher si je veux avoir le temps de le faire avant mon audition, dit Sanna.

Songeuse, Rebecka hocha la tête et se rappela qu'elle devait parler à Patrick Mattsson.

Elle fut tirée de ses pensées par Sanna qui lui caressait les cheveux.

— Je t'aime Rebecka, ajouta-t-elle avec douceur. Entre toutes, tu es ma sœur la plus chère.

Incroyable ce qu'on vous aime, médita Rebecka. Ils mentent, ils vous trompent et ils vous dévorent au petit déjeuner. Et tout cela au nom de l'amour pur.

Rebecka et Sanna sont assises à la table de la cuisine. Sur un pouf dans la salle de séjour, Sara écoute Jojje Wadenius. Son rite matinal : du porridge et Jojje dans cette position. Dans la cuisine, le poste de radio est branché sur la première chaîne. Bien que l'Avent soit terminé depuis longtemps (on est en février), l'étoile de papier orange est toujours accrochée à la fenêtre. Sans doute le besoin de garder une partie de l'ambiance et des décorations de Noël pour tenir le coup jusqu'à l'arrivée du printemps. Sanna prépare des tartines près du fourneau. Le percolateur émet un dernier glouglou avant de se taire. Elle sert deux tasses de café et les pose sur la table.

Rebecka est prise de nausée, comme balayée par une déferlante. Elle se lève d'un bond et se précipite vers les toilettes. Pas le temps de soulever le couvercle de la cuvette, l'essentiel de son vomi atterrit dessus et par terre.

Depuis le seuil, dans sa robe de chambre en éponge verte, Sanna regarde Rebecka d'un œil inquiet. Du revers de la main, elle essuie un peu de bile à la commissure de ses lèvres. Lorsqu'elle relève le visage vers Sanna, elle voit qu'elle a compris.

— *Qui est-ce ? interroge-t-elle. Viktor ? Il a le droit de savoir, dit Sanna.*

Après avoir vidé le café dans l'évier, elles sont de nouveau assises à la table de la cuisine.

— *Pourquoi ça ? demande Rebecka, très raide.*

Depuis un certain temps, elle se sent comme pétrifiée. Le matin, son corps s'éveille longtemps avant elle. Sa bouche s'ouvre pour la brosse à dents. Ses mains font le lit. Ses jambes la mènent jusqu'au collège Hjalmar Lundbohm. Parfois, elle s'arrête au milieu de la rue, se demande si ce n'est pas samedi et s'il faut vraiment y aller. Mais comme par magie ses jambes ne se trompent jamais. Elles la guident dans la salle S le jour J à l'heure H. Son enveloppe corporelle se tire très bien d'affaire sans elle. Prétextant le travail scolaire et la grippe, elle a évité l'église et s'est réfugiée chez sa grand-mère à Kurravaara. Thomas Söderberg n'a ni demandé de ses nouvelles ni téléphoné.

— *Parce que c'est son enfant, répond Sanna. De toute façon, il comprendra. Je veux dire : dans quelques mois, ça se verra.*

— *Non, coupe Rebecka. Ça ne se verra pas.*

Elle comprend que Sanna saisit peu à peu les implications de ces paroles.

— *Rebecka, non, ajoute-t-elle en secouant la tête.*

Les larmes aux yeux, elle tente de l'agripper lorsqu'elle se lève pour enfiler ses chaussures et son anorak.

— Je t'aime Rebecka, supplie Sanna. Tu ne comprends pas : c'est un don du ciel. Je vais t'aider à...

Face au regard plein de mépris de Rebecka, elle se tait.

— Je sais, continue-t-elle à voix basse. Tu estimes que je ne suis même pas en état de me prendre en charge.

Elle se cache le visage entre les mains et pleure à chaudes larmes.

Rebecka se redresse et quitte l'appartement. En elle la colère gronde et elle serre les poings dans ses gants. Avec l'impression qu'elle pourrait tuer quelqu'un. N'importe qui.

Une fois Rebecka partie, Sanna prend le téléphone et compose un numéro.

Maja, la femme de Thomas Söderberg, répond.

Le bruit d'une clé qu'on tourne dans la serrure de la porte de son appartement réveilla Patrick Mattsson à onze heures et quart. Il distingua ensuite une voix fragile comme la glace d'automne, celle de sa mère très inquiète. Elle l'appela, puis il l'entendit enfiler le vestibule et passer devant la salle de bains où il était allongé. Elle s'arrêta sur le seuil du salon et cria à nouveau son prénom. Passé un moment, elle frappa à la porte.

— Patrick ? Tu es là ?

Je devrais répondre, se dit-il.

Il bougea un peu et sentit la fraîcheur du carrelage contre sa joue. Il avait dû s'endormir là, en position fœtale sur le sol, tout habillé.

Encore la voix de sa mère, et des coups frappés à la porte avec insistance.

— Patrick, sois gentil, ouvre-moi. Tu te sens bien ?

Non, je ne me sens pas bien, pensa-t-il. Je ne me porterai plus jamais bien.

Ses lèvres mimèrent le prénom, mais aucun son ne s'en échappa.

Viktor. Viktor. Viktor.

Sa mère abaissait maintenant la poignée.

— Patrick, ouvre cette porte ou j'appelle la police pour qu'elle l'enfonce.

Mon Dieu. Il reprit ses esprits avec le sentiment d'une perceuse à l'œuvre dans le crâne.

— J'arrive, croassa-t-il. J'ai… eu un malaise. Attends.

Lorsqu'elle le vit, elle recula d'un pas.

— Tu es malade ? s'exclama-t-elle. Tu es tout pâle.

— Oui.

— Veux-tu que je prévienne que tu restes à la maison ?

— Non, je dois filer, répondit-il avec un regard à la pendule.

Elle le suivit dans la salle de séjour où des pots de fleurs brisés parsemaient le plancher. L'un des fauteuils avait été renversé et le tapis gisait dans un coin.

— Que s'est-il passé ? demanda-t-elle d'une petite voix.

Il se tourna vers elle et la prit par les épaules.

— C'est moi qui ai fait ça, maman, mais ne t'inquiète pas, désormais ça va mieux.

Elle hocha la tête mais il la sentit au bord des larmes et se détourna.

— Il faut que j'aille à la champignonnière.

— Je reste faire le ménage à ta place, dit-elle, penchée dans son dos pour ramasser des morceaux de verre par terre.

L'idée d'attentions d'une telle servilité venant de sa mère le révoltait.

— Non, maman, sois gentille, ce n'est pas la peine.

— Pour me faire plaisir, murmura-t-elle, tentant d'attirer son regard, la lèvre inférieure pincée pour réprimer ses sanglots. Je sais que tu ne veux pas te

234

confier à moi, mais si tu me permets de mettre un peu d'ordre ici…

Elle déglutit une nouvelle fois.

— … j'aurai quand même fait quelque chose pour toi, conclut-elle.

Il baissa les épaules et se contraignit à l'enlacer brièvement.

— Bon. Tu es gentille.

Puis il quitta en toute hâte l'appartement.

Il monta à bord de sa Golf et démarra. Débrayant, il fit rugir le moteur un moment pour couvrir l'écho de ses pensées.

Surtout ne pas gémir, se dit-il.

Il régla le rétroviseur afin d'y scruter son visage. Ses yeux étaient gonflés et des mèches de cheveux filasse pendouillaient. Il poussa un éclat de rire sarcastique, semblable à une quinte de toux. Il remit soudain le rétroviseur en place.

Je ne dois plus jamais penser à lui, se dit-il. Plus jamais.

Il sortit sur Gruvvägen en dérapant et s'engagea dans la côte montant vers Lappgatan. Il distinguait à peine la route tellement il neigeait, il fut presque contraint à conduire de mémoire. La chaussée avait certes été déblayée le matin, mais, depuis, il était tombé une nouvelle couche ayant une fâcheuse tendance à se dérober sous les pneus. L'une des roues patinait parfois lorsqu'il appuyait sur l'accélérateur, et la voiture se mettait alors à chasser. Cependant cela n'avait guère d'importance, il y avait peu de circulation.

Au carrefour de Lappgatan, il ne parvint pourtant pas à garder le contrôle du véhicule, qui se déporta au milieu de la rue. Du coin de l'œil il vit une femme sur son *spark*, un petit enfant dans le casier. Par chance, elle réussit à franchir le monticule de neige et brandit le poing dans sa direction. Sans doute pour l'injurier. Devant la chapelle Læstadius[1], les conditions changèrent. La neige tassée par la circulation formait des traces sur la chaussée, et la Golf semblait vouloir les suivre. Après coup, il ne comprit pas comment il avait franchi le croisement de Gruvvägen et Hjalmar Lundbohmsvägen. S'était-il vraiment arrêté au feu rouge ?

Arrivé à la mine, il salua le gardien de la main en passant devant la guérite. Absorbé par la lecture de son journal, l'homme ne leva même pas la tête. Patrick s'arrêta devant la barrière à l'entrée du tunnel d'accès à la mine. Il tremblait de tous ses membres. Quand il plongea la main dans la poche de sa veste pour chercher une cigarette, ses doigts refusèrent de lui obéir. Il se sentait vidé de l'intérieur mais c'était plutôt bien. Au cours des cinq dernières minutes, il n'avait pas songé une fois à Viktor Strandgård. Il aspira de grandes bouffées.

Doucement, se dit-il pour se rassurer. Doucement.

Il aurait peut-être dû rester chez lui. Mais enfermé toute la journée dans son appartement, il aurait fini par se jeter par la fenêtre.

Arrête, ricana-t-il en lui-même. Tu n'aurais jamais osé. Renverser des pots de fleurs et casser des tasses à thé, ça oui, mais pour le reste…

Il baissa la vitre de la voiture et tendit la carte pour l'introduire dans le lecteur.

Une main lui saisit alors le poignet, il sursauta et fit tomber le bout incandescent de sa cigarette sur ses genoux. Dans un premier temps, il ne vit pas de qui il

---

1. Du nom de Lars Levi Læstadius (1800-1861), prêtre et évangélisateur, à l'origine d'une forme de protestantisme fortement colorée de chamanisme.

s'agissait et la peur lui saisit les tripes. Puis il aperçut un visage familier.

— Rebecka Martinsson.

La neige s'abattait sur ses cheveux bruns et les flocons fondaient sur son nez.

— J'ai à te parler.

— Eh bien, monte, répondit-il en désignant le siège du passager.

Rebecka hésita un instant en pensant au message laissé sur son pare-brise. « Tu dois mourir », « tu es prévenue ».

— *It's now or never*, comme dit The King, bredouilla Patrick Mattsson en se penchant par-dessus le siège pour ouvrir la portière.

Rebecka discerna devant elle le trou noir de la voie qui pénétrait dans la mine[1].

— D'accord, mais comme j'ai laissé la chienne dans ma voiture, je dois être de retour d'ici une heure.

Elle fit le tour du véhicule, s'assit sur le siège du passager et referma la portière.

Personne ne sait où je suis, pensa-t-elle quand elle vit Patrick glisser sa carte dans le lecteur et la barrière interdisant le passage se lever avec lenteur.

Il embraya et ils s'enfoncèrent dans la mine.

Devant eux, des cataphotes brillaient sur les parois de l'allée ; derrière eux, les ténèbres compactes se calfeutraient comme un rideau de velours noir.

Rebecka tenta d'engager la conversation. Elle eut l'impression qu'elle essayait de traîner un chien rétif.

---

1. L'entrée de la mine de Kiruna est à flanc de coteau, même si les galeries s'enfoncent très loin sous terre. L'ensemble est si vaste que d'énormes véhicules y circulent.

— Mes oreilles se bouchent, pourquoi ?

— C'est la différence de niveau.

— Jusqu'où descend-on ?

— Cinq cent quarante mètres.

— Tu cultives désormais des champignons ?

Pas de réponse.

— En fait, les shitakés, je n'en ai jamais mangé. Tu es seul ici, Patrick ?

— Non.

— Vous êtes plusieurs ? Y a-t-il d'autres personnes en bas ?

Toujours pas de réponse. Ils continuèrent leur rapide descente.

Patrick Mattsson gara la voiture devant un atelier souterrain sans porte, juste une cavité dans la paroi. Rebecka aperçut des ouvriers en bleus de travail avec des casques. D'énormes excavatrices Atlas Copco étaient alignées, dans l'attente d'être réparées.

— Par ici, dit Patrick Mattsson en la précédant.

Rebecka lui emboîta le pas et regarda les hommes à l'intérieur de l'atelier, dans l'espoir que l'un d'entre eux se retourne et la voie.

La paroi noire et rocheuse se dressait des deux côtés. Çà et là, de l'eau en ruisselait, la colorant en vert.

— Le cuivre est à l'origine de ce phénomène, expliqua Patrick lorsqu'elle lui posa la question.

Il écrasa son mégot du talon et, à l'aide d'une clé, fit grincer la serrure d'une lourde porte en acier.

— Je croyais qu'il était interdit de fumer dans les mines.

— Pourquoi ça ? Ici, il n'y a pas de risque de grisou.

— Pour toi c'est pratique, ajouta-t-elle avec un petit rire. Tu peux venir te planquer cinq cents mètres sous terre et fumer en cachette.

Il ouvrit la porte en grand, tendit le bras et, de la paume, l'invita à entrer.

— Je n'ai jamais compris tous ces interdits dont raffolent les Églises libres, reprit-elle en pivotant afin de ne pas lui tourner le dos. Tu ne fumeras pas. Tu ne boiras pas d'alcool. Tu n'iras pas en discothèque. Où sont-ils allés chercher ça ? Il est beaucoup moins question des excès en tous genres et du refus de partager, des péchés sur lesquels la Bible insiste pourtant.

La porte se referma derrière eux. Patrick alluma la lumière. La pièce s'apparentait à un vaste bunker. Suspendues à des montants, des étagères métalliques étaient fixées au plafond. Dessus, des objets ressemblant à de grosses saucisses sous cellophane ou à des bûches rondes.

Rebecka s'en enquit et Patrick lui expliqua.

— C'est de la sciure d'aune dans laquelle on a injecté des spores. Passé un certain laps de temps, on ôte le film plastique et on tape dessus à la main. Ils commencent alors à pousser et on récolte cinq jours plus tard.

Il disparut derrière une vaste bâche à l'autre bout de la pièce. Il revint peu après avec d'autres emballages du même genre. Cette fois en forme de cubes ; ils contenaient une multitude de shitakés. Il les posa sur une table et en sortit les champignons, les jetant au fur et à mesure dans un carton. Une odeur de moisissure végétale et de bois humide envahit la pièce.

— Les conditions climatiques sont idéales ici. De plus, les lampes s'adaptent de manière automatique à la durée du jour. Mais trêve de balivernes, Rebecka, que veux-tu ?

— J'aimerais parler de Viktor.

Le regard dépourvu d'expression, il la dévisagea.

J'aurais dû opter pour une tenue vestimentaire plus simple, songea-t-elle. De la sorte, ils venaient de planètes différentes et la communication ne passait pas. Elle, avec son maudit manteau et ses fins gants de marque.

— Quand je vivais encore ici, vous étiez proches l'un de l'autre.

— Oui.

— Comment était-il ? Je veux dire : après mon départ.

Derrière le rideau, le système d'arrosage s'enclencha en laissant échapper un petit sifflement. De la vapeur d'eau s'écoula alors du plafond, suintant le long de la bâche transparente.

— Il était parfait. Beau. Dévoué. Un orateur doué. Mais son Dieu était plutôt du genre sévère. S'il avait vécu au Moyen Âge, il se serait flagellé et aurait effectué des pèlerinages les pieds en sang.

Il sortit les champignons du dernier emballage et les répartit de façon régulière dans la boîte.

— Comment se flagellait-il ?

Patrick Mattsson continua à s'occuper de ses shitakés. Il semblait plus s'adresser à eux qu'à elle.

— Tu sais bien. Le genre dépouillez-vous-de-tout-ce-qui-n'est-pas-Dieu. À n'écouter que de la musique sacrée pour ne pas s'exposer à l'influence des esprits du mal. Pendant un moment, il a eu très envie d'acheter un chien. Mais un animal demande du temps, un temps qui revient de droit à Dieu. Alors il s'en est abstenu. Ce chien, il aurait dû se l'offrir, dit-il avec un geste de désapprobation.

— Comment était-il ? persista Rebecka.

— Je viens de te le dire. Irréprochable. Tout le monde l'adorait.

— Et toi ?

Patrick Mattsson ne répondit pas.

Je ne suis pas venue ici pour un stage de mycologie, pensa Rebecka.

— Je crois que toi aussi tu l'aimais, insista-t-elle.

Patrick inspira par le nez, se pinça les lèvres et fixa le plafond.

— Ce type n'était que du bluff, rétorqua-t-il avec vivacité. Maintenant rien n'a plus d'importance et je suis content qu'il soit mort.

— Qu'entends-tu par « du bluff » ?

— Ça suffit, Rebecka. Ne te mêle pas de ça, veux-tu.

— Lui as-tu envoyé une carte postale pour déclarer ta flamme et expliquant que votre relation n'avait rien de répréhensible ?

Patrick enfouit son visage entre ses mains et secoua la tête.

— Vous entreteniez une relation amoureuse, n'est-ce pas ?

Il se mit à pleurer.

— Demande à Vesa Larsson, gémit-il. Interroge-le sur la vie sexuelle de Viktor.

S'interrompant, il chercha en vain un mouchoir dans sa poche, et renifla dans la manche de son pull. Rebecka fit un pas dans sa direction.

— Ne me touche pas ! s'exclama-t-il.

Elle s'immobilisa.

— Que veux-tu, toi qui as fichu le camp quand les difficultés ont surgi ?

— Oui, admit-elle à voix basse.

Il leva soudain les mains en l'air.

— Comprends bien que je pourrais anéantir ce temple. Il ne resterait plus que des cendres de la Force originelle, du mouvement, de l'école… de tout ! La commune n'aurait plus qu'à transformer l'église de Cristal en salle de hockey sur glace.

— Il est dit : « Seule la vérité vous libérera. »

Il se tut.

— La liberté ! pouffa-t-il. Parce que tu te crois libre ?

Il se retourna comme s'il cherchait quelque chose.

Un couteau, pensa subitement Rebecka.

Les doigts serrés et la paume tournée vers elle, son geste semblait lui signifier de patienter. Il sortit par une porte située au fond de la pièce. Elle se referma dans un claquement sonore et le silence se fit. Seul persistait le son de l'arrosage derrière la bâche, rythmé par le chuintement des néons.

Une minute s'écoula. Elle en vint à penser à cet homme disparu dans la mine au cours des années 60. Il y était descendu et n'avait jamais réapparu. Sa voiture était toujours garée sur le parking mais, lui, évaporé. Parti sans laisser de traces. Pas de corps, rien. On ne l'avait jamais retrouvé.

Combien de temps Tjapp survivrait-elle dans l'automobile sur le parking si Rebecka ne revenait pas ? Se mettrait-elle à aboyer, avisant ainsi un quidam de sa présence ? Ou se recroquevillerait-elle pour dormir, dans le véhicule enfoui sous la neige ?

Elle gagna la porte qui donnait sur la galerie principale de la mine et tenta de l'ouvrir. À son grand soulagement, elle n'était pas fermée à clé. Elle dut se contenir pour ne pas détaler vers l'atelier. Sa peur l'abandonna lorsqu'elle y aperçut des êtres humains, entendit le bruit de leurs outils et le vacarme de la tôle travaillée à coups de marteau.

Un homme déboula alors du dépôt. Il ôta son casque et se dirigea vers l'une des voitures.

— Vous remontez ? demanda Rebecka.

— Oui, pourquoi ? Tu veux être du voyage ?

Elle regagna la surface avec lui. Elle sentit son regard de biais, à la fois curieux et amusé. Dans l'obscurité, elle le distinguait à peine.

— Tu viens souvent ici ? interrogea-t-il.

Tjapp boudait quand Rebecka regagna la voiture sur le parking de la mine.

— Navrée, ma vieille, lança-t-elle avec une pointe de mauvaise conscience. On va maintenant chercher Sara et Lova à l'école et après je te promets qu'on chahutera un bon moment dehors. Auparavant je vais juste passer vérifier quelque chose dans le système informatique du fisc, d'accord ?

Bravant la tempête de neige, elle prit le chemin de l'hôtel des impôts.

— J'espère qu'il n'y en a plus pour longtemps. Je n'arrive pas à rassembler toutes les pièces du puzzle et, pour l'instant, cela ne se présente pas très bien.

Assise à côté d'elle sur le siège du passager, Tjapp semblait l'écouter avec attention. Elle inclina la gueule, comme si elle était soucieuse et comprenait les paroles de Rebecka.

Elle ressemble à Jussi, le chien de grand-mère, pensa Rebecka. La même vivacité dans le regard.

Elle se souvenait que les hommes du village s'adressaient volontiers à lui, libre d'aller et venir partout où il voulait. « Il ne lui manque que la parole », soupiraient-ils.

— Ce matin, durant son audition, ta maîtresse n'avait pas la grande forme, poursuivit Rebecka. Quand ils la pressent un peu trop de questions, elle semble rapetisser et disparaître par la fenêtre. Elle a l'air tout à la fois absente et indifférente. Le substitut, ça le rend fou.

L'administration fiscale partageait le même bâtiment que le commissariat de police. Rebecka jeta un coup d'œil autour d'elle en garant sa voiture. Le désagréable sentiment de la veille lorsqu'elle avait découvert les menaces sur son pare-brise ne la quittait pas.

— J'en ai pour cinq minutes, dit-elle à Tjapp avant de descendre et de fermer à clé.

Elle revint dix minutes plus tard, rangea quatre documents dans la boîte à gants et gratta Tjapp derrière les deux oreilles.

— Ah ! lança-t-elle, triomphante. Ils feraient bien de répondre à mes questions. Il nous reste le temps de régler un détail avant de récupérer les filles.

Elle monta Sandstensberget jusqu'à l'église de Cristal et fit descendre Tjapp.

J'ai besoin de quelqu'un à mes côtés, jugea-t-elle.

Elle sentit les battements de son cœur s'accélérer en gravissant la côte qui menait à la librairie et à la cafétéria. Le risque de croiser une connaissance n'était pas négligeable. Pourvu qu'il ne s'agisse pas d'un pasteur ou d'un ancien.

Après tout, peu importe, se dit-elle. Maintenant ou plus tard, c'est du pareil au même.

Tjapp gambadait d'un réverbère à l'autre, décryptait les messages olfactifs, avant d'y répondre en s'accroupissant. Un certain nombre de mâles inconnus au bataillon étaient passés par là.

À part la caissière, la librairie paraissait déserte. Rebecka ne la connaissait pas. Ses cheveux étaient courts et bouclés et une grande croix décorée de perles de verre pendait à une petite chaîne autour de son cou.

— En quoi puis-je vous être utile ? demanda-t-elle aimablement.

Elle avait un vague sentiment de déjà-vu, mais ne parvenait pas à l'identifier.

On m'a entraperçue à la télé, pensa Rebecka avec un hochement de tête. Elle installa la chienne près de la porte, épousseta les flocons parsemant son manteau, avant de se diriger vers le rayon le plus proche.

Des haut-parleurs diffusaient en sourdine une mélodie religieuse à la sauce pop. Des spots IKEA fixés au plafond étaient braqués vers les étagères couvertes de disques et autres CD. Les rayonnages situés au centre de la boutique étaient si bas qu'il semblait impossible de se dissimuler derrière. À travers les grandes baies vitrées qui y donnaient accès, Rebecka examina l'espace de la cafétéria. Le sol y paraissait presque sec, prouvant que bien peu de chaussures couvertes de neige l'avaient foulé au cours de la journée.

— C'est bien tranquille, lança-t-elle à la vendeuse.

— Vous savez, tout le monde participe au colloque sur le miracle.

— Il se déroule bien que Viktor Strandgård…

— Oui, s'empressa-t-elle de l'interrompre. Il l'aurait sûrement voulu. Et Dieu le désirait. Hier et avant-hier, tout plein de journalistes ont envahi ces lieux. Ils posaient des questions, achetaient livres et enregistrements. Aujourd'hui, le calme est revenu.

Ah voilà !

Rebecka venait de repérer l'étagère présentant le livre de Viktor, *Aller et retour au ciel*, versions anglaise, allemande et française comprises. Elle le retourna et lut : « Imprimé chez VictoryPrint HB ». Elle consulta diverses autres publications, toutes éditées par la même société. Quant aux bandes vidéo, elles portaient la mention « copyright VictoryPrint HB ». Bingo.

Une voix retentit alors derrière elle et l'interpella de manière trop appuyée à son goût :

— Rebecka Martinsson ! Ça ne date pas d'hier.

Elle se retourna et découvrit le pasteur Gunnar Isaksson tout proche. Elle eut même le sentiment que cette proximité était calculée car il l'effleurait presque du ventre.

Quelle magnifique bedaine, songea Rebecka. Ses fonctions doivent être innombrables. Par exemple, constituer une réserve automnale au-dessus de la ceinture, une provision prête à empiéter sur le territoire d'autrui, tandis que son pourvoyeur se dissimulait à distance respectueuse, à l'abri derrière cette proéminence.

Elle réfréna un mouvement de recul. J'ai supporté tes mains sur mon corps quand tu me le demandais. Alors, ton ventre ne me fait ni chaud ni froid.

— Salut, Gunnar, répliqua-t-elle d'un ton badin.

— Je t'attendais. Je me disais que tu viendrais sans doute à un de nos offices du soir, puisque tu es dans les parages.

Rebecka ne répondit rien. Quant à Viktor Strandgård, il les observait du haut d'une affiche placardée sur le mur.

— Que penses-tu de notre librairie ? poursuivit Gunnar Isaksson en désignant avec fierté la boutique des yeux. On l'a ouverte l'an dernier, avec un accès direct à la cafétéria pour joindre l'utile à l'agréable. Il est possible d'ôter ses vêtements d'extérieur si on le souhaite. J'ai proposé un petit écriteau pour le porte-chapeaux : « Laissez ici votre raison. »

Rebecka le regarda. Il était l'image de la réussite. Une panse plus grosse encore qu'auparavant, chemise et cravate de prix, cheveux et barbe taillés avec soin.

— Ce que je pense de cette librairie ? répéta-t-elle. À mon sens, la communauté ferait mieux de consacrer ses deniers à forer des puits au Sahara ou à scolariser les enfants prostitués.

Gunnar Isaksson la toisa.

— Dieu ne s'occupe pas d'arrosage artificiel, rétorqua-t-il en insistant sur le mot Dieu. Notre groupe a fait couler la source de Sa profusion. Et grâce à nos prières, d'autres jailliront un peu partout dans le monde.

Il lorgna en direction de la caissière et constata avec satisfaction qu'il avait aussi attiré son attention. Il était plus drôle de remettre Rebecka en place devant un public.

— Ceci, ajouta-t-il avec un geste grandiose qui semblait englober l'église de Cristal et toutes les réalisations de la communauté, ceci n'est qu'un début.

— Cesse de dire des conneries, explosa Rebecka. Les pauvres n'ont qu'à prier de leur côté pour devenir riches, c'est ça, hein ? Jésus n'a-t-il pas dit : « En vérité, je vous le dis : Autant de fois que vous ne l'avez pas fait pour l'un de ces plus petits que voici, c'est aussi à moi que vous ne l'avez pas fait. » Et qu'en est-il de ceux ayant abandonné à leur triste sort les tout-petits ? « Et ils s'en iront : ceux-ci pour être châtiés éternellement ; les justes, au contraire, pour vivre éternellement. »

Le rouge monta soudain aux joues de Gunnar Isaksson. Il s'approcha un peu plus d'elle et son haleine, parfum menthol-orange, vint lui chatouiller le visage.

— Toi, tu fais sans doute partie des justes ? demanda-t-il à voix basse, sur un ton plein de sarcasme.

— Non, mais tu devrais peut-être te préparer à m'accompagner en enfer.

Elle ne lui laissa pas le temps de répondre et enchaîna :

— Je constate que VictoryPrint HB imprime l'essentiel des publications vendues ici. Ta femme est actionnaire de cette firme, n'est-ce pas ?

— Oui, convint Gunnar Isaksson avec méfiance.

— Je suis allée me renseigner aux impôts. Cette société a reçu d'énormes sommes de l'État, correspondant à la récupération de la TVA. J'ai du mal à trouver d'autres raisons aux colossaux investissements entrepris. Sinon, comment en aurait-elle eu les moyens ? Ton épouse gagne bien sa vie, non ? N'était-elle pas institutrice avant ?

— De quel droit fourres-tu ton nez dans les affaires de VictoryPrint, siffla Gunnar Isaksson.

— Dans ce pays, tout ce qui a trait à la fiscalité est public, répliqua vertement Rebecka. J'aimerais donc que tu répondes à certaines questions. D'où provient l'argent investi dans VictoryPrint ? Avant de mourir, Viktor avait-il des soucis particuliers ? Entretenait-il une relation avec un autre homme de la communauté ?

Gunnar Isaksson fit un pas en arrière et l'examina avec dégoût. Il pointa ensuite le doigt en direction de la porte et cria :

— Dehors !

La vendeuse sursauta derrière son comptoir, et leur lança un regard inquiet. Tjapp se leva et se mit à aboyer.

Gunnar Isaksson s'avança vers Rebecka avec un air menaçant et la contraignait à reculer.

— Ne viens pas ici proférer des menaces contre les gens et l'œuvre de Dieu, hurla-t-il. Tous tes projets, au nom de Jésus, je les cloue au sol. Tu m'entends ? J'ai dit dehors !

Prise de palpitations, Rebecka tourna les talons et quitta vite fait la librairie, escortée par Tjapp.

Une nuit aux teintes bleu foncé tombait sur la ferme de la grand-mère de Rebecka. Assise sur un *spark,* elle surveillait Lova et Tjapp qui folâtraient dans la neige. Sara lisait dans sa chambre. Lorsque Rebecka lui avait demandé si elle voulait sortir, elle ne s'était même pas donné la peine de répondre, se contentant de fermer la porte derrière elle avant de se jeter sur son lit.

— Rebecka, regarde ! s'écria Lova perchée sur le toit de l'appentis.

Elle se retourna et, bravant la faible hauteur, se laissa tomber en arrière dans la poudreuse. Elle resta ensuite allongée sur le sol en agitant les bras et les jambes pour mimer un bonhomme de neige à l'horizontale.

Elles étaient dehors depuis près d'une heure et avaient imaginé un parcours semé d'embûches. Il commençait par un tunnel à travers la neige accumulée contre le mur de la grange, avant de tourner trois fois autour du grand bouleau. Il fallait ensuite monter sur le toit de la cave et le longer en équilibre sur la corniche, puis retour au point de départ. Lova avait décrété que le dernier tronçon se parcourait en courant à reculons dans la poudreuse. Elle tentait pour l'instant de le délimiter à l'aide de branches de pin, mais la chienne ne lui facilitait pas la tâche. Tjapp considérait de son devoir de mastiquer les brindilles, avant de les emporter dans des endroits connus d'elle seule, loin de toute source de lumière.

— Arrête, je te dis ! s'égosillait en vain Lova.

— Tu ne voudrais pas des tartines au chocolat ? demanda Rebecka pour la troisième fois.

Épuisée par le forage de la galerie sous la neige, elle avait arrêté toute activité physique et avait maintenant froid. Il neigeait toujours, elle voulait rentrer.

Lova ne l'entendait pas de cette oreille. Elle désirait à tout prix que Rebecka chronomètre son temps pour effectuer le parcours.

— D'accord, mais on le fait tout de suite, dit Rebecka. Pas besoin de t'occuper des branchages. De toute façon, tu connais le circuit par cœur.

Il était assez pénible de courir dans la neige et Lova se contenta donc de deux tours de bouleau. Quant au dernier tronçon, elle ne le franchit pas à reculons. Une fois au bout, elle s'effondra exténuée dans les bras de Rebecka.

— Record du monde battu ! s'exclama la jeune femme.

— À ton tour maintenant.

— Ah non, pas question. Tu me verras le faire en rêve ou tu attendras demain. Pour l'instant, on retourne au chaud.

— Tjapp ! appela Lova en se dirigeant vers la maison.

Aucun signe de la chienne.

— Rentre, intima Rebecka à Lova. Je m'en occupe. Mets ton pyjama et tes chaussettes, ajouta-t-elle en voyant la fillette monter l'escalier. Elle referma la porte d'entrée et cria à nouveau dans le noir :

— Tjapp !

Elle eut le sentiment que sa voix ne portait pas à plus de quelques mètres. Elle tendit l'oreille, mais les flocons étouffaient tout bruit et le silence produisait une impression désagréable. Elle prit sur elle-même pour appeler à nouveau. Sinistre d'être exposée là, dans la lueur du perron, et de crier vers les ténèbres de la forêt alentour.

— Tjapp, viens ici ! Tjapp !

Maudite chienne. Elle descendit une marche du palier afin de contourner la maison, mais s'arrêta net.

Cesse de te comporter comme une gamine, se raisonna Rebecka. Elle n'osait pourtant pas bouger, ni réitérer ses appels. Elle ne pouvait s'empêcher de revoir le message laissé sur son pare-brise. Ce mot SANG et son lettrage pointu. Elle pensa à Viktor. Aux enfants aussi, dans la maison. Elle recula sur le seuil et ne put se résoudre à tourner le dos aux alentours, qui semblaient l'épier. Aussitôt à l'intérieur, elle referma la porte à clé et gravit en courant l'escalier.

Dans le vestibule, elle passa un coup de fil à Sivving qui arriva cinq minutes plus tard.

— Elle est partie cavaler, ne t'inquiète pas pour elle, dit-il. Elle prend du bon temps.

— Mais la température est glaciale.

— Tu peux être sûre qu'elle rentrera si elle a froid.

— Tu as sûrement raison, mais ce n'est pas drôle, ici, sans elle.

Elle hésita une seconde, avant d'ajouter :

— Je voudrais te montrer quelque chose. Attends-moi là, je ne veux pas que les filles voient ça.

Elle descendit en vitesse jusqu'à sa voiture et revint avec le morceau de papier.

Sivving le lut et fronça les sourcils.

— Tu l'as montré à la police ? demanda-t-il.

— Non, que pourraient-ils en faire ?

— Je ne sais pas. Assurer ta protection ou prendre une disposition dans ce sens.

Rebecka eut un bref éclat de rire.

— Pour ça ? Ils n'ont sûrement pas assez de personnel. Mais il y a autre chose.

Elle lui parla de la carte postale trouvée dans la bible de Viktor.

— Et si l'auteur de cette carte avait le béguin pour lui ?

— Et alors ?

— « Ce que nous avons fait n'est pas mal aux yeux de Dieu. » Je ne sais pas mais, à ma connaissance, Viktor n'a jamais eu de petite amie. Et je me dis qu'il est possible… enfin l'idée m'est venue que quelqu'un l'a aimé mais n'en avait pas le droit. Maintenant cette personne me menace car elle se sent elle-même en danger.

— Un homme ?

— Dans le mille. La communauté n'accepterait jamais ça. Si c'est bien le cas et si Viktor voulait garder le secret, il est inutile d'aller brandir cette preuve sous le nez de la police. Tu vois d'ici les titres des journaux.

Soucieux, Sivving grogna en se massant la nuque.

— Je n'aime pas ça. Et s'il t'arrivait malheur ?

— Moi, je suis en sécurité, mais je suis inquiète pour Tjapp.

— Veux-tu que Bella et moi dormions ici cette nuit ?

Rebecka déclina d'un simple signe de tête.

— Elle va bientôt revenir, ajouta Sivving pour la rassurer. Je vais aller me balader avec Bella et je la sifflerai.

Sivving se trompe. Tjapp ne revient pas. Elle est couchée sur un tapis dans le coffre d'une voiture. Son museau et ses quatre pattes sont entourés d'adhésif. Son cœur s'emballe dans sa frêle poitrine, et ses yeux noirs tentent en vain de percer l'obscurité. Dans cet espace exigu, elle réussit à remuer un peu à l'aide de ses griffes. Un effort désespéré pour se débarrasser du lien autour de sa truffe et elle se frotte la tête contre les parois. Elle a une dent cassée et des résidus sanguinolents pénètrent dans sa gorge. Comment cette chienne a-t-elle pu se laisser capturer aussi facilement ? Elle qui était sans cesse battue par son précédent propriétaire ? Pourquoi ne sent-elle pas la présence du mal lorsqu'il fonce vers elle ? Parce qu'elle a la faculté d'oublier. Tout comme sa maîtresse. Elle oublie. Elle plonge sa gueule dans la neige fraîche, et salue ainsi toute personne qui se penche vers elle, la main tendue. Désormais, elle est étendue là.

IL Y EUT UN SOIR,
IL Y EUT UN MATIN :
QUATRIÈME JOUR

III

L'avocat Måns Wenngren se réveille en sursaut, le cœur cognant dans sa poitrine. Ses poumons ont besoin d'air. Il cherche à tâtons la lampe de chevet et l'allume. Il est trois heures vingt. Pas question de dormir, ses méninges lui passent en boucle des films d'horreur : d'abord une voiture qui perce la mince couche de glace du lac devant sa résidence secondaire tandis que, de la berge, impuissant, il observe ce spectacle. Dans le rétroviseur, il distingue le visage terrifié de Rebecka. Dans un autre cauchemar, il la voit s'approcher de lui et le prendre dans ses bras. Il lui caresse le dos en remontant vers ses cheveux, et s'aperçoit alors qu'elle n'a plus sa tête, arrachée par un coup de feu.

Il recule sur le lit en s'aidant de ses avant-bras, se redresse et s'adosse au chevet. Jadis, c'était différent. Son travail et ses enfants exigeaient beaucoup de lui. Peu de repos, mais réparateur. Désormais, lorsqu'il se couche à l'aube, il trouve rarement le sommeil mais sombre dans une inconscience dépourvue de rêves. Quand il s'endort sobre, il ne cesse de se réveiller en nage, pris d'une réelle panique physique.

L'appartement est silencieux, une tombe. Seuls le souffle de sa respiration et le monotone bourdonnement du système de ventilation sont perceptibles. Les autres sons proviennent de l'extérieur, comme le ronron du compteur électrique dans la cage d'escalier. La foulée athlétique du livreur de journaux, montant les marches deux par deux et les descendant trois par trois. Les voitures et les noctambules dans la rue. Petits, les garçons emplissaient la chambre à coucher de leurs bruits. Le souffle court et rapide de Lill-Johan et le léger murmure de Calle, sous sa pyramide de peluches. Madelene aussi, bien sûr. Le moindre rhume et elle ronflait comme jamais. Le silence avait peu à peu regagné ses droits. Les enfants avaient maintenant leur propre chambre et, lorsqu'il rentrait tard, Madelene faisait semblant de dormir.

Bon, il abandonne la partie. Il va mettre une cassette dans le magnétoscope et se servir un verre. Peut-être s'endormira-t-il dans son fauteuil.

En montagne, les chutes de neige continuent. À Kurravaara, maisons et voitures sont revêtues d'un épais manteau blanc. Sur le canapé de la cuisine de sa grand-mère, Rebecka est réveillée.

Je devrais me lever et partir à la recherche de la chienne, pense-t-elle. Peut-être est-elle en train de geler sur place devant la porte.

Impossible de se rendormir. Elle ferme les yeux, change de position et se retrouve sur le flanc. Son corps est las, sa tête on ne peut plus lucide.

Elle repense au couteau et à ce qui cloche dans cette affaire. Pourquoi a-t-il été lavé ? Si quelqu'un a voulu faire porter le chapeau à Sanna en le plaçant sous son canapé, pourquoi avoir nettoyé la lame ? Beaucoup plus judicieux de se contenter d'effacer les éventuelles empreintes digitales sur le manche et de laisser le reste en l'état. Tel quel, aucun risque de ne pas établir un lien entre l'arme et le crime. Il y a là quelque chose qu'elle ne s'explique pas. Comme ces images abstraites constituées d'une foule de petits points de couleur. Soudain, contre toute attente, les contours vont apparaître. Elle a cette impression en ce moment : tous les repères sont là, reste à discerner le tableau qu'ils composent.

Elle allume la lampe de chevet et se lève prudemment du canapé qui grince sous l'effort. Elle s'assure que les enfants dorment toujours, puis glisse ses pieds nus dans ses chaussures glaciales et descend sur le perron pour siffler Tjapp.

Elle reste là, la neige ne cesse de tomber et elle s'égosille pour appeler une chienne qui s'obstine à ne pas réapparaître.

En rentrant, elle trouve Sara dans la cuisine, toute raide quand elle se tourne vers Rebecka. Dans son pull en laine trop grand et avec ce caleçon long pendant sur ses fesses, son corps paraît minuscule.

— Que se passe-t-il ? Tu as fait un mauvais rêve ?

Au même moment, elle voit que Sara pleure. Ces sanglots sont affreux car aucune larme ne coule. Des soubresauts secouent la fillette et ses mâchoires se contractent de façon saccadée en claquant comme celles d'un automate.

— Qu'y a-t-il ? demande Rebecka, enlevant rapidement ses chaussures. C'est à cause de Tjapp ?

Sara ne répond pas. Ces étranges sanglots déforment son visage. Elle semble vouloir déplier ses bras devant elle, comme pour les tendre vers Rebecka, mais en paraît incapable.

Rebecka la prend dans les siens et Sara n'oppose pas de résistance. Elle tient ainsi contre elle presque un bébé et non une pré-adolescente. Une petite fille dont le poids est négligeable. Rebecka la dépose sur le canapé et se glisse ensuite sous les draps derrière elle. Elle enlace le corps de Sara, tendu à l'extrême par ces larmes qui refusent de jaillir. Elles finissent par s'endormir.

Vers cinq heures, Lova qui arrive sur la pointe des pieds réveille Rebecka. Elle se blottit dans son dos, glisse sa menotte sous son pull et se rendort.

Le lit se transforme peu à peu en étuve, mais Rebecka reste couchée sans bouger.

Jeudi 20 février

À cinq heures et demie, le chat Manne jugea bon de réveiller Sven-Erik Stålnacke. Il se mit à arpenter en tous sens son corps endormi, miaulant délicatement à la mort. Face au peu d'efficacité de sa sarabande, il s'aventura vers le visage du dormeur et plaça un coussinet sur sa joue. Il ne consentait toujours pas à s'éveiller. Il posa alors la patte sur le crâne de son maître et sortit juste assez de griffes pour effleurer sa peau et le peigner un peu. Sven-Erik ouvrit aussitôt les yeux et libéra sa tête de l'animal. Il caressa affectueusement son dos gris et tigré.

— Alors, sale bête, plaisanta-t-il. Selon toi, il est l'heure de se lever ?

Manne se manifesta à nouveau, sauta du lit et disparut derrière la porte de la chambre à coucher. Sven-Erik l'entendit filer vers le vestibule et se mettre à miauler de plus belle.

— J'arrive, j'arrive.

Il avait hérité ce chat de sa fille lorsqu'elle était partie avec son compagnon vivre à Luleå. « Tu sais qu'il est habitué à gambader en liberté, lui avait-elle dit, il s'ennuierait à mourir dans un appartement en plein centre-ville. Il est comme toi, papa. Il a besoin de grands espaces pour s'épanouir. »

Sven-Erik quitta son lit et alla ouvrir la porte au chat. Manne pointa le museau dehors. Constatant qu'il neigeait, il revint dans l'entrée en trottinant. Aussitôt que Sven-Erik eut refermé, la bête se plaignit pour la énième fois.

— Que veux-tu que j'y fasse ? demanda-t-il. Je n'y peux rien, moi, s'il neige. Un temps de chien à ne pas mettre un chat dehors, véridique. Mais, soit tu sors, soit tu restes à l'intérieur et tu la fermes.

Dans la cuisine, Sven-Erik sortit une boîte pour félins. L'animal poussa alors des cris impérieux et se frotta contre ses jambes en attendant que sa gamelle soit pleine. Sven-Erik remplit ensuite le percolateur qui s'enclencha avec les habituels craquements. Il venait de planter ses dents dans une tartine de pain de mie lorsque Anna-Maria Mella appela.

— Écoute, commença-t-elle, énergique. J'ai parlé hier matin à Sanna Strandgård. Nous sommes d'accord pour le meurtre et son évident caractère rituel. Nous avons évoqué des passages de la Bible où il est question d'amputations et d'yeux crevés.

Sven-Erik se contenta de laconiques « Mmm » entre deux mastications. Anna-Maria poursuivit :

— Sanna a alors lu à haute voix le verset 43 du chapitre 9 de saint Marc : « Si ta main est pour toi une occasion de chute, coupe-la : mieux vaut pour toi entrer dans la vie manchot que de t'en aller avec tes deux mains dans la géhenne, dans le feu qu'on n'éteint pas. Et si ton pied est pour toi une occasion de chute, coupe-le : mieux vaut pour toi entrer dans la vie boiteux que d'être jeté avec tes deux pieds dans la géhenne. Et si ton œil est pour toi une occasion de chute, arrache-le : mieux vaut pour toi entrer borgne dans le royaume de Dieu que d'être jeté dans la géhenne, là où pour eux le ver ne meurt pas et le feu ne s'éteint pas. »

— Et alors ? demanda, Sven-Erik sur le point de se lasser.

— Mais elle n'a pas lu le début du passage car le verset 42 commence ainsi : « Celui qui fera chuter un de ces petits qui croient en moi, mieux vaudrait pour lui qu'on lui ait passé au cou une meule de moulin et qu'on l'ait jeté à la mer. »

Sven-Erik coinça l'appareil entre son oreille et son épaule pour attraper Manne qui slalomait entre ses jambes.

— Il existe des écrits analogues dans les Évangiles de saint Luc et saint Matthieu. Selon ce dernier, au ciel, les anges des petits voient en permanence la face de Dieu. Lorsque j'ai consulté ma bible de communion, j'y ai trouvé une note soulignant l'importance de cette expression : ainsi, les enfants sont placés sous la protection particulière de Dieu. D'après les croyances juives de l'époque, chaque être humain dispose d'un ange gardien qui plaide sa cause devant Dieu. Seuls les anges les plus haut placés sont censés avoir accès au trône de Dieu.

— Alors tu es d'avis qu'on l'a tué car il a fait chuter un de ces petits, ajouta Sven-Erik, pensif. Tu penses qu'il aurait…

Il s'interrompit, effrayé à l'idée du contenu de ses propos à venir, puis il poursuivit à mots plus couverts :

— … enfin, avec les filles de Sanna.

— Pourquoi n'a-t-elle pas lu le début ? demanda Anna-Maria. Quoi qu'il en soit, von Post a raison. Il

265

faut entendre les enfants de Sanna. Elle avait peut-être de très bons motifs de haïr son frère. Prends contact avec le service de psychiatrie infantile pour qu'ils nous aident à parler aux petites.

Après avoir raccroché, Sven-Erik resta assis à la table de sa cuisine, le chat sur les genoux.

Merde alors, se dit-il. Tout, mais pas ça.

Lorsque Rebecka appela à huit heures et quart du matin, Ann-Gull Kyrö, la secrétaire des trois pasteurs, décrocha le téléphone de l'Église de la Force originelle. Elle venait de déposer les filles à l'école et regagnait sa voiture. Elle demanda à parler à Thomas Söderberg. À l'autre bout du fil, sa correspondante soupira.

— Malheureusement, il célèbre l'office du matin avec Gunnar Isaksson et je ne peux le déranger.

— Vesa Larsson, alors ?

— Il est malade aujourd'hui et ne peut donc, lui non plus, être dérangé.

— Puis-je vous demander de transmettre un message à Thomas Söderberg ? Pourrait-il me contacter au…

— Je suis désolée, l'interrompit gentiment Ann-Gull, mais pendant le colloque sur le miracle, les pasteurs sont débordés et n'ont pas le temps de rappeler tous les gens cherchant à les joindre.

— Il se trouve que j'assure la défense de Sanna Strandgård et que…

La secrétaire l'interrompit une nouvelle fois, l'amabilité de sa voix dissimulant mal son agacement.

— Je sais très bien qui vous êtes, madame Martinsson, mais comme je vous l'ai déjà dit, les pasteurs sont très occupés pendant cette conférence.

Rebecka croisa les mains.

— Eh bien, dites-leur que m'ignorer ne suffira pas à se débarrasser de moi, répliqua-t-elle sur un ton sec. Je…

— Je ne leur transmettrai rien du tout, coupa Ann-Gull Kyrö. Je n'ai rien à faire de vos menaces. Cette communication est terminée. Au revoir.

Rebecka éloigna son portable de son oreille et le glissa dans la poche de son manteau. Atteignant le véhicule de location, elle leva la tête vers le ciel et savoura les flocons tombant sur son visage. Quelques secondes plus tard, elle était trempée et glacée.

Espèces de salauds, jura-t-elle intérieurement. Je ne vais pas me laisser traiter comme un cabot qui craint les coups. Vous allez me parler de Viktor, que cela vous plaise ou non. Vous dites n'avoir rien à faire de mes menaces, c'est ce qu'on va voir !

Thomas Söderberg, sa femme Maja et leurs deux filles vivaient dans un appartement en plein centre-ville, situé au-dessus d'une boutique de vêtements. La pierre brune du bâtiment était incrustée de coquillages fossilisés. En gravissant les étages, Rebecka entendit l'écho de ses pas dans la cage d'escalier. Les plaques en métal doré avec les noms des occupants avaient été calligraphiées avec soin, d'une écriture penchée vers l'avant. On s'imaginait volontiers dans une résidence pour personnes âgées, les pensionnaires l'oreille col-lée derrière les portes fermées à double tour. À l'affût d'éventuels intrus.

Allez, se dit Rebecka. Arrête de tergiverser. Ce n'est qu'un mauvais moment à passer, comme une visite chez le dentiste. Ouvrez la bouche, ce sera l'affaire d'une minute. Son doigt pressa le bouton de la sonnette marqué « Söderberg ». L'espace d'un instant, elle ima-gina que Thomas l'accueillait en personne. Elle dut réprimer une soudaine envie de rebrousser chemin et de dévaler les marches quatre à quatre.

Magdalena, la sœur de Maja Söderberg, lui ouvrit et se contenta d'un :

— Rebecka.

Elle n'eut pas l'air surprise de la voir et Rebecka se sentit attendue. Thomas avait sans doute prié sa belle-sœur de prendre un jour de congé pour servir de chien de garde à sa petite famille. Magdalena n'avait pas changé. Sa coupe à la garçonne était aussi nette que dix ans plus tôt. Elle portait un jean passé de mode, dont le bas était recouvert par de grosses chaussettes montantes.

Toujours le même style, constata Rebecka. S'il y en a une qui ne risque pas de sacrifier au culte de la réussite et des talons hauts, c'est bien Magdalena. Née au XIXᵉ siècle, elle aurait enfilé une blouse amidonnée d'infirmière et descendu en barque les rivières tumultueuses de la région à la rencontre des populations isolées.

— Je voudrais parler à Maja..., commença Rebecka.

— Je ne vois pas de quoi vous pourriez vous entretenir, répondit Magdalena.

Elle tenait la poignée de la porte d'une main, s'appuyait de l'autre contre le chambranle pour empêcher Rebecka d'entrer.

Elle haussa le ton pour se faire entendre à l'intérieur du domicile.

— Dis à Maja que je veux discuter de VictoryPrint. J'aimerais lui laisser une chance avant d'aller en parler à la police.

— Je vais fermer cette porte.

Rebecka l'attrapa.

— Pour ça, il faudra m'écraser les doigts, lança-t-elle d'une voix forte qui se propagea dans les parties communes. Allez, Magdalena, pose la question à Maja. Il s'agit des intérêts qu'elle détient dans cette société.

— Je vais vraiment fermer cette porte, menaça Magdalena en l'entrouvrant un peu plus, comme sur le point de la claquer. Si je t'aplatis les doigts, tu ne pourras t'en prendre qu'à toi-même.

Aucun risque de ce côté-là, pensa Rebecka. Tu es infirmière.

Assise, Rebecka feuillette un hebdomadaire qui date de l'année précédente. Qu'importe puisqu'elle ne le lit pas. Au bout d'un moment l'infirmière qui l'a reçue revient. Rosita referme la porte derrière elle.

— Tu es enceinte, Rebecka, annonce-t-elle. Si tu es décidée à avorter, il faut prendre rendez-vous pour le curetage.

Le curetage. Ils vont lui nettoyer l'intérieur du corps pour faire disparaître toute trace de Johanna.

L'incident se produit sur le chemin de la sortie. Avant d'arriver à la réception, elle croise Magdalena qui s'arrête au milieu du couloir pour lui dire bonjour. Rebecka s'immobilise et lui retourne son salut. Magdalena lui demande si elle prendra bien sa leçon de conduite, le jeudi suivant. Rebecka élude la question et se cherche des excuses. Magdalena ne l'interroge pas sur la raison de sa présence à l'hôpital. Rebecka comprend qu'elle l'a devinée. Nos silences nous trahissent toujours mieux.

— Laisse-la entrer sinon les voisins vont se demander ce qui se passe.

Maja surgit derrière Magdalena. Les années avaient creusé deux profondes rides autour de sa bouche qui s'accentuèrent à la vue de Rebecka.

— Garde ton manteau, lâcha-t-elle. Tu ne vas pas rester longtemps.

Elles s'installèrent dans la vaste cuisine avec une console centrale et divers meubles blancs. Rebecka supposa que les enfants étaient à l'école. Rakel devait être aux portes de l'adolescence, Anna bouclait son cursus à l'école primaire. Ici comme ailleurs, le temps suivait son cours.

— Tu veux du thé ? s'enquit Magdalena.

— Non merci, répondit Rebecka.

Magdalena s'assit lourdement. De la main, elle ôta de la table quelques miettes imaginaires.

Pauvre fille, songea Rebecka en la regardant. Au lieu de te contenter d'un rôle subalterne dans cette famille, tu devrais te construire une existence propre.

Maja dévisagea Rebecka sans aménité.

— Que me veux-tu ? demanda-t-elle.

— J'aimerais te poser quelques questions au sujet de Viktor. Il…

— Il y a un instant, tu faisais du raffut sur le palier à propos de VictoryPrint. Qu'as-tu à dire sur le sujet ?

Rebecka inspira un bon coup.

— Je vais t'expliquer ce que je crois savoir. Comme ça, si c'est nécessaire, tu pourras me corriger.

Maja pouffa avec une pointe de mépris.

— D'après les documents fiscaux en ma possession, VictoryPrint a récupéré de la TVA pour un montant non négligeable. Cela laisse supposer que de gros investissements ont été consentis au sein de la firme.

— Je ne vois pas où est le mal, commenta Maja.

Rebecka toisa les deux sœurs d'un air glacial.

— La communauté de la Force originelle a déposé un statut de société à but non lucratif. À ce titre, elle est exempte d'impôt sur le revenu et de TVA. Magnifique pour elle, qui doit se faire un bon paquet de fric. Les seules ventes de publications et cassettes vidéo rapportent sans aucun doute des sommes considérables. Les traductions ne coûtent rien, les exécutants les réalisant à titre gracieux, eu égard à leur amour de Dieu. Pas de droits d'auteur à payer non plus. Du moins concernant Viktor, il y a renoncé. Autrement dit, bénéfice net à tous les étages.

Rebecka marqua une courte pause. Le visage impassible, Maja ne cessait de l'observer. Magdalena, elle, regardait par la fenêtre. Dans un arbre, une mésange picorait avec force un morceau de lard. Rebecka reprit la parole.

— Il y a un problème puisque votre communauté est exempte d'impôt, elle n'a pas le droit de déduire ses frais de fonctionnement. Pas plus que de recouvrer la TVA. Que fait-on dans ces cas-là ? Eh bien, l'astuce consiste à créer une société à laquelle on impute les frais et les dépenses, justifiant ainsi la récupération de la TVA. Dès lors, si la communauté trouve rentable de publier livres, écrits divers et enregistrements vidéo, elle fonde une entreprise commerciale, propriété en nom propre de l'une des femmes des pasteurs. Cette société achète alors le matériel nécessaire, très onéreux — mais elle récupère les vingt pour cent de l'État. Le pactole atterrit ainsi dans la poche des membres des familles des pasteurs. La société vend ses services, imprimerie et autres, à la communauté. À des prix défiant toute concurrence, engendrant ainsi de lourdes pertes. Parfait : pas de bénéfice imposable. Il y a un autre artifice, tout aussi excellent. Vous autres, en tant que copropriétaires de l'entreprise, vous pouvez déduire jusqu'à cent mille couronnes chacun de vos revenus professionnels, et ce pendant les cinq premières années d'exploitation. J'ai découvert que toi, Maja, tu n'as pas payé un centime d'impôt au cours des deux dernières années. Les épouses de Vesa Larsson et Gunnar Isaksson ont eu un revenu taxable négligeable. J'en conclus que vous avez utilisé les pertes de VictoryPrint pour faire passer vos salaires à l'as et donc ne pas payer d'impôt.

— Bien entendu, répliqua Maja, irritée. Tout cela se fait dans la plus pure légalité. En tant qu'avocate fiscaliste, tu ne peux l'ignorer. Tes clients sont passés maîtres dans l'art de ne pas s'acquitter…

— Je n'ai pas fini, coupa Rebecka. Je soupçonne votre firme d'avoir vendu des services à la communauté en dessous du prix coûtant, et cela dans le seul but de réaliser des pertes. Je m'interroge aussi sur la provenance des fonds ayant servi aux investissements nécessaires. À ma connaissance, aucun de vous, propriétaires en titre, n'a de fortune personnelle. Possible que vous ayez effectué de gros emprunts bancaires, mais je ne le crois pas. En effet, je n'ai pas noté de déficit à la rubrique « capital ». Je pense donc que l'argent ayant servi à l'achat de l'imprimerie et du reste vient de la communauté, or il n'en est fait état nulle part. Là, on sort du domaine de la légalité pour tomber dans celui du délit fiscal. Quand les autorités compétentes mettront le nez dans cette affaire, il se passera la chose suivante : si vous n'êtes pas en mesure de justifier la provenance des fonds investis, vous serez taxés au titre de l'impôt sur les sociétés. La communauté a en effet versé une provision qui aurait dû figurer avec les recettes.

Rebecka se baissa pour regarder Maja Söderberg dans les yeux.

— Tu comprends ce que ça signifie, Maja ? Il vous faudra rendre au fisc environ la moitié des cadeaux consentis par la communauté. Sans compter la pénalité et les cotisations sociales. Tu seras déclarée en faillite et tu auras le percepteur aux fesses pendant le restant de tes jours. De plus, tu iras en prison pendant un bon petit moment et tu sais que chez nous, on ne rigole pas avec les délits fiscaux. Si les pasteurs ont manigancé ce montage, ce qui paraît probable, Thomas s'est rendu coupable d'escroquerie, d'abus de biens sociaux et de je ne sais quoi encore. Il a détourné l'argent de la communauté au bénéfice de sa femme. S'il est lui aussi condamné à une peine de prison, qui se chargera des enfants ? Ils auront le droit de venir vous voir au parloir quelques heures par semaine. Réjouissant pour des gamins, non ? Lorsque vous sortirez, vous risquez d'avoir du mal à retrouver du travail.

Maja dévisageait maintenant Rebecka.

— Que me veux-tu ? Tu viens ici, chez moi, échafauder des hypothèses et proférer des menaces à l'encontre de notre famille, y compris nos enfants.

Elle se tut et posa sa main sur ses lèvres.

— Si tu veux te venger, Rebecka, fais-le contre moi, dit Magdalena.

— Arrêtez, bon Dieu !

Les deux sœurs sursautèrent en entendant le blasphème. Une réaction qui lui donna envie de remettre ça.

— Bien sûr que je souhaite me venger, reprit-elle. Mais je ne suis pas venue ici pour ça.

Rebecka est seule chez elle quand la sonnerie de la porte retentit. Thomas Söderberg est accompagné de Maja et de Magdalena.

Rebecka comprend maintenant pourquoi Sanna était si pressée de partir. Et pourquoi elle a tant insisté pour qu'elle reste travailler à la maison. Elle savait qu'ils allaient venir.

Après coup, Rebecka songe qu'elle n'aurait jamais dû les laisser entrer mais claquer la porte au nez de ces gens si bien intentionnés. Elle ne sait que trop la raison de leur présence. Elle le devine au regard grave et préoccupé de Thomas, aux lèvres pincées de Maja et dans les yeux de Magdalena fuyant les siens.

Tout d'abord, ils déclinent sa proposition de leur offrir à boire. Thomas change ensuite d'avis et réclame un verre d'eau. Au cours de la conversation, il s'interrompt de temps en temps pour tremper ses lèvres dans son verre.

Une fois dans le salon, Thomas prend le contrôle des opérations. Il prie Rebecka de s'asseoir dans le fauteuil en osier. Il pilote sa femme et sa belle-sœur en leur assignant à chacune une extrémité du canapé d'angle, se réservant la place du milieu. Il peut ainsi les surveiller toutes les trois à la fois. Pour sa part, Rebecka est contrainte de tourner sans cesse la tête pour voir Maja et Magdalena.

Thomas Söderberg n'y va pas par quatre chemins.

— Magdalena m'a informé de ta visite à l'hôpital, commence-t-il en regardant Rebecka dans les yeux. Elle m'a aussi renseigné sur la raison de ce rendez-vous. Nous sommes venus pour te convaincre de ne pas te faire...

Voyant que Rebecka ne répond pas, il poursuit :

— Je conçois que ce soit dur pour toi, mais tu dois penser à l'enfant. Tu portes une vie en toi, Rebecka. Tu n'as pas le droit d'éteindre cette flamme. Maja et moi en avons parlé. Elle m'a pardonné.

Il observe une pause et, dans un geste emphatique, en profite pour exprimer son amour et sa gratitude à Maja.

*— Nous désirons prendre en charge cet enfant,
reprend-il ensuite. L'adopter. Tu comprends, Rebecka.
Il occupera au sein de notre famille une place identique à celles de Rakel et d'Anna. Un petit frère.*

Maja lui lance un rapide coup d'œil.

— À supposer que ce soit un garçon, ajoute-t-il.

Au bout d'un moment, il demande à Rebecka :

— Quelle est ta réponse ?

*Elle détache les yeux de la table et dévisage
Magdalena.*

*— Ma réponse, marmonne-t-elle en secouant la
tête.*

*— Je sais, ajoute Magdalena. Après avoir consulté
le registre des visites, j'ai violé le secret médical. Tu
es libre de me dénoncer.*

*— Il y a des moments où il faut choisir entre les
commandements de Dieu et ceux de César, renchérit
Thomas. J'ai assuré Magdalena que tu comprendrais.
N'est-ce pas, Rebecka ? Tu n'as pas l'intention de la
dénoncer, hein ?*

*Rebecka nie de la tête. Magdalena a l'air soulagée
et esquisse presque un sourire, à la différence de
Maja qui scrute Rebecka d'un œil noir. Elle se sent
prise de nausée. Il lui faudrait avaler quelque chose,
en général cela la soulage.*

*Elle se chargera de mon enfant ? s'interroge
Rebecka.*

*— Qu'en dis-tu, Rebecka ? s'obstine Thomas. Puis-je partir d'ici avec la certitude que tu vas annuler ce
rendez-vous à l'hôpital ?*

*Impossible de résister plus longtemps. Le dégoût
s'insinue en elle avec une rapidité foudroyante. Rebecka
se cogne le genou contre la table en se levant précipitamment de son fauteuil pour courir vers les toilettes.*

Le contenu de son estomac remonte avec tant de violence que cela lui fait mal. Les entendant s'agiter dans la salle de séjour, elle referme la porte et la verrouille.

Un instant plus tard, ils sont là tous les trois. Ils frappent, désirent savoir comment elle va et la prient d'ouvrir. Les oreilles bouchées et les jambes en coton, elle s'affale sur la cuvette.

Dans un premier temps les voix qui viennent de l'extérieur paraissent inquiètes. Elles la supplient de sortir. Maja elle-même y va de son couplet :

— Je t'ai pardonné, Rebecka. Notre seul but est de te venir en aide.

Rebecka ne répond pas, tend la main et ouvre les robinets en grand. L'eau coule à flots dans la baignoire et couvre leurs voix. Thomas commence par s'impatienter puis finit par se mettre en colère.

— Ouvre cette porte ! hurle-t-il en tambourinant. C'est mon enfant, Rebecka. Tu n'as pas le droit, tu m'entends. Je ne vais pas te laisser assassiner la chair de ma chair. Ouvre, avant que je l'enfonce.

Elle entend Maja et Magdalena tenter de le calmer et de l'éloigner. Finalement, la porte d'entrée claque et le bruit de leurs pas disparaît dans l'escalier. Rebecka se laisse glisser dans la baignoire et ferme les yeux.

Bien plus tard, quelqu'un pénètre dans l'appartement. Sanna est de retour. L'eau du bain a eu le temps de refroidir. Rebecka s'en extrait et sort de la pièce.

— Tu savais ! lance-t-elle à Sanna.

Elle la regarde d'un air coupable.

— Me pardonneras-tu ? demande-t-elle. Je l'ai fait car je t'aime, tu peux comprendre ça ?

— Pourquoi es-tu venue, alors ? s'enquit Maja.

— Je voulais savoir pourquoi Viktor est mort, répondit Rebecka d'une voix cinglante. Sanna est soupçonnée et en garde à vue, et ici, tout le monde s'en fiche. La communauté danse et chante des cantiques, mais refuse de collaborer avec la police.

— Je n'y suis pour rien, moi ! s'écria Maja. Tu crois que je l'ai tué ? Ou bien Thomas ? Qu'il lui a amputé les mains et crevé les yeux ? Tu es complètement folle, ma parole.

— Qu'est-ce que j'en sais ? Thomas était-il chez vous la nuit du meurtre ?

— Maintenant ça suffit, intervint Magdalena.

— Il n'y a pas longtemps, un événement est survenu dans la vie de Viktor. Il semblait fâché avec Sanna, et Patrick Mattsson lui en voulait. Je veux savoir pourquoi. Avait-il une liaison avec un membre de la communauté ? Un homme, peut-être ? Est-ce là la raison du mutisme observé dans la maison de Dieu ?

Maja Söderberg se releva d'un bond.

— Tu ne m'as pas entendue ? Je n'en ai pas la moindre idée. Thomas était le mentor spirituel de Viktor. En sa qualité de pasteur, il ne divulguerait jamais un secret qu'on lui aurait confié. Pas plus à la police qu'à moi.

— Mais maintenant qu'il est mort, Viktor se moque bien de la confiance et du silence de Thomas. Je vous soupçonne d'en savoir plus que vous ne l'admettez. Moi, je suis prête à aller raconter à la police ce que je sais. De la sorte, on verra bien ce qui sortira de l'enquête préliminaire.

Maja la fixa les yeux écarquillés.

— Tu es vraiment cinglée, cria-t-elle. Pourquoi me détestes-tu ? Tu le croyais capable de nous quitter pour toi, ses filles et moi ? C'est pour ça ?

— Je ne te déteste pas, répondit Rebecka d'une voix lasse en se levant. J'ai *pitié* de toi. Je n'ai jamais pensé qu'il t'abandonnerait. Je ne me suis jamais figuré être l'amour de sa vie. Une malchance que tu en aies eu vent. À ta connaissance, suis-je la seule ou y en a-t-il eu d'autres ?

Maja vacilla et pointa un doigt accusateur en direction de Rebecka.

— Sors d'ici ! hurla-t-elle. Hors de chez moi, infanticide !

Magdalena raccompagna Rebecka dans l'entrée.

— Ne fais pas ça, supplia-t-elle. Ne va pas chercher des histoires auprès de la police. À quoi ça servirait ? Pense aux enfants.

— Alors, aide-moi. Sanna risque la prison et personne ne pipe mot. Et tu voudrais que je prenne des gants ?

Magdalena poussa Rebecka sur le palier et referma la porte derrière elles.

— Tu as raison à propos de Viktor. Ces derniers temps, il avait changé et était devenu agressif.

— Comment ça ? demanda Rebecka, le doigt sur l'interrupteur rouge de la minuterie.

— Eh bien dans sa façon de prier et de s'adresser aux fidèles. Je ne sais quoi pointer au juste, mais il ne tenait plus en place. Il se rendait souvent à l'église la nuit, exigeant d'être seul. Ce n'était pas le cas avant. Il appréciait la compagnie des autres lorsqu'il se recueillait. Il jeûnait en permanence. Je lui trouvais une mine de déterré.

Tout juste, pensa Rebecka en se rappelant son air fatigué, ses traits tirés et ses yeux cernés sur l'enregistrement vidéo.

— Pourquoi jeûnait-il ? interrogea-t-elle.

Magdalena haussa les épaules.

— Va savoir ! Certains démons ne peuvent être chassés que par le jeûne et par la prière, n'est-ce pas ? Je me demande si quelqu'un savait ce qui clochait en lui. Ces derniers temps, Thomas et Viktor ne s'entendaient plus très bien. Je ne pense pas que Thomas ait été au courant de quoi que ce soit.

— Ah bon, qu'y avait-il entre eux ?

— Oh, en tout cas rien qui ne puisse inciter Thomas à tuer Viktor. Soyons sérieuses, Rebecka, tu ne le crois quand même pas ? Viktor semblait prendre ses distances avec tout le monde. Y compris avec Thomas. Je voudrais juste que tu laisses cette famille en paix. Ni Thomas ni Maja n'ont de révélations à faire.

— Qui, alors ?

Face au silence de Magdalena, elle ajouta :

— Vesa Larsson, peut-être ?

De retour dans la rue, Rebecka songea à laisser sortir Tjapp de la voiture pour faire ses besoins. Puis elle se souvint de la disparition de la chienne. Et s'il lui était arrivé malheur ? Elle se figura presque le petit corps gelé de l'animal gisant dans la neige. Ses yeux déchiquetés par des corbeaux ou des corneilles et un renard dévorant les morceaux de choix de son abdomen.

Je dois en informer Sanna, pensa-t-elle le cœur lourd.

Elle croisa un couple avec un landau. La jeune femme devait avoir à peine vingt ans. Rebecka saisit son regard envieux lorsqu'elle aperçut ses bottes. Elle dépassa l'ancien Palladium. Des statues de glace datant du festival de la Neige, fin janvier, subsistaient. Des lagopèdes en béton de trois mètres de haut trônaient au milieu de Geologgatan afin d'empêcher les voitures de l'emprunter. Leurs têtes arboraient de petits bonnets de neige.

En s'installant dans sa voiture, elle eut un désagréable sentiment : celui de s'être déjà habituée aux enfants et aux chiens.

Arrête ton char.

Elle regarda sa montre : déjà midi et demi. Dans deux heures, elle irait chercher Sara et Lova. Elle leur avait promis d'aller à la piscine cet après-midi-là. Il lui fallait manger un morceau. Le matin, elle avait donné aux filles du chocolat et des tartines, mais s'était, elle, contentée de deux tasses de café. Elle voulait aussi trouver le temps de rendre visite à Vesa Larsson, et gérer un peu ses propres affaires. Elle ressentit d'ailleurs une douleur abdominale en se souvenant qu'elle n'avait pas fini de rédiger un mémorandum sur les nouvelles règles applicables aux sociétés d'actionnaires en nombre réduit.

Elle entra en coup de vent à l'Ours Noir et prit au vol une barre chocolatée, une banane et un Coca-Cola. « Viktor Strandgård victime d'adeptes du culte de Satan », proclamait la une d'un journal du soir. Au-dessus de cette manchette en caractères gras figurait, minuscule, la mention : « Un membre de la communauté souhaitant garder l'anonymat déclare que… »

— Oh, vous avez les mains gelées, s'exclama la caissière.

Elle serra un instant les doigts de Rebecka dans sa grosse main chaude et sèche, avant de la lâcher.

Rebecka lui adressa un sourire étonné.

J'ai perdu l'habitude de bavarder avec des inconnus, constata-t-elle.

La voiture était glaciale.

Elle éplucha la banane et l'engloutit en trois bouchées. Cela ne contribua pas à lui réchauffer les mains, bien au contraire. Elle songea à la vendeuse du bureau de tabac. Elle avait la soixantaine et de gros bras puissants sous un gilet en mohair rose. Ses cheveux permanentés étaient coiffés à la mode des années 80. Ses yeux paraissaient amicaux. Puis Rebecka pensa à Sara et Lova, et au halo de chaleur les entourant lorsqu'elles dormaient. À Tjapp aussi, son regard de velours et sa délicieuse toison noire. Elle se sentit soudain victime d'un accès aigu de tristesse. Elle leva les yeux vers le toit de l'habitacle et, de l'index, débarrassa ses cils de leurs larmes. Épargnant ainsi à ses pommettes des constellations de mascara.

Arrête de chialer, se dit-elle en démarrant.

Tjapp gît dans l'obscurité. Le coffre s'ouvre au-dessus de la chienne, aveuglée par le faisceau d'une lampe de poche. Lorsqu'elle sent une paire de mains l'empoigner et la soulever, elle s'efforce de ne pas opposer de résistance, malgré la peur qui lui contracte les tripes. Le manque d'oxygène dans cet espace confiné l'a rendue passive et obéissante. Elle tend le cou vers l'homme qui la saisit dans le coffre de sa voiture. Elle fait preuve du maximum de soumission autorisée par l'adhésif argenté autour de ses membres et de son museau. Elle présente son encolure et dissimule sa queue entre ses pattes arrière. Tout cela est vain. Elle ne peut attendre aucune pitié.

Fonctionnelle, de style contemporain, la jolie maison du pasteur Vesa Larsson se trouvait derrière le bâtiment de l'École populaire supérieure. Rebecka se gara et leva les yeux vers l'imposante façade. Les blocs géométriques opalins de la demeure se fondaient sans peine dans la blancheur environnante. Sans les jointures peintes en rouge, jaune et bleu vif, il aurait été facile par temps de neige de passer devant cette maison en voiture sans remarquer sa présence. L'idée manifeste de l'architecte avait été de marier le blanc des sommets avec les couleurs traditionnelles des Samet.

Astrid, l'épouse de Vesa Larsson, vint ouvrir. Derrière elle, un petit berger des Shetland aboyait avec fureur en direction de Rebecka.

— Que veux-tu ? demanda la femme.

Elle avait bien pris une quinzaine de kilos depuis leur dernière rencontre. Négligés, ses cheveux étaient retenus par un cordonnet. Elle portait un pantalon de survêtement et un pull de collégien délavé. Une seconde lui avait suffi pour noter le long manteau beige de Rebecka, son châle en soie Max Mara et l'Audi neuve dans la rue. Un léger doute filtra de son regard.

J'étais sûre, se dit Rebecka avec force, qu'elle perdrait pied dès la naissance de leur premier enfant.

Autrefois, Astrid paraissait déjà grassouillette. Mais jolie. Elle ressemblait à l'un de ces anges flottant sur un nuage, comme ceux figurant sur les signets. Et Vesa Larsson, le pasteur célibataire pour qui les plus belles pentecôtistes en âge de se marier rivalisaient.

Quel soulagement de ne pas être contraint d'aimer tout le monde, songea Rebecka. Elle, je ne l'ai jamais portée dans mon cœur.

— Je suis venue voir Vesa, dit-elle. Elle entra dans la maison avant qu'Astrid ait eu le temps de réagir.

Le chien recula mais hurla si fort que son timbre en devint rauque sous l'effort. Comme atteint de coqueluche.

Ni vestibule ni entrée distincte : un rez-de-chaussée totalement dépourvu de cloison. De l'endroit où elle se trouvait, près de la porte, Rebecka embrassait du regard la cuisine, la salle à manger, le coin salon — canapé face à la vaste cheminée — et les immenses baies vitrées découvrant le paysage enneigé. Par temps clair, on aurait pu voir aussi bien la hauteur de Vittangavaara que celle de Luossavaara et Sandstensberget, avec l'église de Cristal au sommet.

— Est-il là ? demanda Rebecka en tentant de crier plus fort que le chien.

— Oui, il est là, répondit Astrid. Mais tais-toi donc !

L'invective s'adressait au chien qui continuait à aboyer comme un enragé. Elle fouilla dans sa poche et en extirpa une poignée de friandises brunâtres qu'elle jeta à terre. L'animal se tut aussitôt et se précipita dessus.

Rebecka ôta son manteau et l'accrocha à une patère, avant de fourrer son bonnet et ses gants dans sa poche. Elle les retrouverait trempés mais peu importait. Astrid ouvrit la bouche pour protester et la referma illico.

— Je ne sais pas s'il est disposé à te recevoir. Il a la grippe.

— Je ne repartirai pas d'ici avant de lui avoir parlé, répliqua Rebecka d'une voix tranquille. J'y tiens.

Une fois toutes les gourmandises gobées, le chien revint vers sa maîtresse et se colla à ses basques en beuglant de plus belle.

— Ça suffit, Baloo, protesta timidement Astrid. Je ne suis pas une chienne.

Elle tenta de chasser le mâle, mais il s'accrochait à elle avec ses pattes avant.

Grand Dieu, quel sale petit tyran domestiqué, pensa Rebecka.

— Je suis très sérieuse, ajouta-t-elle. Je coucherai sur le canapé s'il le faut et vous serez obligés d'appeler la police pour vous débarrasser de moi.

Astrid abandonna la partie. Elle n'était pas de taille à affronter de concert Rebecka et son chien.

— Il est dans son atelier, lâcha-t-elle. Première porte à gauche en haut de l'escalier.

Rebecka l'enfila en cinq grandes foulées.

— N'oublie pas de frapper, lui cria Astrid.

Assis sur un tabouret devant le grand poêle en faïence de la pièce, Vesa Larsson était vêtu d'une peau de mouton. Calligraphiée en lettres d'un vert feuille de bouleau sur l'un des carreaux, on distinguait l'inscription : « Le Seigneur est mon berger. » Très esthétique. Elle était sans doute de la main de Vesa. Pas habillé, il avait juste passé l'épaisse robe de chambre sur son pyjama en flanelle. Au-dessus de ses poils de barbe et du fin fond de ses deux orbites grises, il observa Rebecka.

Il n'a vraiment pas l'air bien portant, songea-t-elle. Et cela n'est pas dû à une simple grippe.

— Tu es venue me menacer, commença-t-il. Rentre chez toi, Rebecka, et laisse-nous tranquilles.

Le téléphone semble bien fonctionner dans la région, pensa-t-elle.

— Bel atelier, lâcha-t-elle en guise de réponse.

— Mmm. L'architecte a frôlé la crise cardiaque quand j'ai dit vouloir ici un plancher ciré. Il m'a affirmé qu'il serait abîmé en un rien de temps par la peinture, l'encre et le reste. Mais je désirais un sol patiné par l'ensemble de mes créations.

Rebecka considéra le vaste atelier autour d'elle. Malgré le temps couvert, la lumière pénétrait largement à travers les immenses fenêtres. La pièce paraissait impeccable. Une toile recouverte d'une housse était installée sur un chevalet face à la baie vitrée. Elle ne discernait pas la moindre tache de peinture sur le sol. Il en allait autrement à l'époque où Vesa exerçait ses talents au sous-sol de l'église pentecôtiste. Il y avait des feuilles à dessin partout, on osait à peine bouger, craignant de renverser l'un des nombreux bocaux contenant pinceaux et diluants. Les puissantes odeurs de solvant provoquaient vite des maux de tête. À l'inverse, cet espace exhalait juste des effluves de feu de cheminée. Vesa Larsson constata l'œil inquisiteur de Rebecka qui examinait la pièce et esquissa un petit sourire en coin.

— Je sais. Quand on peut enfin s'offrir un atelier de rêve…

Il n'acheva pas sa phrase et se contenta d'un simple haussement d'épaules.

— Mon père peignait à l'huile, tu sais, reprit-il. L'aurore boréale, l'endroit appelé Lapporten et la petite maison de Merasjärvi. Il ne s'en lassait jamais. Il refusait les boulots ordinaires et picolait pas mal avec ses copains. Il me caressait la tête en disant : « Ce gamin croit qu'il sera conducteur de camions ou un truc dans le genre, mais je lui ai répété qu'on n'échappe pas à l'art. » Désormais je ne sais plus. Mes rêves de peintre ici, je les trouve pathétiques. Ça n'a pas été très difficile d'échapper à l'art.

Ils se regardèrent en silence. Sans le savoir, ils méditaient tous deux sur la coupe de cheveux de l'autre. Ils étaient plus beaux jadis, lorsqu'ils poussaient, libres et sans entraves. On devinait qu'alors les copains maniaient les ciseaux.

— Belle vue, lâcha Rebecka, avant d'ajouter : Enfin, peut-être pas à cet instant précis.

En effet, on ne distinguait qu'un rideau de flocons.

— Pourquoi ça ? demanda Vesa Larsson. À cet instant, le panorama est sans doute le plus beau. Jolis, l'hiver et la neige. Tout est plus simple. Moins de signaux à enregistrer. Moins de couleurs. Moins d'odeurs. Les jours sont plus courts. Un temps à reposer l'esprit.

— Qu'est-il arrivé à Viktor ces derniers temps ? interrogea Rebecka.

— Sanna t'a raconté quelque chose ? demanda à son tour Vesa Larsson en secouant la tête.

— Rien.

— Comment ça, rien ? s'étonna-t-il.

— Personne ne pipe mot, pesta-t-elle. Mais je ne la crois pas coupable. Elle vit parfois sur la planète Mars, mais il est impossible qu'elle ait fait ça.

Vesa Larsson ne répondit pas et regarda la neige tomber.

— Pourquoi Patrick Mattsson m'a-t-il suggéré de te sonder sur les penchants sexuels de Viktor ?

Confrontée au silence persistant de Vesa Larsson, elle poursuivit :

— Entretenais-tu une liaison avec lui ? Lui as-tu envoyé une carte postale ?

As-tu rédigé la lettre de menaces laissée sur le pare-brise de ma voiture ? pensa-t-elle.

— Je ne m'abaisserai pas à épiloguer là-dessus, rétorqua Vesa Larsson sans croiser son regard.

— Ah non. Je ne vais pas tarder à penser que vous autres les pasteurs l'avez tué. Car il avait l'intention de dénoncer vos petites magouilles. Ou peut-être s'apprêtait-il à révéler à ta femme la nature de votre relation.

Vesa Larsson enfouit son visage entre ses paumes.

— Ce n'est pas moi, marmonna-t-il. Je ne l'ai pas tué.

Je tourne mal, jugea Rebecka, voilà que j'accuse les gens.

Elle serra son poing contre son front et tenta d'extraire une pensée lucide de son cerveau.

— Je ne comprends pas. Je ne m'explique pas votre silence. Je ne saisis pas non plus pourquoi quelqu'un a placé ce couteau sous le canapé de Sanna.

Vesa Larsson se retourna alors vers elle et l'observa, l'air effrayé.

— Comment ça ? Quel couteau ?

Furieuse de sa gaffe, elle aurait voulu se couper la langue.

— La police ne l'a pas révélé à la presse, mais ils ont trouvé l'arme du crime dans l'appartement de Sanna. Sous le canapé de sa cuisine.

Vesa Larsson la dévisagea.

— Oh, mon Dieu, soupira-t-il. Mon Dieu !

— Quoi donc ?

Le visage de Vesa Larsson se figea tel un masque.

— J'ai déjà rompu mon vœu de secret une fois de trop.

— Au diable les confidences, explosa Rebecka. Viktor est mort. Il se fiche pas mal que tu rompes la promesse que tu lui as faite.

— Je suis tenu au secret envers Sanna.

— Parfait ! s'écria Rebecka. Alors, cesse de me parler ! Mais je suis prête à retourner toutes les pierres sur mon chemin pour voir ce qu'elles cachent. Je vais commencer par la communauté et vos montages financiers. Je découvrirai ensuite l'identité de la personne qui aimait Viktor. Quant à Sanna, dès cet après-midi, je lui arracherai la vérité.

Vesa Larsson la scruta. Sa mine suintait la souffrance.

— Tu ne peux pas laisser tomber ça, Rebecka ? Rentre chez toi. Ne leur donne pas l'occasion de te manipuler.

— Qui ça ?

Il secoua la tête, désespéré.

— Fais ce que bon te semble. Tu ne peux rien me prendre que je n'aie déjà perdu.

— Le diable vous emporte tous ! conclut Rebecka sans réelle conviction.

— « Que celui qui n'a jamais péché… », commença Vesa Larsson.

C'est vrai, songea Rebecka. Je suis une meurtrière. Une infanticide.

Rebecka coupe du bois dans le bûcher de grand-mère. Couper n'est d'ailleurs pas le mot exact. Elle a

sélectionné les plus grosses bûches, les plus lourdes,
et, dans un état second, elle les fend, elle abat sa
hache avec violence sur ce bois rétif. Puis elle la
relève, la bûche toujours sur la lame, et frappe de
toutes ses forces la cognée sur le billot. Le poids du
bois et l'énergie déployée enfoncent plus profondé-
ment encore le tranchant dans la bûche, comme un
coin. Il suffit alors de tirer sur les bords de l'entaille
et la bûche se fend en deux. Elle procède ensuite de
même avec les moitiés ainsi obtenues, avant de passer
au morceau suivant. La sueur ruisselle le long de son
dos et, malgré la douleur dans ses bras et ses épaules,
elle ne relâche pas son effort. Avec un peu de chance,
le fœtus sortira tout seul. Personne ne lui a interdit de
couper du bois. De la sorte, Thomas affirmera
peut-être que la volonté de Dieu n'était pas qu'elle
vienne au monde.

Que l'enfant vienne au monde, rectifie Rebecka.
Pas fait pour naître, ce petit. Au fond, elle sait pour-
tant que c'est une fille : Johanna.

Percevant alors la voix de Viktor, elle comprend ce
qui vient de se produire : posté juste derrière elle, il l'a
appelée à plusieurs reprises sans qu'elle l'entende.

Curieux de le voir assis sur cette chaise de cuisine
bancale et sans dossier. Seuls les montants ont sur-
vécu, elle aurait dû être brûlée depuis longtemps. Elle
patiente depuis des années pour être transformée en
combustible.

— *Qui a parlé ? demande Rebecka.*

— *Sanna. Elle a précisé que tu serais furieuse.*

Rebecka hausse les épaules, trop faible pour se
mettre en colère.

— *Qui d'autre est au courant ?*

Viktor hausse les épaules à son tour. La nouvelle s'est bien sûr répandue. Que croyait-elle ? Une grande écharpe en laine, tricotée par une fille quelconque, surplombe sa veste en cuir d'occasion. Arbitrés par une impeccable raie au milieu du crâne, ses cheveux sont glissés sous son cache-col.

— *Épouse-moi, implore-t-il.*

Rebecka le regarde consternée.

— *T'es pas bien ?*

— *Je t'aime. J'aime cet enfant.*

Elle entend la pluie à l'extérieur et perçoit les odeurs de bois et de sciure. Les sanglots coincés au fond de sa gorge sont douloureux.

— *Comme tu aimes tous tes frères, tes sœurs, tes amis et tes ennemis ?*

Tel l'amour de Dieu. Le même pour tous. Distribué sous emballage conditionné à ceux venant faire la queue. Après tout, ce type d'amour est peut-être fait pour elle ? Ne devrait-elle pas accepter ce qui s'offre à elle ?

Il paraît exténué.

Où es-tu passé, Viktor ? s'interroge-t-elle. Depuis ta rencontre divine, ils t'assiègent, innombrables à espérer recueillir les miettes de cet amour.

— *Je ne t'abandonnerai jamais. Tu le sais.*

— *Mais tu ne comprends donc rien, sanglote Rebecka qui ne peut contenir ses larmes. Si j'accepte, je cours à ma perte.*

Après avoir passé l'après-midi à la piscine avec Sara et Lova, Rebecka arriva au commissariat à dix-huit heures trente.

Lorsqu'elle atteignit le parloir, Sanna la toisa comme si elle lui avait subtilisé quelque chose.

— Ah, vous voilà enfin. Je commençais à croire que vous m'aviez oubliée.

Les filles ôtèrent leurs doudounes et sautèrent chacune sur une chaise. Lova rit quand elle découvrit une mèche de cheveux qui, sortie de son bonnet, avait gelé.

— Maman, regarde, dit-elle, secouant la tête pour en faire tinter les grêlons. Après avoir nagé, on a mangé des saucisses avec de la purée, poursuivit-elle. Et puis une glace. Je verrai Ida samedi. Hein, Rebecka ?

— Une petite fille de son âge rencontrée à la piscine, expliqua Rebecka.

Étonnée, Sanna observa Rebecka. Elle ne lui révéla pas que la mère de cette enfant était l'une de ses anciennes camarades de classe.

Pourquoi ai-je toujours le sentiment de devoir me justifier et m'excuser ? s'interrogea-t-elle en se maudissant. Je n'ai rien fait de mal.

— J'ai sauté du trois, lança Sara qui grimpa sur les genoux de Sanna. Rebecka m'a montré comment faire.

— Ah bon, lâcha Sanna.

Elle paraissait déjà lointaine. Comme si seule son enveloppe corporelle demeurait sur cette chaise. Elle sembla à peine réagir à la disparition de Tjapp. Les filles s'en aperçurent et commencèrent à papoter. Mal à l'aise, Rebecka se tortillait sur place. Tout d'un coup, Lova bondit et entreprit de monter et descendre de sa chaise en scandant :

— I-da sa-me-di. I-da sa-me-di.

Au risque de tomber, elle continua son manège pendant un moment. Rebecka s'inquiétait : si la fillette manquait son coup, elle pourrait se cogner la tête contre le rebord en béton de la fenêtre et se faire très mal. Sanna ne paraissait pas l'envisager.

Ce n'est pas à moi d'intervenir, se persuada Rebecka.

Sara finit par saisir sa petite sœur par le bras et gronda :

— Arrête de faire ça !

Lova se dégagea et poursuivit ses acrobaties.

— Tu es triste, maman ? demanda Sara troublée, en passant le bras autour du cou de Sanna.

Elle évita de regarder sa fille en face en répondant. Elle caressa ses étincelants cheveux blonds, réajusta sa raie du doigt et rejeta ses mèches derrière les oreilles.

— Oui, rétorqua-t-elle à voix basse, je suis triste. Je ne serai peut-être pas relâchée et je ne pourrai donc plus être votre maman. Ça me fait de la peine.

Effrayée, Sara blêmit et écarquilla les pupilles.

— Mais tu reviendras bientôt à la maison, hein ?

Sanna la prit cette fois par le menton et la regarda dans les yeux.

— Pas si je suis reconnue coupable, Sara. Dans ce cas-là, je serai condamnée à une longue peine de prison. Lorsque je sortirai tu seras grande et n'auras plus besoin d'une maman. Il est aussi possible que je tombe malade. Dans ce cas-là, je ne sortirai jamais de prison, car j'y mourrai.

Elle acheva sa phrase en riant jaune.

Les lèvres de Sara se figèrent en une fine ligne.

— Qui va s'occuper de nous ? demanda-t-elle à voix basse.

Elle se retourna soudain vers Lova, toujours occupée à escalader le siège.

— Je t'ai dit d'arrêter ça ! cria-t-elle.

Lova cessa tout net sa sarabande, s'affala sur sa chaise et enfonça une bonne moitié de sa main dans la bouche.

Les yeux de Rebecka dardaient des flammes en direction de Sanna.

— Ta maman est triste, dit-elle à Lova qui, en silence, fixait sa mère et sa sœur.

Rebecka se retourna ensuite vers Sara.

— C'est la raison pour laquelle elle vous parle comme ça. Mais je vous jure qu'elle n'ira pas en prison. Elle reviendra bientôt à la maison.

Elle regretta ses paroles en les prononçant. Comment diable pouvait-elle leur faire une telle promesse ?

Au moment de partir, elle pria les filles d'aller l'attendre près de la voiture. Elle serrait les dents pour contenir sa colère.

— Comment peux-tu ? J'emmène les filles à la piscine pour leur faire passer un bon moment, qu'elles oublient, et toi…

Elle secoua la tête, faute de trouver les mots adéquats.

— J'ai parlé aujourd'hui à Maja, à Magdalena et à Vesa. Un événement est survenu dans la vie de Viktor. Tu sais, toi, de quoi il s'agit. Alors, je t'écoute, Sanna. Tu dois me le dire.

Sanna ne répondit pas. S'appuyant contre le mur en ciment couleur menthe, elle entreprit de ronger l'ongle de son pouce, pourtant déjà bien rogné. Son visage ne laissait rien transparaître.

— Il faut que tu me parles, sacré bon sang ! gronda Rebecka. Qu'est-il arrivé à Viktor ? Vesa m'a révélé que tu lui avais confié un secret qu'il ne veut pas trahir.

Sanna ne disait toujours rien, grignotant le bout de ses doigts. Elle mordillait les petites peaux autour de ses ongles et les arrachait sans se soucier du sang. Ayant remis son manteau, Rebecka commençait à avoir trop chaud. Elle eut soudain envie d'attraper Sanna par les cheveux et de lui frapper la tête contre le mur en béton. Comme l'avait fait le père de Sara, Ronny Björnström. Avant de se lasser de ce petit jeu et de filer.

Les filles patientaient près de la voiture. Rebecka se souvint que Lova n'avait pas de gants.

— Et puis tant pis, conclut-elle et elle tourna les talons.

Évadée à travers le plafond cimenté, Sanna n'est plus dans sa cellule. Elle s'est faufilée entre les atomes et les molécules pour rejoindre le ciel étoilé, au-delà des nuages chargés de neige. Elle a déjà oublié la séance au parloir, n'a plus d'enfants, elle est elle-même une fillette. Dieu se mue en mère protectrice et la prend sous les aisselles. Il l'élève si vite vers la lumière qu'elle se sent défaillir. Elle ne cède pourtant pas. Dieu ne lâcherait pas sa petite fille. Sanna n'a rien à craindre. Elle ne tombera pas.

Debout devant la grande glace fixée au mur de la salle de séjour, Curt Bäckström observe de près son corps nu. Une multitude de petits lampions recouverts d'une gélatine rouge et une vingtaine de bougies l'éclairent. Les draps noirs qu'il a punaisés devant les fenêtres le préservent des regards indiscrets.

Meublé de façon très spartiate, l'appartement ne comporte ni télévision, ni poste de radio, ni four à micro-ondes. Par le passé, les radiations et les signaux diffusés par ces objets le rendaient malade. Bien qu'ils fussent éteints, il se réveillait au milieu de la nuit en entendant les sons émis par ces appareils électriques. Désormais, il est à l'abri de tels phénomènes et a pu rebrancher ses réfrigérateur et congélateur. Il n'a nul besoin de télévision ou de radio, diffusant idioties et impiétés. Satan en direct vingt-quatre heures sur vingt-quatre.

Il constate son évolution. Il a pris un centimètre en l'espace d'une journée. Ses cheveux ont poussé à une vitesse extraordinaire et il va bientôt pouvoir se faire une queue-de-cheval. Sa raie au milieu réajustée, il se penche vers le miroir. Sa ressemblance avec Viktor Strandgård l'épouvante.

L'espace d'un instant, face à ce miroir, il s'efforce de se retrouver, de redécouvrir son ancien moi. Dans les yeux peut-être ? En vain, son image devient floue et disparaît aussitôt. Il semble totalement métamorphosé.

Il se frotte les mains puis les tend vers la glace. La lumière pourpre révèle le sang et l'huile suintant de ses paumes.

Il ne manque que Sanna Strandgård. Nue et à genoux devant lui, elle aurait recueilli dans une fiole la substance coulant de ses mains.

Il la voit comme si elle était là : elle revisse lentement le bouchon du petit flacon vert. Son regard rivé au sien, ses lèvres épellent le mot « Rabbouni[1] ».

Certes, il lui est arrivé de douter ; il n'est pas sûr de figurer au nombre des élus et d'être capable de recevoir la puissance divine. Sa dernière communion lui a semblé presque intolérable. Les gens dansaient et caquetaient comme des poules autour de lui, tandis qu'il se fondait crescendo en Dieu. Assailli par les paroles : « Ceci est mon CORPS. Ceci est mon SANG », il avait regagné sa place chancelant, en se bouchant les oreilles. Il n'entendait plus les chœurs. Investies d'une immense énergie, ses mains paraissaient grandir. Tendue à l'extrême autour de ses doigts, sa peau semblait cloquer. Lisse et luisant, il craignait de voir son épiderme crever comme une saucisse sur le feu.

Le lendemain, il s'était acheté les gants les plus grands qu'il avait pu trouver. Il serait parfois obligé de les porter à l'intérieur. Puis le moment viendrait pour les hommes de voir.

1. « Maître », en hébreu, cf. Évangile selon saint Jean, chapitre 20, verset 16.

En payant ces gants, il avait soudain éprouvé un grand malaise. La femme derrière le comptoir lui souriait. Depuis longtemps déjà, il jouissait de sa capacité à déceler les esprits. Alors qu'il récupérait sa monnaie, elle s'était transformée devant lui : ses dents jaunirent et ses yeux révulsés avaient pris l'aspect d'une vitre recouverte de givre. Quand elle lui avait tendu les pièces, les ongles rouges des mains s'étaient étirés pour révéler des griffes.

Il avait patienté des heures derrière la boutique, il avait ensuite reçu un message l'informant de l'inutilité de la tuer. Il lui fallait économiser ses forces pour une mission plus importante.

Curt se rend maintenant dans sa salle de bains. À la lumière des bougies, il distingue les volutes de vapeur qui s'échappent de la baignoire. Elles s'étalent en une fine couche humide sur la faïence blanche. L'air est lourd de cette odeur de sang, semblable à celle du cuivre et celle, plus âcre, de la laine mouillée.

Au-dessus de lui, le corps sans vie de Tjapp est étendu sur le séchoir en plastique blanc, les pattes arrière attachées aux cordes. Le sang dégouline peu à peu dans l'eau, goutte à goutte. Sur le sol près de la baignoire, le museau toujours entouré d'adhésif argenté, la tête repose.

Il plonge dans l'eau rougie et sent aussitôt les facultés de la chienne imprégner son corps. Ses jambes rendues souples et agiles sont agitées de soubresauts. S'il sortait de cette baignoire, il pourrait battre le record du monde du cent mètres.

Il sent la présence de Sanna et ses lèvres contre l'oreille de la chienne. Puis elle effleure la sienne et murmure : *Je t'aime.*

Il lui a déjà pris son lapin, son chat et même ses deux gerbilles. Et pendant tout ce temps, son amour pour lui n'a fait que croître.

Il boit de grandes rasades de l'eau rougie du bain. Ses mains se mettent à trembler et, lorsque Dieu prend le relais, il ne les maîtrise plus.

Dieu saisit alors sa paume et la brandit. Il plonge ses doigts dans le sang comme dans un encrier, et trace des lettres pointues sur les carreaux en céramique. Elles révèlent un prénom. En dessous, il ajoute :

« LA FEMME DE MAUVAISE VIE DOIT MOURIR »

IL Y EUT UN SOIR,
IL Y EUT UN MATIN :
CINQUIÈME JOUR

Maja Söderberg est assise en pleine nuit à la table de sa cuisine. Assise semble un bien grand mot. Certes, son bassin repose sur la chaise, mais son torse s'étale sur la table et ses jambes pendent sous le siège. Une main sous la joue, elle fixe les motifs de la tapisserie. Ils se déforment en pâlissant puis reprennent des couleurs. Un litre de vodka lui tient compagnie. Pour une novice de la bouteille, ce n'est pas une mince affaire d'en descendre autant. Elle y est pourtant parvenue. Elle a d'abord pleuré en se mouchant. Maintenant ça va mieux. Une âme charitable armée d'une seringue l'a piquée, lui a anesthésié le cerveau.

Elle entend Thomas dans l'escalier. Durant ce colloque sur le miracle, les soirées ont tendance à s'éterniser. Tout d'abord, les séances traînent en longueur. Les participants aiment ensuite se réunir autour d'un café. Sans compter les fidèles les plus zélés qui souhaitent prier jusqu'au petit matin. Important pour Thomas de ne pas les abandonner. Maja le conçoit. Ne comprend-elle pas tout ?

Elle perçoit son pas discret sur les marches pour ne pas déranger son prochain à cette heure indue. Il est toujours si plein d'égards… Pour les voisins.

303

Mais cette sollicitude réveille son courroux.

Chut, se dit-elle. Pourtant, la colère gronde. Tout à fait réveillée, elle tire sur sa chaîne. Lâche-moi, bafouille-t-elle. Lâche-moi, que je lui règle son compte.

Il apparaît soudain près de la table de la cuisine, bouche bée et les yeux hagards. Ces trois grands orifices béants semblent bien ridicules sous son bonnet. Un petit sourire en coin, elle se doit de vérifier avec sa main. Oui, ses lèvres sont bel et bien de traviole sur son visage. Comment s'est-elle retrouvée dans cette position ?

— Que fais-tu là ? demande-t-il.

Ce qu'elle fait ? Il ne le voit donc pas ? Elle picole, tiens. Elle s'est rendue au Monopole de l'Alcool et a claqué les deniers hebdomadaires du ménage en liqueurs.

Il se répand en questions et en accusations. Où sont les enfants ? Ne sait-elle pas que la ville est toute petite ? Comment pourra-t-il justifier les emplettes de sa femme ?

À cet instant, elle ouvre la bouche et se met à hurler. Oubliés, sa langue paralytique et son cerveau hémiplégique.

— Ta gueule, espèce de salaud ! crie-t-elle. Rebecka est venue me voir. Tu saisis les implications ? Je vais me retrouver en prison.

Il lui dit de se calmer, de penser aux voisins. Ils forment une équipe, une famille, tous ensemble ils se tireront d'affaire. Rien n'y fait, elle ne se contient plus. Des jurons et blasphèmes n'ayant jamais franchi ses lèvres auparavant coulent à flots. Espèce de salaud. Maudit hypocrite ! Sale cochon !

Bien plus tard, certain que Maja dort comme une souche, Thomas s'empare du téléphone et passe un coup de fil.

— C'est Rebecka, déclare-t-il dans le combiné. Je ne peux pas la laisser continuer comme ça.

Vendredi 21 février

La neige avait laissé place au vent. Glacial et à décorner une paire de bœufs, il balayait forêts et routes. Soulevant la poudreuse, il harmonisait le paysage, le transformait en un manteau blanc. Le train du matin pour Luleå fut immobilisé durant plusieurs heures. Les grandes pelletées de flocons, déblayées par les propriétaires des maisons, furent repoussées contre les entrées des garages et bloquèrent à nouveau le passage. Les rafales virevoltaient autour des immeubles et traquaient la poudreuse. Elles se glissaient sous le col des livreurs de journaux qui juraient avec conviction.

Épaules courbées et tête baissée, tel un taureau avant la charge, Rebecka Martinsson avançait avec peine vers la maison de Sivving. Le vent lui expédiait son lot de flocons à la figure, elle ne distinguait pas grand-chose. Lova calée sous un bras comme un vulgaire baluchon, elle tenait dans son autre main le petit sac à dos en jean rose de la fillette.

— Je peux marcher toute seule, gémit-elle.

— Je sais, mon chou, mais on n'a pas le temps. Ça ira plus vite comme ça.

Elle ouvrit du coude la porte du domicile de Sivving et elle déposa Lova par terre dans l'entrée.

— Y a quelqu'un ? demanda-t-elle. En guise de réponse, elle perçut l'écho des aboiements de Bella.

Sivving apparut sur le seuil de l'accès qui menait au sous-sol.

— Tu serais gentil de la garder, lâcha Rebecka hors d'haleine, en essayant de déchausser Lova sans dénouer ses lacets. Quand je suis allée la chercher hier, ces idiotes auraient pu me prévenir.

En arrivant ce matin-là à la maternelle avec Lova, elle avait en effet appris que le personnel pédagogique consacrait la journée à une réunion. Impossible donc d'y laisser les enfants. Or il ne restait qu'une heure avant l'audience préliminaire et le temps pressait. D'ici peu, le vent aurait charrié assez de neige autour de la voiture pour l'empêcher de quitter la cour et d'arriver en temps voulu.

Elle tenta de desserrer les lacets sans en défaire les nœuds mais Sara les avait doublés en aidant sa petite sœur à se chausser.

— Laisse-moi m'en occuper, lança Sivving. Tu es pressée.

Il prit Lova dans ses bras et l'installa sur ses genoux. La chaise de cuisine verte sembla disparaître sous cette force de la nature. Patiemment, il entreprit de défaire les boucles.

Rebecka lui jeta un coup d'œil reconnaissant. En nage, après son marathon de l'école à la voiture puis du véhicule à la maison de Sivving, elle sentait son corsage lui coller à la peau. Hors de question de rentrer prendre une douche et se changer, il ne lui restait pas plus d'une demi-heure.

— Tu vas rester avec Sivving et je reviendrai bientôt te chercher, O.K. ? dit-elle à Lova.

La fillette hocha la tête et redressa son minois vers Sivving. De cette façon elle ne voyait que son menton.

— Pourquoi tu t'appelles Sivving ? demanda-t-elle. C'est bizarre comme nom.

— Oui, il n'est pas courant, répondit-il avec un petit rire. En réalité, mon prénom est Erik.

Rebecka l'observa, surprise, oubliant qu'elle était pressée.

— Comment ? interrogea-t-elle. Sivving n'est pas ton prénom ? Pourquoi l'utilise-t-on alors ?

— Tu ne le sais pas ? répliqua-t-il avec un sourire. À cause de ma mère. Après des études d'ingénieur à Stockholm, je suis rentré au pays pour commencer à travailler à la LKAB. Maman était si fière qu'elle a un peu perdu le sens des réalités. Les autres villageois s'en sont donné à cœur joie quand elle m'a envoyé à l'école des mines. À l'époque, seuls les gens de la haute société se le permettaient. Les autochtones avaient l'impression qu'elle se poussait un peu trop du col.

Ce souvenir parut l'amuser, il poursuivit :

— Bref, quand je suis rentré, j'ai loué une chambre dans Arent Grapegatan et ma mère m'a fait installer une ligne téléphonique. Elle tenait à ce que mon titre d'ingénieur civil figure dans l'annuaire en abrégé : civ.ing. Cela n'a pas loupé, on s'est aussitôt moqué de moi : « Tiens, voilà le civ.ing. » Les gens n'ont pas tardé à oublier l'origine de ce surnom et tout le monde s'est mis à m'appeler Sivving. Je m'y suis fait et même Maj-Lis l'employait.

Rebecka le regarda avec un sourire stupéfait.

— Ça alors !

— Je te croyais très pressée.

Elle bondit et se rua dans le vestibule.

— Ne va pas te tuer au volant, lui cria-t-il.

— Et toi, ne va pas me mettre des idées dans la tête, répondit-elle en s'engouffrant dans sa voiture.

Je ne dois pas être présentable, constata-t-elle, en route vers la ville sur la chaussée sinueuse. Une petite demi-heure de plus et j'aurais pu me doucher et me changer.

Ce trajet lui était désormais familier. Elle put donc se détendre et laisser ses pensées vagabonder.

Couchée sur son lit, Rebecka maintient son ventre entre ses mains.

Ce n'était pas grand-chose, se réconforte-t-elle. Et c'est maintenant réglé.

Des inconnus vêtus de blanc, mains douces et impersonnelles. (« Bonjour, Rebecka, je viens juste t'installer une perfusion dans le bras pour le goutte-à-goutte » ; le contact glacial d'un morceau de coton sur sa peau et les doigts de l'infirmière, froids eux aussi. Peut-être s'est-elle accordé une minute de liberté pour fumer une cigarette sur le balcon et sous le soleil printanier, « ça va piquer un peu, voilà c'est fini ».)

Elle était demeurée allongée à observer le soleil irradiant la neige. Il paraissait métamorphoser le monde extérieur, océan d'une pureté presque pénible. Grâce au cathéter planté dans son bras, le bonheur l'avait envahie. Envolés, peines et soucis. Peu après, deux individus vêtus de blanc l'avaient conduite sur une civière à roulettes en salle d'opération.

Résumé du matin précédent. Elle ressent mainte-
nant une violente douleur au ventre. Les comprimés
avalés n'y changent rien. Transie de froid. Une dou-
che la réchaufferait et cette souffrance cesserait
peut-être.

Une fois sous le jet, un caillot de sang s'échappe.
Elle le contemple, effrayée, coulant le long de sa
jambe.

Contrainte de revenir passer une nuit à l'hôpital. À
nouveau une perfusion dans le bras.

— Il n'y a pas de danger, assure une infirmière, en
apercevant les lèvres pincées de Rebecka. Un avorte-
ment entraîne parfois une infection. Rien à voir avec
un manque d'hygiène ou une maladresse de ta part.
L'antibiotique va remédier à ça.

Rebecka tente d'esquisser un sourire obligeant et
parvient à faire une curieuse grimace.

Ce n'est pas un châtiment, songe-t-elle. Dieu n'est
pas ainsi. Pas un châtiment.

À dix heures vingt-cinq, le vendredi 21 février, Sanna Strandgård fut mise en examen pour le meurtre de son frère Viktor, et incarcérée. Les médias se jetèrent sur la nouvelle comme une horde de hyènes affamées. À la lumière des projecteurs et entre deux éclats de flashes, le substitut Carl von Post donna lecture du communiqué.

Dans une petite pièce qui jouxtait la salle d'audience, Rebecka Martinsson tenait compagnie à Sanna. Deux gardiens patientaient pour la ramener au commissariat dans une voiture de service.

— Bien entendu, on fait appel, lança Rebecka.

Absente, Sanna tortillait l'une de ses mèches entre le pouce et l'index.

— Tu as vu les regards que me lançait le jeune homme qui rédigeait le procès-verbal ? Tu as remarqué ? lâcha Sanna.

— Tu désires te pourvoir en appel, n'est-ce pas ?

— Il m'a fixée comme si on se connaissait. Je suis pourtant sûre de ne l'avoir jamais vu.

Rebecka referma sa serviette, excédée.

— Sanna, tu es mise en examen pour meurtre. Dans ce tribunal, tout le monde te regarde. Souhaites-tu, oui ou non, que je dépose une demande d'appel ?

— Bien sûr, évidemment.

Puis, en s'adressant aux plantons, elle ajouta : On y va ?

Quand ils furent partis, Rebecka resta un moment à examiner la porte du parking. Derrière elle, celle de la salle d'audience s'ouvrit. Elle se retourna et surprit l'œil indiscret d'Anna-Maria Mella.

— Comment ça va ?

— Comme ci comme ça, reconnut Rebecka avec une grimace. Et toi ?

— Comme ci comme ça.

Anna-Maria s'affala sur une chaise et tira la fermeture Éclair de son anorak pour libérer son respectable ventre. Elle enleva ensuite son bonnet en laine grisâtre sans se recoiffer.

— Pour être honnête, je dois avouer qu'il me tarde de retrouver forme humaine.

— Comment ça, forme humaine ?

— Je veux dire reprendre les activités normales de tout être humain : boire du café et priser.

À cet instant, un jeune homme avec un calepin apparut sur le seuil de la porte.

— Rebecka Martinsson ? demanda-t-il. Auriez-vous une minute à m'accorder ?

— Dans un petit moment, répondit Anna-Maria Mella avec courtoisie.

Elle se leva pour fermer la porte.

— Nous allons entendre les filles de Sanna, dit-elle en se rasseyant.

— Non, mais… c'est une plaisanterie ? protesta Rebecka. Elles ne savent rien. Quand il a été assassiné, elles dormaient dans leur lit. C'est ce… ce von Post qui, avec ses procédés de brute machiste, essaye d'impressionner des gamines de onze et quatre ans. Et qui va s'en occuper après ? Vous ?

Anna-Maria se rejeta en arrière sur sa chaise, la main droite appuyée sous les côtes.

— Je conçois que tu n'aies pas apprécié son ton avec Sanna…

— C'est le moins qu'on puisse dire. Et toi ?

— … mais je vais faire en sorte que l'audition de ses filles se déroule le mieux possible. Un psychologue pour enfants sera là.

— Pourquoi ? Pourquoi faut-il qu'elles soient entendues ?

— Tu comprends qu'on ne peut pas faire autrement. Une des armes du crime a été retrouvée chez Sanna, mais il n'existe aucune preuve qu'elle s'en soit servie. L'autre, nul ne sait où elle est. Nous ne disposons donc que d'indices. Or Sanna a affirmé que Sara était avec elle quand elle a découvert le corps de Viktor et que Lova dormait dans le traîneau. Les petites ont peut-être vu quelque chose d'important.

— Tu veux dire : elles ont vu leur mère tuer Viktor ?

— À ce stade de l'enquête, on ne peut exclure aucune hypothèse.

— Dans ce cas-là, j'exige d'être présente.

— Aucun problème, répondit Anna-Maria. Je vais l'annoncer à Sanna, je dois de toute façon passer au commissariat. Elle m'a paru très attentive.

— Elle n'était même pas présente, commenta Rebecka.

— Difficile de se faire une idée sur ce qu'elle ressent à se retrouver sur le banc des accusés.

— Oui, dit Rebecka.

Les pasteurs, les anciens et Rebecka sont réunis chez Gunnar Isaksson. Malgré ses dix minutes d'avance, elle est la dernière arrivée. Lorsque Gunnar vient lui ouvrir la porte, elle entend les conversations cesser.

Ni Karin, la femme de Gunnar, ni leurs enfants ne sont présents. Sur la table ronde de la salle à manger, deux gros thermos. L'un contient du café, l'autre de l'eau chaude pour le thé. Sur un plat en argent, des gâteaux et des petits pains recouverts d'une serviette en papier rayée blanc et jaune. Karin a aussi sorti des tasses, des soucoupes et des cuillers. Elle a même préparé un peu de lait dans un petit pot. Tout cela attendra, ils doivent d'abord parler.

— Bien entendu, tu te demandes pourquoi nous t'avons priée de venir.

Frans Zachrisson, un ancien, prend la parole le premier. En temps normal, il semble à peine la voir. Il n'aime ni Sanna ni Rebecka. Mais, à cet instant, ses yeux expriment douceur et préoccupation. Suintant la sollicitude, sa voix chaleureuse terrorise Rebecka. Elle ne répond pas et se contente de s'asseoir lorsqu'il l'y invite.

D'autres, parmi les doyens, l'observent d'un air grave. Tous d'âge mûr, voire très mûr. Avec leur petite trentaine, Vesa Larsson et Thomas sont les benjamins. Le premier fixe la table. Penché en avant sur sa chaise, les coudes sur les genoux, le second a joint les mains au niveau du front et ferme les yeux.

— Thomas nous a remis sa démission, annonce Frans Zachrisson. Rebecka, après ce qui s'est passé, il considère ne plus pouvoir continuer à exercer les fonctions de pasteur dans la même communauté que toi.

Les anciens opinent du bonnet et Zachrisson poursuit :

— À mes yeux, ce qui vous est reproché est grave. Mais je crois aussi au pardon. À celui de Dieu comme à celui des hommes. Je sais que Dieu a pardonné à Thomas, tout comme moi. Nous lui avons d'ailleurs tous pardonné.

Il se tait un instant et se demande peut-être s'il doit aussi mentionner le pardon à son égard. Épineuse question. En dépit des supplications d'un Thomas Söderberg qui a mis de côté toute considération personnelle, elle a avorté sans manifester le moindre remords. Le pardon sans contrition est-il envisageable ?

Rebecka voudrait lever les yeux pour affronter le regard de Frans Zachrisson, mais elle n'y parvient pas. Ils sont trop nombreux, et beaucoup plus puissants qu'elle.

— Nous avons essayé de persuader Thomas de ne pas démissionner. Il a refusé. Il est difficile pour lui de poursuivre son œuvre ici. Il sera sans cesse confronté à l'ombre de sa faute...

Une nouvelle pause permet au pasteur Gunnar Isaksson de placer quelques mots. Rebecka jette un coup d'œil dans sa direction. Assis dans le fauteuil de cuir, il s'est rejeté en arrière. Ses yeux sont, comment dire... presque avides. Il donne l'impression d'être sur le point de lui tendre la main, pour saisir la sienne et la dévorer toute crue. Visiblement, il se réjouit de la situation délicate de Thomas Söderberg, bien trop intello à son goût. Il a étudié la théologie à l'université, maîtrise le grec et cite sans cesse les Écritures. Isaksson n'a fréquenté qu'une École populaire supérieure. Ces jours-ci lorsqu'il évoquait avec ses frères la « faiblesse » de Thomas, Gunnar a dû boire du petit-lait.

Il avoue avoir connu, lui aussi, des tentations : dans ces moments-là, la qualité de la relation à Dieu se manifeste. Lorsque les anciens lui ont demandé si Thomas Söderberg jouissait toujours de sa confiance, il a réclamé une journée de réflexion avant de leur répondre par l'affirmative. Il voulait s'assurer du caractère divin de sa réponse. Dieu se joignait à lui pour soutenir Thomas, il espérait que Rebecka le comprenait bel et bien.

— Dieu nourrit d'ambitieux projets pour Kiruna, coupe Alf Hedman, un autre vétéran, et dans ce contexte, nous estimons que Thomas Söderberg occupe une place de premier plan.

Rebecka comprend alors le motif précis de cette convocation. Thomas ne peut demeurer dans la communauté si elle en est toujours membre. Sa faute planerait au-dessus de lui. Or ils désirent tous voir Thomas rester. Elle les satisfait sur-le-champ.

— Inutile qu'il vous remette sa démission, dit-elle, car de toute façon, je pars faire mes études à Uppsala. Je vais donc quitter la communauté.

Ils la félicitent de cette décision. En outre, il y a là-bas une excellente communauté qui pourra l'accueillir.

Ils souhaitent maintenant prier pour elle. À leur demande, Rebecka et Thomas s'installent côte à côte sur une chaise. Tandis qu'ils se recueillent, tous forment le cercle et placent leurs mains sur eux. Leurs imprécations gagnent le ciel via *la fenêtre.*

Ces paumes font à Rebecka l'effet d'insectes grouillant sur son corps. Non, plutôt de feuilles incandescentes qui lui brûlent peau et vêtements. Son âme s'écoule de ces plaies virtuelles. Elle se sent mal, a envie de vomir, mais ne peut le faire, prisonnière des mains de ces hommes posées sur elle. Elle parvient

*juste à ne pas fermer les yeux. Il faut le faire lorsque
l'on prie pour vous. S'ouvrir. De l'intérieur et vers le
haut. Mais elle les garde ouverts, s'accroche à la réalité en fixant une minuscule tache sur sa jupe, au
niveau des genoux.*

*— Tu vas rester prendre une tasse de café avec
nous ? demande Gunnar Isaksson, une fois la cérémo-
nie terminée.*

*Docile, elle acquiesce. Pasteurs et anciens s'empif-
frent des petits gâteaux maison de Karin. Sauf Thomas,
qui s'est éclipsé juste après la prière. Les autres
s'entretiennent du temps et des nombreuses réunions
à prévoir pour Pâques.*

*Personne n'adresse la parole à Rebecka, transpa-
rente. Elle grignote un gâteau à la noix de coco. Sec, il
s'émiette dans sa bouche. Pour le faire passer, elle
avale de grandes gorgées de thé. Une fois la galette
descendue, elle repose sa tasse, murmure un au revoir
et s'éloigne à pas feutrés vers la porte d'entrée.
Comme une voleuse.*

Anna-Maria Mella gagna sa maison à pied dans la poudreuse. Charriée jusque-là par le vent, la neige obstruait l'accès au garage. La voiture s'était immobilisée à hauteur de la barrière.

Elle ôta du pied l'amas formé devant la porte d'entrée, et, l'ouvrant d'un geste vif, cria vers l'intérieur :

— Robert !

Pas de réponse. De la musique lui parvenait depuis la chambre de Marcus. Inutile de lui demander de déblayer. S'ensuivrait une demi-heure de palabres. Elle aurait plus vite fait de s'en charger elle-même, mais elle ne s'en sentait pas la force. Un peu de poudreuse venue se glisser dans les gonds de la porte l'obligea à la claquer pour la refermer. Robert devait être parti quelque part. Peut-être chez sa mère, avec Jenny et Petter.

Marcus recevait. Sans doute les copains de son équipe de bandy[1]. Dans le vestibule, son sac de sport plus deux autres — inconnus au bataillon — nageaient au milieu d'une flaque. Conséquence de la neige fon-

---

1. Variété de hockey sur glace inconnue sous nos latitudes, pratiquée en plein air, avec une balle et non un palet et sur une aire de jeu de la taille d'un terrain de football.

due des chaussures et des combinaisons. Elle enjamba les crosses étalées par terre et emporta les sacs trempés dans la salle de bains. Elle sortit ensuite l'équipement de Marcus, essuya le sol de l'entrée et rangea avec soin les bottes et les crosses près de la porte.

Se dirigeant vers la buanderie pour faire sécher les tenues de sport humides, elle passa devant la cuisine. Un litre de lait et une boîte de chocolat en poudre étaient posés sur la table. Depuis le matin ? Ou Marcus et ses copains les avaient-ils laissés traîner ? Elle secoua la bouteille pour évaluer ce qui restait de lait puis la flaira. Non, il n'avait pas tourné. Elle la remit dans le réfrigérateur en lançant un regard las vers le plan de travail encombré, avant de se diriger vers le sous-sol. Toujours placés derrière la porte, deux caisses à bananes remplies de décorations de Noël attendaient que Robert les débarrasse dans la remise.

Elle descendit l'escalier, elle trébucha sur le linge sale jeté là par le reste de la famille, et l'emporta dans la laverie avec un soupir. Une éternité qu'elle n'avait plus la force de s'en occuper, de repasser et de plier. Une montagne de propre attendait. Une colline de sale aussi, impatiente de retrouver le lave-linge. Sans compter les moutons de poussière éparpillés. Vu leurs tailles, ils méritaient amplement l'appellation. Plus les auréoles d'écume crasseuse autour de l'évacuation d'eau.

Je verrai ça une fois en congé de maternité, songea-t-elle.

Elle jeta chaussettes de sport blanches, sous-vêtements, serviettes et draps dans la machine, régla la température sur soixante degrés et sélectionna le programme adéquat. L'engin s'enclencha avec un bourdonnement qui traduisait l'effort qu'on attendait de lui. Anna-Maria guetta l'habituel petit déclic. Ce signal en morse marquait le début du cycle et devait être suivi par un bruit d'eau affluant dans le tambour. Mais, excepté le monotone ronron du lave-linge, rien ne se passa.

— Allez, vas-y ! s'écria-t-elle en frappant du poing l'appareil.

Ah non, pas ça ! pensa-t-elle. Une machine neuve coûterait plusieurs milliers de couronnes.

Le lave-linge semblait à l'agonie. Anna-Maria l'éteignit, le ralluma, essaya un autre programme et finit par lui assener des coups de pied. Les larmes se mirent alors à couler.

Lorsque Robert débarqua dans la buanderie une heure plus tard, il la trouva assise près du plan de travail. Avec des gestes brusques, elle pliait du linge en sanglotant.

— Qu'y a-t-il, Mia-Mia ? s'enquit-il. Il lui caressa le dos et les cheveux.

— Laisse-moi tranquille.

Une fois dans ses bras, la tête contre son épaule, elle lui expliqua avec des trémolos dans la voix ses mésaventures avec l'appareil récalcitrant.

— Et ce fichu foutoir dans la maison, hoqueta-t-elle. Dès que je pose le pied à l'intérieur, je découvre une foule de choses qui m'attendent. Et ça…

Elle attrapa un fuseau taille cinquante rayé bleu et blanc dans le tas propre. Le bleu était passé et le tissu rendu pelucheux par les lavages successifs.

— Le pauvre petit. Va-t-il falloir qu'il porte les vêtements de son père durant toute son existence ? Au collège, ses camarades se moqueront de lui.

Robert sourit dans les cheveux de sa femme. Moins grave que lors de sa précédente grossesse. Cette fois les crises de ce genre avaient été limitées.

— En plus, je croule sous le boulot, poursuivit-elle. On nous a fourni la liste des participants au colloque sur le miracle, et on doit l'éplucher. Sanna Strandgård a été placée en détention. Von Post exige qu'on lui affecte tous nos personnels. Comme je ne suis pas censée participer à l'enquête, j'ai promis à Sven-Erik de me charger de cette liste, mais je n'y arriverai jamais.

— Allez, l'encouragea Robert. On va remonter dans la cuisine se faire un peu de thé.

Ils étaient assis l'un en face de l'autre. Anna-Maria paraissait désespérée. Elle tournait sa cuiller dans sa tasse en contemplant le miel en train de fondre dans la camomille. Robert pela une pomme et la découpa en quartiers avant de les lui tendre.

Elle les engloutissait de façon machinale.

— Ça va s'arranger, reprit-il.

— Ne dis pas ça.

— On fichera le camp, toi moi et le bébé. On quittera cette satanée maison et son bordel. Les enfants se débrouilleront seuls dans un premier temps. L'État interviendra ensuite et les placera dans une famille d'accueil.

Anna-Maria éclata de rire, puis se moucha dans une feuille de sopalin.

— On pourrait suggérer à ta mère de venir vivre ici, ajouta Robert.

— Ah ça, jamais.

— Elle ferait le ménage.

Anna-Maria rit à nouveau.

— Jamais de la vie, répéta-t-elle.

— Elle viderait le lave-vaisselle, repasserait mes chaussettes et te donnerait des bons conseils.

Il se leva pour lancer les pelures de pomme dans l'évier.

Pourquoi ne les jette-t-il pas directement dans la poubelle ? s'interrogea-t-elle, un peu lasse.

— Viens, on prend les enfants et on va chercher une pizza, proposa-t-il. On te déposera au commissariat au passage, tu pourras te consacrer à tes miraculés.

Ce vendredi après-midi, lorsque Rebecka pénétra dans la cuisine de Sivving, il fartait des skis avec Lova. À l'aide d'un fer à repasser de voyage, il fit fondre un bloc de paraffine blanche qu'il laissa ensuite couler sur une paire de skis fixée sur un chevalet. Puis, d'une main délicate et toujours au moyen de son fer, il égalisa la substance sur toute la surface. Il le reposa et tendit la main vers Lova sans la regarder. Un chirurgien en train d'opérer.

— Grattoir, dit-il.

Lova lui passa l'outil.

— On farte des skis, expliqua Lova à sa grande sœur, tandis que Sivving retirait de longs copeaux blancs, l'excédent de paraffine.

— Je le vois bien, protesta Sara, penchée pour caresser Bella. Allongée sur le tapis devant la fenêtre, sa queue frétillait tant qu'une mélodie s'échappait du radiateur situé derrière elle.

— Ah, vous avez réquisitionné la cuisine, constata Rebecka.

— Oui, farter demande de la place. Tu ferais mieux de saluer Bella avant qu'elle ne se vexe. Je lui ai dit d'aller se coucher là-bas pour ne pas renverser les skis ou mettre ses pattes dans les copeaux. Tiens, Lova, passe-moi maintenant l'autre bloc de paraffine.

Il prit le fer à repasser sur le plan de travail et renouvela la première opération.

— Voilà, ma mignonne, maintenant tu peux prendre tes skis et déposer une couche de fart dessus.

Rebecka se courba vers Bella et lui caressa le museau.

— Vous avez faim ? demanda Sivving. Il y a des petits pains et du lait.

Chacune un verre de lait à la main, Rebecka et Sara s'installèrent sur le sofa de la cuisine en attendant le signal du micro-ondes.

— Vous allez skier ? interrogea Rebecka.

— Moi non, mais vous oui, répondit Sivving. Demain, le vent devrait tomber. J'ai songé que l'on pourrait longer la rivière en scooter jusqu'à la cabane de Jiekajärvi. Comme ça vous skieriez aussi un peu. Je suis sûr que tu n'es pas allée là-bas depuis des années.

Rebecka sortit du four les petits pains à la cannelle, beaucoup trop chauds, et les déposa en tas sur la table en bois de pin. Sara en préleva des miettes qu'elle trempa dans son lait froid. Appliquée, Lova enduisait ses petits skis.

— Je serais ravie d'aller à Jiekajärvi, dit Rebecka avec un clin d'œil, mais j'ai aussi du travail demain.

Sa migraine redoublait, de véritables coups de ciseau à bois derrière les paupières. Elle se pinça la racine du nez entre le pouce et l'index. Sivving lui jeta un coup d'œil et remarqua la pâtisserie à peine entamée à côté de son verre de lait. Il donna le bloc de fart à Lova et lui montra comment l'étaler sur les skis.

— Écoute, tu devrais monter te reposer un moment. On va sortir Bella avec les filles et je préparerai ensuite le repas.

Rebecka grimpa dans la chambre à l'étage supérieur. Tiré à quatre épingles, le grand lit conjugal de Sivving et de Maj-Lis en paraissait d'autant plus vide dans cette pièce silencieuse. À force de contact répété avec des mains, au fil des ans, les grosses pommes ornant le haut des montants à la tête et au pied semblaient noires et luisantes. Un instant, elle eut envie de poser la sienne sur l'une d'elles. Les nuages voilant la lumière du jour, cette chambre avait l'air bien sombre. Elle s'allongea et tira le plaid en laine replié au pied du lit. Fatiguée, elle avait froid et mal à la tête. Soudain inquiète, elle saisit son portable pour écouter ses messages. Måns Wenngren sur le premier.

— Pas eu besoin d'une tête de cheval, disait-il de sa voix traînante. Mais pour qu'elle retire sa plainte, j'ai dû promettre à cette journaliste l'exclusivité de l'histoire.

Quelle histoire ? maugréa Rebecka pour elle-même.

Elle s'attendait à d'autres commentaires de sa part. Mais non, fin du message. Seul le timbre de synthèse de la boîte vocale annonça l'heure de réception du suivant.

Que croyais-tu ? ricana-t-elle. Qu'il allait bavasser gentiment et t'inonder de mots doux.

Vint ensuite une communication de Sanna.

— Salut, commença-t-elle d'une voix sèche. Anna-Maria m'a appris que les filles allaient être entendues. En présence d'un psy et compagnie. Je suis contre et aussi surprise que tu ne m'en aies pas parlé. Le courant ne passe pas entre nous. Dommage. En attendant, j'ai donc décidé de confier les filles à papa et maman.

Rebecka éteignit le téléphone sans écouter les autres messages. On frappa ensuite à la porte, et Sivving passa la tête dans l'entrebâillement. Il la regarda et fronça les sourcils quand il vit l'appareil dans sa main.

— On devrait troquer ça contre un véritable ours en peluche, lâcha-t-il. Cela te ferait du bien de venir à Jiekajärvi. Là-bas, il n'y a pas de couverture réseau, alors inutile de l'emporter. Je voulais juste te prévenir : le repas sera prêt dans une heure. Je viendrai te réveiller. D'ici là, dors.

Rebecka le fixa.

— Ne t'en va pas. Parle-moi de ma grand-mère.

Sivving sortit un autre plaid en laine de la penderie et en couvrit Rebecka. Il lui ôta ensuite le téléphone des mains et le posa sur la table de chevet.

— Les gens du coin ne croyaient pas que ton grand-père paternel, Albert, se marierait. Chez les autres, il restait muet dans son coin, le bonnet à la main. Le seul de la famille à être resté à la ferme avec son père. Un dur, ton arrière-grand-père. Nous, les petits, on en avait très peur. Un jour, il nous a surpris pendant un poker dans la carrière de sable. Bon sang, j'ai cru qu'il allait me décrocher l'oreille à force de tirer dessus. Un fidèle de Læstadius, très pieux et rigoureux. Enfin bref, un jour, Albert a assisté à un enterrement à Junosuando. Quand il est revenu, il n'était plus le même. Pas plus bavard qu'avant mais il paraissait rire sous cape. En temps normal, il ne souriait pas, si tu vois ce que je veux dire. Il avait rencontré ta grand-mère. Cet été-là, il s'est rendu plusieurs fois à Kuoksu pour voir de la famille. Emil était furieux qu'il prenne la poudre d'escampette en pleine fenaison. Finalement, elle est venue en visite ici. Tu connaissais Theresia, dure à la tâche. Je ne sais pas ce qui s'est passé mais ils se sont retrouvés avec Emil chacun à faucher une moitié de l'ancien enclos aux moutons. Tu sais, le pré situé entre la rivière et le carré de pommes de terre. Une vraie compétition, ma parole. Je m'en souviens très bien. L'été était déjà pas mal avancé. Peu avant le dîner, les moustiques se sont invités pour tous nous piquer. Nous, les petits, on le regardait avec de grands yeux. Isak, le frère d'Emil, était aussi de la partie. Lui, tu ne l'as malheureusement jamais rencontré. Enfin, Emil et Theresia maniaient la faux en silence dans leur parcelle respective. Nous autres, on se taisait aussi. On entendait juste les insectes et le chant des hirondelles.

— Qui a gagné, elle ?

— Non, mais d'une certaine façon, Emil non plus. Il a terminé le premier mais ta grand-mère le talonnait de près. Isak a alors lissé sa barbe en disant : « Emil, il va falloir lâcher le bélier sur ta moitié, il en reste. » Il avait fauché comme un fou furieux, mais le travail n'était pas propre. Par contre, le carré de ta grand-mère était raccourci avec ses ciseaux à ongles. Voilà, désormais tu sais comment elle s'y est prise pour gagner le respect de ton aïeul.

— Continue, supplia Rebecka.

— Une autre fois, répondit Sivving avec un sourire. Il faut que tu dormes un peu.

Il sortit et referma la porte derrière lui.

Comment pourrais-je dormir ? s'interrogea Rebecka.

Elle était convaincue qu'Anna-Maria Mella lui avait menti. Peut-être pas un mensonge, mais une omission. Et pourquoi Sanna ruait-elle dans les brancards en apprenant l'audition de ses filles ? Pour la même raison qu'elle, une absence totale de confiance en von Post ? Ou à cause de la présence d'un psychologue ? Pourquoi un individu avait-il envoyé à Viktor une carte postale lui expliquant qu'aux yeux de Dieu, ils n'avaient rien fait de mal ? Pourquoi cette même personne avait-elle menacé Rebecka ? Peut-être pas des menaces, mais un avertissement. Elle s'efforça de se rappeler les termes exacts du message.

Mon Dieu, impossible de s'endormir, soupira-t-elle en scrutant le plafond.

Un instant plus tard, elle plongeait néanmoins dans un profond sommeil.

Réveillée par une idée dans l'obscurité, elle rouvrit les yeux sur le plafond et resta immobile pour ne pas en perdre le fil.

Les propos d'Anna-Maria Mella lui revinrent : « Nous ne disposons que d'indices. »

— Et en plus d'indices, de quoi ont-ils besoin ? murmura-t-elle à l'attention du plafond.

D'un mobile. Quel genre de mobile pouvait-on bien découvrir en entendant les filles de Sanna ?

Cette idée, comme une pièce qui fend l'eau d'une fontaine censée exaucer les vœux, traversa son esprit. Elle fendit l'eau avant de se poser au fond. À la surface, les sillons s'effacèrent, et le dessin apparut très net.

Viktor et les filles. Rebecka voulut écarter cette image. C'était impossible. Et pourtant, cela semblait atrocement probable.

Elle se remémora un détail survenu lorsqu'elle était arrivée à Kurravaara. La façon dont Lova s'était, avec la chienne, enduite de savon. Sanna n'avait-elle pas ajouté qu'elle le faisait très souvent ? N'était-ce pas le comportement typique des enfants qui...

Non, elle se refusait à aller au bout de ce tableau.

Soudain, elle pensa à Sanna. À sa façon provocante de s'habiller. À ce père dangereux et sa présence si écrasante.

Comment ai-je pu être aussi aveugle ? songea-t-elle. La famille. Le secret de famille. Impossible. Mais tout aussi probable.

Pourtant, Sanna ne pouvait pas avoir tué Viktor seule. Même si elle l'avait voulu, elle en aurait été incapable.

Elle repensa au jour où Sanna avait acheté un grille-pain qui s'était révélé défectueux. Elle était incapable de le rapporter, se dit-elle. Si je ne l'avais pas fait, elle l'aurait gardé sans se plaindre.

Elle se redressa pour réfléchir. Si Sanna s'opposait vraiment à l'audition des filles, ses parents étaient sans doute en route. Peut-être même avaient-ils déjà frappé à la porte de la maison de sa grand-mère. Ils ne tarderaient sûrement pas à revenir.

De son portable, Rebecka appela Anna-Maria Mella sur sa ligne directe. Elle répondit aussitôt d'une voix empreinte de lassitude.

— Je ne peux pas t'expliquer, commença Rebecka, mais si tu veux vraiment entendre les enfants, je peux les amener demain matin. Après, cela risque d'être plus compliqué.

Anna-Maria s'abstint de poser les questions qui la démangeaient.

— Bon, répondit-elle. Je vais arranger ça.

Rendez-vous fut pris pour le lendemain et Rebecka promit de venir avec les fillettes.

Ça, c'est fait, pensa-t-elle en se levant. Pas de chance, Sanna. Je n'écouterai pas mes messages avant demain après-midi. Je ne suis donc pas encore au courant de tes desiderata sur la garde de tes filles.

Il fallait se faire discrète jusqu'au lendemain et elle ne pouvait rester chez Sivving avec les enfants. Sanna connaissait l'endroit.

Calée devant son ordinateur au commissariat, Anna-Maria Mella étudiait les renseignements fournis sur le colloque. Le couloir qui desservait son bureau était plongé dans le noir. À côté d'elle, sur sa table de travail, un emballage en carton taché de graisse renfermait les restes d'une portion de pizza au thon. Le nombre de participants fichés l'étonna. Pour la majorité d'entre eux, il s'agissait de délits concernant des stupéfiants, de vols à l'arraché ou d'actes de violence.

Une bande de drogués et de voyous convertis, pensa Anna-Maria.

Certains noms méritaient un examen plus approfondi : une vérification de leur numéro national d'identification.

Elle s'apprêtait à appeler Robert lorsque ses yeux se posèrent sur un jugement prononcé par le tribunal de première instance de Gävle dans une affaire de meurtre douze ans auparavant. Verdict : un bon nombre d'années de soins en milieu psychiatrique fermé. Pas d'autre condamnation depuis.

Tiens, tiens, songea-t-elle. A-t-il obtenu une permission de sortie ou l'ont-ils relâché ? À vérifier.

Elle souleva le combiné et composa le numéro de chez elle. Marcus répondit, visiblement déçu que ce ne soit que sa mère.

— Dis à papa que je rentrerai tard.

Rebecka descendit dans la cuisine. Sivving dressait la table pour le dîner. Il disposait les verres Duralex, les couverts en bakélite noire et les assiettes à fleurs de son enfance. À l'époque elle passait souvent bavarder avec Maj-Lis et lui.

— Au menu, boulettes de viande, annonça-t-il.

— Je meurs de faim, dit Rebecka. Ça sent très bon.

— Deux tiers de farce d'élan et un tiers de porc.

— Où sont les filles ?

De la tête, il désigna la chambre.

— Sivving, ajouta-t-elle alors, je peux t'emprunter ton scooter et sa remorque ? Je voudrais partir dès ce soir pour Jiekajärvi avec les enfants.

Sivving posa la marmite de fonte sur la table. Comme dessous de plat, il utilisait une serviette brodée en rouge au point de croix portant les initiales de Maj-Lis.

— Il est arrivé quelque chose ? demanda-t-il.

Rebecka hocha la tête.

— Rien de grave, mais on ne peut pas rester ici. Si les parents de Sanna demandent où nous sommes, réponds-leur que tu n'en sais rien.

— Bien, approuva Sivving. J'ai des anoraks pour toi et les filles. Je vais vous donner du bois et de la nourriture et je vous rejoindrai demain matin avec Bella. Mais je ne vous laisserai pas partir l'estomac vide.

Dans la chambre, Rebecka surprit Lova et Sara très appliquées à peindre sur des journaux étalés sur la table pliante. Au milieu, une pierre leur servait de modèle. Un peu plus grosse qu'un poing, elle représentait un chat recroquevillé aux grands yeux turquoise.

— Mes petits-enfants se sont amusés à ça l'été dernier, lança Sivving depuis la cuisine. J'ai pensé que ça pourrait distraire Sara et Lova.

Soudain sur ses gardes, Bella grogna.

— Ça suffit, lui intima Sivving. Je ne comprends pas ce qui lui prend, poursuivit-il à l'intention de Rebecka. Il y a une demi-heure, de la même façon, elle s'est mise à aboyer. Elle a dû flairer un renard ou une autre bestiole. Elle ne t'a pas réveillée, j'espère ?

Rebecka nia de la tête.

— Regarde, Rebecka ! s'écria Lova. Je peins Tjapp !

— Ah, magnifique, dit-elle distraitement. Emballez vos cailloux et vos pinceaux. On va partir en moto-neige pour la cabane de ma grand-mère. On couchera là-bas ce soir.

À dix-huit heures quinze, Rebecka traversa en scooter la route le long de la maison de Sivving vers la rivière. Emmitouflée dans un bonnet de fourrure et une cagoule, elle n'en était pas moins obligée de plisser les yeux pour se protéger de la neige qui lui fouettait le visage. La lumière du phare se reflétait sur les flocons et réduisant la visibilité à un ou deux mètres. Sous des couvertures et des peaux de rennes, avec les provisions, Sara et Lova étaient enfouies dans le traîneau remorqué. On distinguait à peine le bout de leur nez.

Elle pénétra dans la cour de sa grand-mère et arrêta le véhicule devant la maison. Elle aurait dû monter en vitesse prendre les pyjamas des enfants, mais les parents de Sanna risquaient de débarquer à tout moment. Mieux valait ne pas s'attarder. Si elle parvenait à garder les fillettes au secret jusqu'au lendemain, le psychiatre pourrait les voir. Puis les services sociaux ou la Protection de l'enfance prendraient le relais. Elle aurait fait tout son possible pour elles.

Elle mit les gaz et descendit vers le cours d'eau. Les ténèbres se refermèrent derrière elle tel un épais rideau, le vent effaça aussitôt les traces laissées par l'engin.

Dans la cuisine de la grand-mère, Curt Bäckström ressemble à une ombre. Adossé contre le mur près de la fenêtre, il observe les feux de la motoneige s'engouffrer vers la rivière. Il tient dans sa main un couteau et passe lentement l'index sur le fil pour en éprouver le tranchant. Dans l'une des poches de sa combinaison de motard, trois sacs en plastique noir. Dans l'autre, la clé de la maison dérobée dans la poche du manteau de Rebecka. Il y a longtemps qu'il guette dans les ténèbres. Il peut désormais relâcher ses paupières et les refermer un instant. Comme c'est bon. Ses yeux sont secs et brûlants. Les renards ont leurs tanières, les oiseaux leurs nids, mais le Fils de l'homme n'a pas où reposer la tête.

À vingt-deux heures quinze, Anna-Maria Mella s'engagea sur la rocade, direction Lombolo. Elle roulait trop vite. Lorsque la voiture dérapait sur la neige fraîche de la chaussée, Sven-Erik avait le réflexe de s'agripper au tableau de bord. Engoncée dans une grosse moufle, sa main ne trouvait pas meilleure prise.

Délimitée par quelques points lumineux de faible intensité à travers le rideau neigeux, la silhouette d'un vaste terrain se découpait sur la droite. Un stop avant le rond-point, et les roues qui patinèrent en repartant. Sur la gauche, la Maison de l'Espace, vaisseau spatial échoué là. Les panneaux rouge vif. Puis les rues de ces quartiers résidentiels : Stenvägen, Klippvägen, Blockvägen, leurs courettes déneigées avec soin et les auges d'oiseaux bien fournies.

— Curt Bäckström, dit Anna-Maria. Condamné il y a douze ans à des soins psychiatriques en milieu fermé, selon l'appellation employée à l'époque. Depuis, rien. D'après le dossier en tout cas.

— De quel genre de meurtre s'agissait-il ?

— Il a tué son beau-père à coups de couteau. La mère a assisté à la scène et témoigné contre son fils.

Au cours de l'enquête, elle a déclaré avoir peur de son garçon.

— Son garçon ?

— Il n'avait que dix-neuf ans. Il n'a pas eu à aller bien loin pour participer à ce fameux colloque. Il habite désormais dans le quartier de Lompis, au 5B de Tallplan. L'un de nos collègues de Gävle connaît quelqu'un au greffe du tribunal. Il a accepté — en dehors de ses heures de travail — de s'y rendre pour me faxer les documents. Avec un peu de bonne volonté, c'est parfois très simple.

Elle pénétra sur le parking : longues rangées de garages et immeubles en bois à deux étages datant de la fin des années 60. Ils sortirent de la voiture et marchèrent sans rencontrer âme qui vive... Un vendredi soir.

— Le tribunal a décidé de le remettre en liberté il y a deux ans. En contact avec le service des soins ouverts de Gävle, on lui a administré de façon régulière ses piqûres de neuroleptiques. Pas de soucis non plus dans son boulot. Mais, d'après le service du recensement, il s'est installé à Kiruna au mois de janvier de l'année dernière. Et, selon le médecin de garde à l'hôpital psychiatrique de Gällivare, il ne s'est pas mis en rapport avec leur service.

— Et...

— Je ne sais pas, mais il n'est sans doute plus soigné. D'ailleurs, qui pourrait s'en étonner ? Tu as vu comme moi les enregistrements vidéo de la communauté. « Jette tes médicaments ! Dieu est ton médecin ! »

Ils s'attardèrent un instant devant la porte de la cage d'escalier et ne virent aucune lumière dans deux des logements. Sven-Erik avait posé la main sur la poignée. Anna-Maria ajouta à voix basse :

— J'ai demandé au médecin de garde quelles sont les conséquences pour un patient qui interrompt un traitement chimique comme le sien.

— Et alors ?

— Bah, tu les connais… difficile de se prononcer sur des cas particuliers… ça varie d'un individu à l'autre… pourtant, il a consenti à reconnaître que le risque d'aggravation était probable. Son cas est peut-être très préoccupant. Lorsque je l'ai informé des enseignements de cette Église concernant les médicaments, sais-tu ce qu'il m'a répondu ?

Sven-Erik secoua la tête.

« Les faibles sont souvent attirés par les Églises. Tout comme ceux qui désirent exercer un pouvoir sur eux. »

Ils restèrent silencieux quelques instants. Depuis le perron de l'immeuble, Anna-Maria constata que le vent effaçait leurs empreintes dans la neige.

— On y va ? demanda-t-elle.

Sven-Erik ouvrit la porte et ils pénétrèrent dans l'obscurité de la cage d'escalier. Anna-Maria appuya sur la minuterie. Sur la gauche, un panonceau leur révéla que Curt Bäckström habitait au premier. Ils montèrent. Suite à des plaintes pour tapage nocturne et autres incidents, ils étaient souvent venus dans ce quartier. Les odeurs leur paraissaient, elles aussi, familières. Urine sous les marches et Javel sur le béton.

Ils sonnèrent mais personne ne vint ouvrir. L'oreille collée à la porte, ils n'entendirent que la musique qui venait de l'appartement situé en face. Ils avaient constaté l'absence de lumière aux fenêtres. Anna-Maria tenta d'observer à l'intérieur par la fente de la boîte aux lettres : le noir total.

— Il faudra revenir, conclut-elle.

IL Y EUT UN SOIR,
IL Y EUT UN MATIN :
SIXIÈME JOUR

Quatre heures vingt du matin dans la cabane de Jiekajärvi. Rebecka est assise à la petite table de cuisine. En face d'elle ses propres yeux se reflètent sur la vitre. Dehors, n'importe qui pourrait être là et l'épier, elle ne s'en apercevrait pas. Elle en est consciente. Soudain, il collerait son visage contre le carreau. Son image se confondrait alors avec la sienne.

Elle s'encourage : arrête. Il n'y a personne aux alentours. D'ailleurs, qui se risquerait à venir jusqu'ici dans le noir et par un temps pareil ?

Le feu crépite dans la cheminée. Le conduit émet un son monotone, accompagné par le sifflement du vent et celui, plus ténu, de la lampe à pétrole. Elle se lève pour déposer deux nouvelles bûches sur les braises. Lors d'une tempête comme celle-ci, il ne faut surtout pas le laisser mourir. Le matin venu, il gèlerait à l'intérieur.

Le vent se faufile par les interstices des murs et entre le chambranle de l'antique panneau ocre de la porte. Sa grand-mère lui a raconté qu'avant sa naissance, c'était celle de la porcherie. Bien trop belle et solide pour avoir été fabriquée pour une étable, elle devait être ailleurs auparavant. Elle provenait sans doute d'une maison détruite dont on avait sauvé la porte.

Sur le sol, plusieurs couches de tapis ayant appartenu à sa grand-mère isolent assez bien du froid de même que la neige accumulée contre les fondations. Le mur exposé au nord est davantage protégé par un tas de bois de chauffage recouvert d'une bâche pour l'abriter des intempéries.

Près de la cheminée se trouvent le seau à eau émaillé, avec sa louche en métal inoxydable, et un grand panier pour le bois coupé. Posés juste à côté, de vieux numéros d'un journal local, ainsi que les pierres peintes de Sara et de Lova, décorées de chats. Bien entendu, celle de la benjamine représente, en fait, un chien. Couché le museau entre les pattes, il contemple Rebecka. Pour plus de sûreté, Lova a écrit « Tjapp » sur son dos noir. À l'heure actuelle, les deux fillettes aux doigts tachés de peinture dorment dans le même lit, une double épaisseur de couvertures remontées jusqu'aux oreilles. Avant de se coucher, elles ont ensemble roulé les matelas sur eux-mêmes pour en chasser l'air froid. Lova s'est blottie sur le bras de sa grande sœur qui dort la bouche ouverte. Rebecka voit leurs joues rouges, ôte une des couvertures et la dépose sur la couchette au-dessus.

Je n'ai pas à m'occuper de ces gamines, se persuade-t-elle, et après-demain, je ne pourrai plus rien pour elles.

Anna-Maria Mella s'est redressée et a allumé la lampe de chevet. Robert dort à ses côtés. Deux coussins dans le dos, elle s'est calée contre la tête du lit. Sur ses genoux, elle a posé l'album de Kristina Strandgård qui rassemble les coupures de presse et les photos de Viktor. Elle sent le fœtus bouger et appuyer l'un de ses pieds contre son ventre.

— Eh dis, canaillou, glisse-t-elle en se poussant le petit membre, boule compacte sous sa peau. Arrête de donner des coups à ta vieille mère.

Elle examine un cliché montrant Viktor Strandgård assis en plein hiver sur le perron de l'église de Cristal. Il porte un bonnet vert, au crochet, d'une effroyable laideur. Ses longs cheveux pendent devant son épaule gauche. Il sourit de toutes ses dents, très détendu, et tient devant l'appareil son livre, *Aller et retour au ciel*.

Comment l'imaginer s'en prenant aux enfants de Sanna ? s'interroge Anna-Maria. Ce n'est qu'un gosse.

Elle s'inquiète pour le lendemain et l'audition des filles.

Toi au moins, tu auras un gentil papa, chuchote-t-elle au futur nouveau-né.

Elle est soudain submergée par une immense émotion. Elle songe au petit être en elle. Avec dix doigts et dix orteils, ainsi qu'une personnalité propre, il semble déjà paré pour affronter l'existence. Pourquoi est-elle toujours si sensible et pleurnicheuse ? Incapable de regarder un film de Walt Disney sans laisser échapper une larme, au moment critique et juste avant l'heureux dénouement. Elle a peine à croire qu'il y a déjà quatorze ans, elle portait Marcus en elle. Jenny et Petter sont désormais grands. La vie passe si vite. Un vif sentiment de gratitude l'envahit.

Je n'ai vraiment pas à me plaindre, pense-t-elle en s'adressant à un quidam dans le cosmos. J'ai une famille merveilleuse et une vie agréable, qui m'a déjà apporté beaucoup plus qu'on est en droit d'espérer.

— Merci, lance-t-elle alors à l'univers.

Robert change de position, se met sur le côté et s'enroule dans sa couverture ; il ressemble à un chou farci.

— C'est de bon cœur, lui répond-il en somnolant.

Samedi 22 février

Rebecka se verse une tasse de café tenue au chaud dans le thermos et s'assied à la table de la cuisine.

Et si Viktor avait tenté d'abuser des filles ? suppute-t-elle. Cela aurait-il pu rendre Sanna folle, au point de le tuer ? Peut-être l'a-t-elle confronté à ses actes, et alors…

Et alors quoi ? s'interrompt-elle. Elle a perdu son sang-froid, elle a sorti de nulle part un couteau de chasse et lui a planté dans le corps ? Tout en l'assommant avec un truc bien lourd qui traînait par hasard dans sa poche ?

Non, ça ne colle pas.

Et qui a envoyé la carte postale retrouvée dans la bible de Viktor ? « Ce que nous avons fait n'est pas mal aux yeux de Dieu. »

Elle attrape les bocaux de peinture des filles, étend un vieux journal sur la table et trace le portrait de Sanna. Il évoque plus une vieille sorcière en pain d'épice avec de longs cheveux bouclés. En guise de légende pour Sanna, elle inscrit « Sara » et « Lova ». Elle esquisse ensuite Viktor à côté, affublé d'une auréole légèrement bancale. Puis d'un trait, elle relie le nom de Viktor à celui des fillettes, mais aussi à celui de leur mère.

Non, cette relation-là n'existait plus, pense-t-elle en raturant les lignes qui le relient à Sanna et à ses filles.

Penchée en arrière sur sa chaise, elle promène son regard sur l'ameublement rudimentaire de la pièce : les lits superposés verts de fabrication maison, la table de la cuisine et ses quatre chaises dépareillées, le plan de travail avec cuvette en plastique rouge faisant office d'évier et enfin le tabouret dans le coin à côté de la porte.

Jadis, lorsque la cabane servait pour la chasse, oncle Affe y posait toujours son fusil, appuyé contre le mur. Elle se souvient des coups d'œil réprobateurs que lui lançait alors son grand-père. Pour sa part, il remettait toujours le sien dans son étui et le glissait sous le lit.

Désormais, la serpe occupe ce petit escabeau avec, au-dessus, la scie à main suspendue à un clou.

Sanna, songe à nouveau Rebecka en regardant son croquis...

Elle l'agrémente alors de petites guirlandes et d'étoiles sur la tête.

Sanna la follette, incapable de prendre en main son existence. Elle qui laisse une colonie d'imbéciles — dont je fais partie — tout décider à sa place. Inutile de me siffler, bon sang, j'obéissais au doigt et à l'œil.

Elle hachure les bras et les mains de Sanna, et l'ampute à la peinture noire. De la sorte, elle ne peut vraiment plus agir. Elle ébauche ensuite un autoportrait et le barre de la mention : « IDIOTE ».

Ainsi, les choses sont claires. Le pinceau suit par saccades les silhouettes sur le papier du journal. Sanna ne peut rien accomplir par elle-même. La raison pour laquelle elle est dépourvue de bras et de jambes. Si elle a besoin de quelque chose, un ou une imbécile intervient et le fait pour elle. Rebecka, par exemple.

Si Viktor abuse des enfants de Sanna…

… et qu'elle est furieuse au point de vouloir le tuer. Que se passe-t-il alors ?

Eh bien, un crétin quelconque l'assassinera à sa place.

Est-ce possible ? Oui, les choses se sont forcément passées comme cela.

La bible. L'assassin l'a placée sous le canapé.

Évident. Non pas pour mettre Sanna en cause. Un cadeau qu'il lui fait. Le message à l'écriture pointue sur la carte postale lui était destiné, et non à Viktor. « Ce que nous avons fait n'est pas mal aux yeux de Dieu. » Se débarrasser de lui n'avait rien de répréhensible vis-à-vis du Créateur.

Qui ? se demande Rebecka. Elle dessine un cœur vide près de l'image de Sanna. À l'intérieur, elle trace un point d'interrogation.

Surprenant un bruit non identifié dans la tempête, elle sursaute. Il n'a rien à faire là, ce bruit. Elle l'identifie enfin : le moteur d'un scooter.

Curt. Curt Bäckström sur sa motoneige sous la fenêtre lève les yeux vers Sanna.

La serpe, se dit-elle, prise de panique. Il me la faut.

Le son de l'engin s'est volatilisé.

Sûrement une hallucination, calme-toi, se ressaisit-elle. Assieds-toi. Tu es nerveuse, tu as peur et tu as mal entendu. Il n'y a personne dehors.

Elle se reprend mais ne parvient pas à lâcher du regard la poignée de la porte. Elle devrait se lever pour aller fermer à clé.

Ne commence pas, se dit-elle pour conjurer sa peur. Il n'y a rien à l'extérieur.

Un instant plus tard, la poignée pivote et la porte s'ouvre. La tempête rugissante s'engouffre alors dans la cabane, avec un souffle glacial. Un homme en combinaison de motard bleue se précipite à l'intérieur avant de refermer derrière lui. Dans un premier temps, elle ne le reconnaît pas, mais il enlève son bonnet et sa cagoule.

Ce n'est pas Curt Bäckström, mais Vesa Larsson.

Anna-Maria Mella rêve : elle s'extrait d'une voiture de police et, avec ses acolytes, se met à courir le long de la E 10 entre Kiruna et Gällivare. Ils se dirigent vers l'épave d'un véhicule retourné à une dizaine de mètres de la chaussée. Très pénible. Ayant atteint l'automobile accidentée, ses collègues lui crient :

— Dépêche-toi. C'est toi qui as la scie et on doit les sortir de là !

Elle continue à cavaler, l'outil à la main. Elle perçoit au loin les cris déchirants d'une femme.

Enfin sur place, elle met la scie en marche et commence à découper la tôle dans un vacarme strident. Ses yeux se posent sur le siège bébé harnaché en vrac dans la voiture. Elle ne parvient pas à voir s'il y a un enfant dedans. Le hurlement de la scie se transforme soudain en une sonnerie caractéristique, celle du téléphone.

Robert assène un coup de coude à Anna-Maria et, le combiné décroché, il se rendort. Sven-Erik Stålnacke est à l'autre bout du fil.

— C'est moi, dit-il. Tu sais, je suis retourné hier au domicile de Curt Bäckström. Il n'est pas rentré chez lui de la nuit. En tout cas, personne ne vient ouvrir.

347

— Mmm, marmonne Anna-Maria.

Pas encore soulagée de la désagréable sensation laissée par son cauchemar, elle jette un coup d'œil au radio-réveil à côté du lit. Cinq heures moins vingt-cinq. Elle se redresse avec peine, hissant son dos contre le chevet.

— Tu n'y es pas allé seul, hein ?

— Ne fais pas d'histoires, Mella, écoute-moi plutôt. Comme il n'avait pas l'air d'être là, ou du moins de vouloir ouvrir, je me suis rendu à l'église de Cristal. Pour vérifier qu'ils n'organisaient pas l'une de ces veillées durant toute la nuit. Personne non plus là-bas. J'ai donc appelé les trois pasteurs, Thomas Söderberg, Vesa Larsson et Gunnar Isaksson, dans cet ordre. En tant que bergers, j'ai supposé qu'ils savaient où traînaient leurs moutons et si ce Curt Bäckström découchait souvent.

— Et alors ?

— Thomas Söderberg et Vesa Larsson n'étaient pas chez eux et, selon leurs femmes, sûrement retenus à l'église par ce colloque. Mais, parole d'honneur, Anna-Maria, l'endroit semblait désert. Il est bien sûr possible qu'ils se soient cachés dans un coin sombre sans faire de bruit, mais j'ai du mal à le croire. Gunnar Isaksson était chez lui. Après une dizaine de sonneries, il m'a répondu et m'a tenu des propos incohérents. Il ne paraissait pas vraiment réveillé.

Anna-Maria réfléchit un moment. Elle non plus n'a pas les idées très claires, et elle éprouve une vague nausée.

— Je me demande si cela suffira pour obtenir un mandat de perquisition. Appelle von Post pour te renseigner. Il nous faudrait pouvoir entrer chez ce Bäckström.

À l'autre bout du fil, Sven-Erik soupire.

— Il est obnubilé par Sanna Strandgård et persuadé qu'on n'a rien de solide à lui fournir. Il n'empêche que je sens très mal ce type, et je vais m'introduire chez lui.

— Dans son appartement ? Arrête.

— J'appelle un serrurier de ma connaissance. Si je lui précise de ne pas envoyer la facture à la police, il ne posera pas de questions.

— Tu n'es vraiment pas bien. Attends-moi, lança-t-elle en se levant. Je vais demander à Robert de déneiger la voiture.

— Tout doux, Rebecka, ordonne Vesa Larsson. On veut juste te causer, alors pas de bêtises.

Sans la quitter du regard, il saisit dans son dos la poignée de la porte et la tourne.

On, pense-t-elle. Qui ça, on ?

Elle comprend soudain : il n'est pas seul mais est entré le premier pour tâter le terrain.

Vesa Larsson ouvre à deux hommes qui rentrent et referment derrière eux. Cagoulés et vêtus de noir, on ne distingue pas le moindre centimètre de peau derrière leurs lunettes de motard.

Rebecka tente de se lever mais ses jambes s'y refusent. Une paralysie totale. Ses poumons ne lui permettent plus de respirer. Le sang qui coule dans ses veines depuis la naissance ne circule plus, telle une rivière retenue par un barrage. Estomac noué.

Non, non, merde.

L'un des hommes ôte son bonnet et révèle ses boucles brunes. Curt Bäckström dans une combinaison noire et luisante. Il porte de grosses bottes de motard à bouts renforcés et, en bandoulière, un fusil de chasse. Ses pupilles et ses narines sont dilatées, comme celles d'un cheval fou. En scrutant ses yeux vitreux, elle discerne la fièvre qui les possède.

Sois très prudente, surtout avec lui, pense-t-elle.

Elle jette un coup d'œil vers les deux fillettes qui dorment profondément.

Avant même qu'il n'ait enlevé ses lunettes, elle met un nom sur l'autre individu. Peu importe son accoutrement, elle reconnaîtrait Thomas Söderberg partout. À ses gestes et à sa façon d'occuper l'espace.

Ont-ils répété la scène ? On pourrait le croire lorsque Curt Bäckström et Vesa Larsson vont se poster de chaque côté de la porte.

Le regard du second semble vide. Peut-être la surveille-t-il sans la voir, comme les parents de jeunes enfants dans un supermarché. Les muscles las sous la peau d'un visage qui a renoncé à lutter, les yeux éteints. Comme des ânes, ils poussent leur chariot entre les rayons, sourds aux pleurs et aux caprices de leur progéniture.

Thomas Söderberg s'avance d'un pas. Dans un premier temps, il évite de la regarder. Avec des mouvements nerveux mais vigilants, il baisse la fermeture Éclair de sa combinaison et sort une paire de lunettes qu'elle ne lui connaissait pas. Il y a bien longtemps qu'ils ne se sont pas croisés. Tel le commandant d'un vaisseau spatial tout droit sorti d'un film de science-fiction, il inspecte la pièce, enregistre tout : les enfants, la serpe dans un coin et Rebecka assise à la table. Il paraît alors se détendre, ses épaules se relâchent. Ses gestes se font plus souples et évoquent désormais ceux d'un lion à l'affût dans la savane.

Il se tourne vers Rebecka et lâche :

— Tu te souviens d'une année où tu nous avais conviés ici, Maja et moi ? Une autre époque, il est vrai. Pendant un moment, perdu dans les ténèbres de cette tempête, j'ai cru ne pas retrouver le chemin.

Rebecka l'observe enlever son bonnet, ses gants, et les fourrer dans ses poches. Toujours aussi fournie, sa chevelure châtain est parsemée de pointes de gris. Mis à part ce détail, il n'a pas changé, comme si le temps s'était arrêté. Peut-être a-t-il pris un peu de poids ? Difficile à dire.

Vesa Larsson s'adosse au chambranle en inspirant la bouche ouverte. Il relève légèrement la tête, comme victime d'un mal de mer. Ses yeux font la navette entre Curt, Thomas et Rebecka. Il ne s'intéresse pas du tout aux fillettes.

Pourquoi ne les regarde-t-il pas aussi ?

Curt se balance d'avant en arrière, son regard va de Rebecka à Thomas.

Que va-t-il se passer, maintenant ? Curt s'apprête-t-il à épauler avant de lui tirer dessus ? Un, deux, trois, basta. Le néant. Elle doit gagner du temps. Allez, parle, montre que tu es une femme. Pense à Sara et Lova.

Rebecka se lève de sa chaise, les deux mains appuyées sur la table.

— Reste assise ! ordonne Thomas.

Elle s'exécute, tel un chien qui flaire la raclée. Sara gémit dans son sommeil mais ne se réveille pas. Sa respiration reprend son rythme paisible et régulier.

— Alors tu l'as fait ? parvient-elle à articuler. Mais pourquoi ?

— Rebecka, c'est l'œuvre de Dieu en personne, répond gravement Thomas.

Elle reconnaît le ton et la posture. Il les adopte toujours lorsqu'il désire convaincre ses auditeurs de l'importance de son discours. Son être tout entier se métamorphose : un rocher surgit des entrailles de la terre, ses racines ancrées au noyau. Un bloc d'énergie et de gravité empreint de l'humilité due à Dieu.

Pourquoi lui joue-t-il cette comédie ? Elle est en réalité destinée à Curt. Il… il le manipule.

— Et les enfants ? demande-t-elle.

Thomas incline la tête et sa voix se fait plus fragile. Une fêlure. Il peine à articuler.

— Rebecka, si tu ne…, commence-t-il…, je ne sais pas comment je pourrai te pardonner de m'avoir forcé à cela.

Comme pénétré d'un ordre invisible, Curt enlève son gant droit et sort de sa poche un rouleau de corde en chanvre.

Elle se retourne vers lui et parvient à maîtriser sa diction malgré une boule dans la gorge.

— Tu aimes Sanna, n'est-ce pas ? lui lance-t-elle. Peux-tu l'aimer et tuer ses enfants ?

Curt ferme les yeux. Il continue à se dandiner comme s'il ne l'entendait pas. Puis il remue les lèvres sans émettre le moindre son avant de réussir à répondre.

— Ce sont des enfants de l'ombre. Il faut les mettre à l'écart.

Le faire parler à tout prix, et gagner ainsi du temps pour réfléchir. Elle tient le bon filon. Thomas n'ose pas l'interrompre.

— Des enfants de l'ombre ? Que veux-tu dire ? ajoute-t-elle la tête penchée. Une main posée sur la joue comme Sanna a coutume de le faire, elle s'efforce de contenir sa voix.

Le regard braqué sur la lampe à pétrole, Curt s'exprime comme s'il était seul. Ou comme s'il s'adressait à un esprit qui l'écoute, caché dans cette source de lumière.

— J'ai le soleil dans le dos, divague-t-il. Mon ombre me précède et s'écroule en face de moi. Mais lorsque je suis entré, Viktor a dû s'écarter, tel saint Jean-Baptiste devant le Seigneur. Sanna aura d'autres enfants. Elle me donnera deux fils.

Je vais vomir, songe Rebecka qui sent un goût d'élan farci et de bile atteindre ses papilles.

Elle se lève, le visage livide. Elle chavire. Pesant des tonnes, ce corps devenu si lourd vacille sur ses membres transformés en brindilles.

Curt bondit près d'elle, le visage déformé par la fureur. L'intensité de ses cris le contraint à reprendre son souffle entre chaque mot.

— Il… faut… que… tu… restes… assise !

Le violent coup de poing dans le ventre qu'il lui assène la plie en deux. Le peu de force demeuré dans ses jambes s'évapore. Son visage heurte le sol. Le tapis de lirette de sa grand-mère contre sa joue. Une douleur indicible dans le ventre. Au loin, le timbre de voix excitées qui sifflent et bourdonnent dans ses oreilles.

Il faut fermer les yeux un instant. Au moins une seconde. Puis elle les rouvrira. Elle se le promet. Sara et Lova. Sara et Lova. Qui crie ainsi ? Est-ce Lova ? Juste un très court instant…

L'employé de la société Benny, serrurerie et sécurité, crochète le verrou de l'appartement de Curt Bäckström avant de s'éclipser discrètement. Dans la cage d'escalier plongée dans l'obscurité, Sven-Erik Stålnacke et Anna-Maria Mella perçoivent le faisceau des lampadaires par la fenêtre de la cour. Ils se regardent et hochent la tête de concert dans le silence ambiant. Anna-Maria a ôté le cran de sécurité de son arme de poing, un Sig-Sauer.

Tandis qu'elle monte la garde devant la porte ouverte, Sven-Erik pénètre à l'intérieur. Elle l'entend s'enquérir à voix basse d'une quelconque présence.

Je suis folle à lier, pense-t-elle.

Le bassin douloureux, elle s'appuie contre le mur pour respirer un grand coup. Et s'il la guettait tapi dans le noir ? Peut-être est-il mort ou planqué dans un coin, prêt à bondir. En se risquant à forcer le passage, il la pousserait dans l'escalier.

Sven-Erik éclaire le vestibule.

Du seuil, elle distingue l'ensemble de l'habitation : une seule pièce faisant office de salon et de chambre à coucher. Bizarre, ce logement. Ce type vit-il vraiment là ?

L'entrée est dépourvue de meubles. Pas de commode à bibelots, ou de table pour déposer le courrier. Pas le moindre tapis et aucun vêtement suspendu au portemanteau, sous l'étagère à chapeaux. Le séjour est lui aussi vide. Excepté un détail : des lampions posés à même le sol et une grande glace au mur. Des draps noirs obstruent les fenêtres. Rien sur les rebords. Pas de rideaux non plus. Juste un simple lit en bois de pin brut contre un mur et un couvre-pieds en patchwork bleu.

Sven-Erik sort de la cuisine et secoue la tête de façon imperceptible. Leurs regards se croisent, lourds de questions et d'appréhensions. Il se dirige vers la salle de bains, ouvre la porte et cherche à tâtons l'interrupteur. Elle entend le petit clic du commutateur, mais la lumière ne s'allume pas. Sven-Erik demeure un moment immobile. Puis, elle distingue son profil, éclairé par une minuscule lampe de poche fixée à son trousseau de clés. Il dirige la faible lueur dans la pièce en plissant les yeux pour accommoder sa vue.

A-t-elle esquissé un mouvement qu'il aurait aperçu du coin de l'œil ? Toujours est-il qu'il la met en garde en levant la main pour la stopper dans son élan. Il avance d'un pas. À nouveau gênée dans le bas du dos, elle serre le poing contre ses lombaires.

Sven-Erik ressort de la salle de bains en trombe, la bouche béante et les yeux comme les cavités d'un visage de glace.

— Préviens-les, lance-t-il d'une voix rauque.

— Qui ça ?

— Tout le monde ! Réveille-les tous !

Rebecka rouvre les yeux. Combien de temps s'est-il écoulé ? Au-dessus d'elle, elle aperçoit le visage de Thomas Söderberg. Avec ses cheveux bruns auréolés par la faible lumière de la lampe à pétrole située derrière lui, face à l'ombre, il évoque une éclipse solaire.

Elle a toujours mal au ventre. Pire. Au-delà de cette douleur, elle sent sur son corps une substance humide et chaude. Du sang. Paniquée, elle réalise que Curt ne l'a pas frappée.

Non, il lui a donné un coup de couteau.

— Ce n'était pas prévu, dit Thomas Söderberg. On doit revoir nos plans.

Elle se retourne vers Sara et Lova qui sont allongées tête-bêche sur le lit, les mains attachées aux montants par une corde en chanvre. Des bouts de tissu blanc débordent de leur bouche. Par terre près du lit, elle distingue un drap déchiré ayant servi à les bâillonner. Leurs frêles cages thoraciques se soulèvent à un rythme soutenu, les fillettes s'efforcent d'inspirer par le nez.

Enrhumée, Lova parvient tout de même à respirer.

Ne t'affole pas, elle s'en sort plutôt bien. Bordel de merde.

— On avait l'intention, reprend Thomas Söderberg, de mettre le feu à la cabane. On t'aurait donné la clé de ton scooter et on t'aurait laissée partir en chemise de nuit ou en t-shirt. Bien sûr, tu aurais tenté le coup. Qui ne l'aurait pas fait ? Mais dans l'air glacial avec une telle tempête, je ne crois pas que tu aurais roulé plus de cent mètres. Tu serais tombée dans la neige et aurais gelé en moins de deux minutes. La police aurait conclu à un accident : la cabane s'embrase, tu paniques et t'enfuis toute nue ou presque en abandonnant les fillettes derrière toi. Tu tentes de te sauver en motoneige et tu meurs de froid non loin de là. Pas d'enquête de grande envergure, pas de questions. Désormais, la situation est différente.

— Vous allez brûler vives les enfants ?

Comme s'il ignorait ses propos, Thomas se mord la lèvre, pensif.

— On va être obligés de t'emmener avec nous, lâche-t-il. Même si tu es carbonisée, ils seraient capables de découvrir les traces des coups de couteau. Je ne peux pas courir ce risque.

Il s'interrompt et pivote quand Vesa Larsson entre avec un jerricane en plastique rouge à la main.

— Non, pas d'essence, lui lance Thomas, furieux. Aucun produit chimique. La police scientifique les décèlerait tout de suite. On va incendier les rideaux et les draps avec une allumette. On l'embarque avec nous, ajoute-t-il en désignant Rebecka de la tête. Vous deux, allez installer une bâche sur la remorque du scooter.

Vesa Larsson et Curt Bäckström acquiescent et quittent le cabanon, plongé un instant dans le vacarme de la tempête. Une fois la porte refermée, le silence revient. Rebecka est maintenant seule avec lui et son cœur bat la chamade. Elle sait qu'elle doit sortir de là très vite car elle n'en aura bientôt plus la force.

Curt a-t-il laissé son fusil près de la porte ? Pas facile de déplier une bâche avec une arme en bandoulière. L'amadouer.

— Comment peux-tu faire une chose pareille, demande-t-elle. N'est-il pas écrit « Tu ne tueras pas » ?

Accroupi à ses côtés, Thomas laisse échapper un soupir.

— La Bible fourmille pourtant d'exemples qui montrent Dieu reprendre des vies, explique-t-il. Tu ne comprends donc pas, Rebecka ? Il a le droit d'enfreindre Ses commandements. Je ne suis pas en mesure d'accomplir une chose pareille, selon tes propres termes. Je L'en ai informé et Il m'a alors envoyé Curt. Plus qu'un signe. J'étais obligé de Lui obéir.

Il se tait un instant pour essuyer une goutte de morve au bout de son nez. Ses pommettes rougissent sous l'effet de la chaleur dégagée par la cheminée. Dans sa combinaison, il doit bouillir.

— Je n'ai pas le droit de te laisser détruire l'œuvre de Dieu. Les médias se seraient régalés d'une telle affaire. Ce scandale économique et financier aurait tout détruit. L'ampleur du regain de ferveur à Kiruna est considérable. Et ce n'est qu'un début, m'a fait comprendre Dieu.

— Viktor t'a menacé ?

— Il a fini par constituer un danger pour chacun de nous. À commencer par lui-même. Mais je le sais désormais aux côtés de Dieu.

— Raconte-moi ce qui est arrivé.

Thomas s'agite, l'air contrarié.

— On n'a pas le temps, Rebecka, et je ne vois aucune raison de le faire.

— Et les filles, alors ?

— Elles risqueraient de raconter sur leur oncle des choses qui… Nous avons toujours besoin de Viktor, et en aucun cas, son nom ne doit être traîné dans la boue. Sais-tu combien de personnes nous aidons chaque année à sortir de la drogue ? Sais-tu combien d'enfants retrouvent un parent qu'ils croyaient perdu ? Sais-tu combien de gens découvrent leur foi ? Dégotent un emploi. Une vie décente. Un conjoint. Toutes les nuits, Dieu m'en informe.

Il s'interrompt et, tendant la main vers elle, lui caresse la bouche et la nuque.

— Je t'aimais autant que ma propre fille. Et toi…

— Je sais, gémit-elle. Pardon.

L'amadouer.

— Et aujourd'hui, pleurniche-t-elle, tu m'aimes encore ?

Son visage se durcit, un roc.

— Tu as assassiné mon enfant.

L'homme n'ayant eu que des filles voulait un garçon.

— Je sais. J'y pense tous les jours. Mais ce n'était pas…

Elle se détourne pour tousser et presse sa main contre son ventre. Puis elle lève à nouveau les yeux vers lui.

Elle est là. Elle l'a vue. À trente centimètres de sa tête. La pierre sur laquelle Lova a peint Tjapp. Il est maintenant assez près. La saisir et le frapper. Surtout ne pas réfléchir, ni hésiter. La saisir et le frapper.

— Il y avait aussi un autre homme. Ce n'était pas…

La voix de Rebecka se perd en un murmure inaudible. Il tend le cou vers elle, tel un renard à l'affût des campagnols sous la neige.

Ses lèvres esquissent des mots qu'il ne peut entendre.

Il se penche enfin vers elle.

Compte jusqu'à trois et n'hésite pas.

— Prie pour moi…, lui chuchote-t-elle à l'oreille.

Un.

— … tu n'étais pas le seul homme avec qui je…

Deux.

— Cet enfant n'était pas de toi.

Trois !

Il se fige une fraction de seconde et cela suffit. Comme un cobra dressé, son bras se déploie et elle attrape la pierre. Paupières closes, elle le frappe de toutes ses forces à la tempe. Elle imagine le caillou qui lui fend le crâne avant de traverser le mur. Mais lorsqu'elle rouvre les yeux, il n'a pas quitté sa main. Thomas gît de profil près d'elle. Peut-être esquisse-t-il un geste pour se protéger le crâne. Elle ne saurait le dire car elle lui assène à nouveau plusieurs coups, tous portés à la tête.

Ça devrait être bon. Il faut faire vite.

Elle lâche la pierre et tente de se lever, mais ses jambes ne parviennent pas à la soutenir. Elle se dirige vers le fusil de Curt posé près de la porte à côté de la serpe, à quatre pattes. Pour être tout à fait exact, elle n'avance que sur trois : les rotules et la main droite, et se tient le ventre avec la gauche.

Sera-t-elle assez rapide ? S'ils reviennent dans l'instant, c'est fichu.

Elle s'empare de l'arme et s'agenouille. Tremblante et avec des gestes maladroits, elle casse le fusil pour s'assurer qu'il est chargé. Puis elle le referme et ôte le cran de sûreté. Toujours en rampant, elle regagne le centre de la pièce. Les tapis sont maculés de gouttes du sang qu'elle a perdues, calibrées comme des pièces de monnaie, et par les traces plus diffuses laissées par sa main vengeresse.

S'ils passent par-derrière, ils la verront par la fenêtre. Non. Pourquoi se donner le mal d'un tel détour dans la neige ? Prise de vertiges, elle ne doit pas vomir. Sinon comment pourrait-elle tenir l'arme ?

Désormais assise, elle continue à reculer, une main sur le ventre. Elle saisit la table de l'autre, reprend le fusil et s'adosse à l'un des pieds de la table, les jambes légèrement relevées. Puis elle pose l'arme sur sa cuisse, le canon braqué vers la porte et attend.

— Doucement, dit-elle à Sara et Lova sans quitter l'entrée du regard. Fermez les yeux et n'ayez pas peur.

Curt se présente le premier sur le seuil. Juste derrière lui, elle aperçoit Vesa Larsson. Curt réalise qu'elle tient le fusil et remarque les deux trous noirs pointés sur lui. En l'espace d'une seconde, son visage change d'expression, passant de la contrariété à cause du froid, du vent et de la bâche si rigide à… non pas de la peur, mais un autre sentiment. Il comprend aussitôt qu'il n'aura pas le temps de l'atteindre et devient blême, inerte, hébété.

Elle ne lève pas assez l'arme et le recul lui brise une côte lorsque Curt tombe à la renverse dans le passage, le ventre perforé. De la neige s'infiltre dans la cabane.

Pétrifié, Vesa est comme un cri inarticulé.

— Entre ! crie Rebecka le fusil braqué sur lui. Tire-le à l'intérieur et assieds-toi !

Il s'exécute et s'accroupit le dos contre le chambranle.

— Sur le cul ! ordonne-t-elle.

Il se laisse lourdement tomber sur les fesses. Engoncé dans sa combinaison, il aurait bien du mal à se relever. De lui-même, il met les mains derrière la tête. Curt est étendu entre eux. La porte refermée et le silence rétabli, ils perçoivent ses ultimes râles, sortes de brefs sifflements.

Lasse, très lasse, elle penche la tête en arrière.

— Bon, dit-elle à Vesa Larsson, tu dois maintenant me raconter ce qui s'est passé. Tant que tu parleras et à condition que tu t'en tiennes à la vérité, tu auras la vie sauve.

— Sanna Strandgård est venue me trouver, commence-t-il d'une voix rauque. Elle était… en larmes, effondrée. Je sais que cela peut paraître ridicule, mais il aurait fallu que tu la voies.

Je la vois très bien, pense Rebecka. Les cheveux fagotés comme des pissenlits. En larmes et la goutte au nez, personne n'égale sa classe.

— Elle m'a révélé que Viktor avait molesté ses filles.

Rebecka jette un coup d'œil dans leur direction. Elles sont toujours dans la même position, ligotées et bâillonnées. Elle craint de s'évanouir en se traînant jusqu'à elles. Si elle demande à Vesa de les libérer, il pourrait en profiter pour lui enlever l'arme des mains d'un coup de pied. Il faudra qu'elles patientent encore un peu.

Les fillettes respirent et sont vivantes. Elle trouvera bientôt une solution.

— Comment ça, molesté ?

— Je ne sais pas, mais Sara a eu des mots qui ont fait tiquer sa mère. Je n'ai pas très bien saisi mais j'ai promis d'en parler à Viktor. Je…

Il s'interrompt, un peu perdu.

Elle affole les hommes, songe Rebecka. Elle les attire dans la forêt et leur fauche leur boussole.

— Et alors ?

— Je me suis conduit comme un parfait idiot. Je lui ai demandé de ne prévenir ni la police ni les autorités. Elle avait déjà mis au courant Patrick Mattsson. Je l'ai appelé pour lui dire que Sanna se trompait et que je l'exclurais de la communauté si la rumeur se répandait.

— Continue, le presse Rebecka. Tu as parlé à Viktor ?

Sur ses cuisses, l'arme lui semble de plus en plus lourde.

— Il n'a pas voulu m'écouter, impossible de discuter. Il m'a menacé dans mon bureau, il a affirmé que mes jours comme pasteur étaient comptés. Il ne pouvait tolérer que l'on s'engraisse aux dépens de nos fidèles.

— Il faisait allusion à VictoryPress ?

— Oui. Quand on a créé cette société, je croyais tout cela transparent. Enfin, disons que je n'ai pas voulu me poser trop de questions. Le petit entrepreneur privé qui nous a donné cette combine nous a assuré de sa parfaite légalité. On imputait les dépenses à cette société et on se faisait rembourser la TVA par l'État. Certes, les fidèles nous ont versé sous la table l'argent investi, mais à nos yeux, les biens de VictoryPress appartenaient à la communauté de la Force originelle. Personne ne me paraissait lésé. Lorsque j'ai trahi la promesse faite à Sanna en révélant à Thomas ses confidences et les menaces de Viktor, j'ai compris dans quel pétrin nous étions. Thomas a pris peur, tu comprends ? En quelques heures, son monde s'écroulait. Viktor se montrait très agressif et représentait un danger pour les enfants. Il avait toujours aimé les petits, aidait pour le catéchisme et le reste… Moi, ça m'a rendu malade, mais Thomas, d'habitude si impavide, était terrorisé. J'ai réalisé que j'étais un criminel. Je peux enlever mes mains de ma nuque, j'ai mal aux épaules ?

Elle acquiesce.

— On a décidé de lui parler tous les deux, reprend-il. Selon Thomas, Viktor avait besoin d'aide et il en trouverait au sein de la communauté. Alors, ce soir-là…

Il fait une pause et ils observent tous deux Curt qui gît sur le sol. Le tapis sur lequel il repose est maintenant tout rouge. Le faible sifflement de sa respiration se réduit à un souffle à peine perceptible, puis elle s'arrête totalement — plus rien.

Vesa Larsson le fixe de ses pupilles écarquillées par la peur. Il regarde Rebecka et l'arme posée sur ses genoux.

Rebecka cligne des paupières et commence à perdre tout intérêt pour les événements. Comme si les propos de Vesa Larsson ne la concernaient plus. Elle n'a pas besoin de l'encourager à continuer, il poursuit de lui-même d'une voix pressée.

— Viktor a refusé de nous écouter. Après avoir prié et jeûné, il était parvenu à la conclusion qu'il était temps de faire le ménage dans la communauté. D'un seul coup, nous nous retrouvions sur le banc des accusés. Il nous a qualifiés de marchands qu'il fallait chasser du temple. C'était l'œuvre de Dieu et nous étions prêts à en faire cadeau à Mammon. Et alors… oh, mon Dieu… Curt a surgi. Je ne sais pas s'il nous écoutait depuis un moment ou s'il venait juste d'arriver à l'église…

Vesa ferme les yeux, la bouche déformée par une grimace.

— Viktor a pointé du doigt Thomas et a crié je ne sais plus quoi. Au cours de l'office nous avions célébré la communion et Curt tenait une bouteille de vin pleine à la main. Il a frappé Viktor à la nuque et il est tombé à genoux. Curt a glissé la bouteille dans la poche intérieure de son gros anorak, a tiré un couteau de sa ceinture et lui a planté dans le corps à deux ou trois reprises. Viktor s'est effondré par terre.

— Et vous avez regardé ça sans réagir ? murmure Rebecka.

— J'ai tenté d'intervenir, mais Thomas m'en a empêché.

Il se frotte les yeux avec les poings et reprend :

— Non, j'exagère. Il me semble avoir fait un pas en avant et Thomas s'est contenté d'un signe de la main. Comme un toutou bien dressé, je me suis arrêté net. Curt nous a rejoints et j'ai eu soudain très peur qu'il me tue, moi aussi. Immobile, Thomas avait conservé un visage impassible. Je me souviens l'avoir regardé et je me suis rappelé avoir lu que c'est le comportement à adopter quand on est attaqué par des chiens enragés. Ne pas courir, ne pas crier, ne pas s'affoler, surtout ne pas bouger. C'est ce qu'on a fait tous les deux. Curt est resté muet, avec le couteau dans une main, prêt à s'en servir. Il a fait volte-face et s'est à nouveau dirigé vers Viktor. Il...

Entre ses dents, Vesa gémit.

— ... oh, il lui a encore asséné plusieurs coups. Il a planté le couteau dans ses yeux et l'a retourné avant de fourrer ses doigts dans ses orbites. Puis il les a passés couverts de sang sur ses propres yeux en criant : « Tout ce qu'il a vu, je l'ai vu aussi. » Et il a léché le couteau comme… une bête. Il a dû se couper la langue, un mince filet coulait au coin de ses lèvres. En s'y reprenant à plusieurs reprises, il lui a ensuite tranché les mains. Il en a mis une dans la poche de sa veste. Comme l'autre ne rentrait pas, il l'a laissée tomber par terre et… Après, c'est assez flou. On est partis avec Thomas en voiture sur la route de Norvège. On s'est arrêtés au milieu de la nuit et j'ai vomi dans la neige. Thomas me sermonnait : on devait penser à nos familles, à la communauté, la meilleure option était de se taire. Je me suis demandé après s'il savait que Curt traînait par là. Peut-être même avait-il forcé le hasard ?

— Et Gunnar Isaksson ?

— Il ne savait rien. Il ne compte pas.

— Espèce de sale lâche, lance Rebecka d'une voix sourde.

— J'ai des enfants, implore-t-il. Maintenant, je t'assure que les choses vont changer, tu vas voir.

— Pas de ça. Tu aurais dû avertir la police et les services sociaux quand Sanna t'a parlé. Mais… tu avais peur du scandale, hein ? Tu ne voulais pas risquer ton boulot grassement payé et ta maison douillette.

Elle peine à garder la jambe droite stable. Mais si elle pose le fusil par terre, il aura le temps de se lever et de la frapper à la tête avant qu'elle ait pu tirer. Sa vue se trouble de taches noires, comme une devanture prise pour cible au *paint-ball*.

Elle va s'évanouir, elle le sent. Il faut faire vite.

Elle braque l'arme sur lui.

— Ne fais pas ça, Rebecka. Tu le regretteras jusqu'à la fin de tes jours, tu devras vivre avec cela sur la conscience. Je n'ai pas voulu tout ça. Désormais, c'est du passé.

Elle aimerait qu'il tente quelque chose : se lever ou attraper la serpe.

Peut-être pourrait-elle lui faire confiance pour la ramener en ville avec les enfants sur le traîneau. Et le dénoncer ensuite à la police.

Mais peut-être pas, et dans ce cas-là, il embrasera la cabane. Elle imagine les yeux épouvantés des fillettes qui tirent sur leurs liens, et les flammes qui brûlent leur chair. Si Vesa met le feu, personne ne pourra témoigner. Thomas et Curt seront déclarés coupables et il échappera au châtiment.

N'oublie pas qu'il est venu ici pour nous tuer, se rappelle-t-elle.

Voilà que Vesa Larsson se met à pleurer. Elle avait à peine seize ans lorsqu'elle discutait avec lui de Dieu, la Vie, l'Amour et l'Art au sous-sol de l'église pentecôtiste parmi son attirail de peintre. Hier.

— Pense à mes enfants, Rebecka.

Il faut choisir : lui ou les filles de Sanna.

Elle ferme les yeux pour appuyer sur la détente. Un bruit assourdissant. Quand elle les rouvre, il n'a pas bougé mais n'a plus de visage. Une seconde plus tard, son corps bascule sur le côté.

Ne pas regarder. Ne pas réfléchir. Sara et Lova.

Les oreilles encore sifflantes, elle lâche le fusil et se dirige à quatre pattes vers le lit, son corps vacillant sous l'effort.

Une main de Sara. Il en suffit d'une. Avec, elle pourra…

Elle s'approche du cadavre de Curt et tâte la ceinture de sa combinaison. Fouillant sous le corps, elle trouve l'étui, en extirpe le couteau et en ressort sa main pleine de sang. La voilà près du lit.

Surtout ne pas trembler pour ne pas blesser Sara.

Elle tranche la corde, dégage le poignet de la fillette et y dépose le couteau. Elle voit les petits doigts se refermer sur le manche.

Enfin. Le repos.

Elle s'écroule sur le sol.

Passé un moment, elle distingue au-dessus d'elle les frimousses de Sara et Lova. Elle agrippe la manche de l'aînée et elle parvient à articuler quelques mots :

— Écoute. Restez dans la cabane la porte fermée, enfilez toutes vos affaires et emmitouflez-vous dans les couvertures. Sivving et Bella seront bientôt là. Attendez-les ici. Tu entends, Sara ? Moi, je vais me reposer un peu.

Elle n'a plus mal mais ses mains glacées la forcent à lâcher Sara. Les traits des enfants se brouillent. Sombrant au fond d'un puits, elle aperçoit leurs visages attentifs dans la lumière du soleil. Puis le trou noir et le froid qui l'enveloppe.

Sara et Lova sont accroupies autour de Rebecka. La benjamine se tourne vers sa grande sœur et demande :

— Elle a dit quoi ?

— Un truc comme « Vas-tu m'accueillir ? », enfin je crois.

Le vent d'hiver secouait avec violence les maigres bouleaux plantés devant l'hôpital de Kiruna et brisait leurs branches tels des doigts gelés et écartelés. Les arbres semblaient agiter leurs bras noueux, tendus vers un ciel d'un bleu presque noir.

Måns Wenngren dépassa à grands pas le bureau du service des urgences. La lumière glacée des néons se réfléchissait sur la surface cirée du parquet et sur le mur de béton crème du couloir et ses affreux motifs lie-de-vin tracés au pochoir. Le spectacle qui s'offrait à lui le révoltait : les effluves de détergent mêlés à ceux, plus âcres et sournois, de corps en décomposition ; le perpétuel bruit des chariots métalliques transportant de la nourriture, des analyses ou Dieu sait quoi.

Heureusement que Noël est passé, se dit-il.

Des années auparavant, son père avait fait son ultime infarctus le jour de la Nativité. Måns se souvenait encore des pitoyables efforts du personnel de l'hôpital pour tenter de créer une ambiance de fête dans le service. Des gâteaux au gingembre dans des paquets à l'emballage économique, disposés sur des serviettes en papier pour la pause-café de l'après-midi. Plus loin dans le couloir, un sapin de Noël en plastique arborait des aiguilles fatiguées et aplaties, conséquence du séjour annuel dans le carton d'une étagère haut perchée dans un quelconque local de rangement. Suspendues à des bouts de fil à coudre, des boules dépareillées pendaient aux branches. Celles du bas recouvraient des paquets au papier cadeau criard, dont on savait qu'ils étaient vides.

Il chassa ce souvenir avant de revoir l'image de ses parents et fit demi-tour. Son manteau de laine se déploya autour de lui comme une traîne.

— Je viens voir Rebecka Martinsson ! cria-t-il. Quelqu'un bosse, ici ?

Ce matin-là, il avait été réveillé par un appel de la police de Kiruna. Elle désirait savoir s'il était bien le patron de Rebecka Martinsson. Oui, en effet. Aucune trace de proches dans le fichier, ni de membres de la famille. Quelqu'un au cabinet lui connaissait-elle un concubin ou une vague relation ? Non, personne. Il avait alors demandé de ses nouvelles. On avait fini par lui dire qu'on l'opérait, sans plus d'explications.

Måns avait ensuite contacté l'hôpital de Kiruna. Réfugié derrière le sacro-saint « secret » médical, personne n'avait consenti à confirmer son admission aux urgences.

Il avait ensuite prévenu l'une des deux associées de la boîte.

— Mais enfin, Måns, lui avait-elle répondu. Rebecka est ta collaboratrice, pas la nôtre.

Il avait donc fini par prendre un taxi pour l'aéroport d'Arlanda.

Une aide-soignante le rattrapa au milieu du couloir. Dans un flot de paroles ininterrompues, elle trottina à ses côtés tandis qu'il ouvrait les innombrables portes et jetait un coup d'œil derrière chacune d'elles. Il ne comprit que quelques mots à son charabia : Secret médical. Rien à faire là. Appeler l'infirmière de garde.

— Je suis son compagnon, bluffa-t-il et il poursuivit sa quête.

Il finit par découvrir Rebecka les yeux clos, seule dans une chambre à quatre lits. Le sien se distinguait par un goutte-à-goutte contenant un liquide transparent. Son visage semblait d'une pâleur cadavérique, y compris ses lèvres.

Il tira une chaise mais ne s'assit pas. Il se retourna pour montrer les crocs à la petite mégère toujours sur ses talons. Elle disparut aussitôt, ses sabots claquant dans le couloir.

Une autre femme vêtue de blanc apparut une minute plus tard. Il s'approcha d'elle et déchiffra le nom épinglé à sa blouse.

— Sœur Frida, dit-il d'un ton agressif sans lui laisser le temps d'en placer une, si vous voulez bien avoir l'amabilité de m'expliquer ce qui se passe.

Il désigna les mains de Rebecka attachées aux montants avec des bandes de gaze.

Sœur Frida ouvrit de grands yeux étonnés avant de chuchoter :

— Suivez-moi dans le couloir. Et calmons-nous un peu, afin de pouvoir discuter.

Måns agita sa main devant son visage, comme pour chasser une mouche.

— Allez me chercher le médecin de garde, répliqua-t-il.

Sœur Frida n'était pas vilaine, une vraie blonde aux pommettes saillantes et aux lèvres voilées d'un rose translucide et discret. Connue pour son autorité naturelle, elle était habituée à ce qu'on lui obéisse sans avoir à élever la voix. Jusqu'ici, personne ne l'avait jamais traitée comme une mouche. Elle se demanda un instant si elle n'allait pas appeler du renfort. Ou, vu les circonstances, la police. Elle se contenta de dévisager Måns Wenngren en inspectant son col de chemise blanc parfaitement repassé, son costume sombre et sobre, ses luxueuses chaussures et sa cravate rayée gris et noir.

— Suivez-moi, dit-elle durement avant de s'éloigner d'un pas décidé avec Måns sur les talons.

De petite taille, le médecin de garde avait d'épais cheveux blonds, un visage bronzé et le nez un peu pelé, sans doute les souvenirs d'une récente escapade à l'étranger. On apercevait un t-shirt turquoise et un jean sous sa blouse. La poche paraissait trop étroite pour les innombrables stylos, les lunettes et le bloc-notes qu'elle contenait.

Angoisse de l'âge doublée d'une symptomatique poussée de fièvre hippie, diagnostiqua Måns. Il s'approcha d'un peu trop près pour le saluer, afin que l'homme soit obligé de lever les yeux comme s'il observait les astres.

Ils pénétrèrent ensemble dans le bureau du praticien.

— C'est pour son bien, expliqua-t-il. Elle a arraché la perfusion en se réveillant. Nous lui avons donc donné quelque chose pour dormir, mais…

— Est-elle mise en examen ? demanda Måns. Sous contrôle judiciaire ?

— Pas que je sache.

— Elle ne fait pas l'objet de soins forcés ou d'une procédure d'internement ?

— Non.

— On se croirait au Far West ! explosa Måns sur un ton méprisant. Vous la ligotez sans la moindre consigne de la police, du procureur ni du médecin-chef. Privation arbitraire de liberté : vous êtes passible d'une mise en examen, d'une amende et de réprimandes de la part du conseil de l'ordre. Je ne suis pas là pour faire des histoires. Expliquez-moi les faits, les flics ont dû vous briefer. Détachez-la et donnez-moi un peu de café. En contrepartie, je m'engage à veiller à ce qu'elle ne fasse pas de bêtises quand elle reprendra connaissance. Je ne porterai pas plainte non plus contre l'hôpital.

— Les renseignements fournis par la police sont confidentiels, dit faiblement le petit homme.

— Donnant donnant, répliqua-t-il comme s'il n'avait pas entendu.

Une heure plus tard, Måns était affalé sur une chaise inconfortable aux côtés de Rebecka. Il agitait les doigts d'une main et tenait de l'autre un gobelet rempli de café brûlant.

— Espèce de sale garce, marmonnait-il. Réveille-toi, que je te passe un savon.

Ténèbres. Obscurité et douleur. Rebecka ouvre les yeux avec prudence. Au-dessus de la porte, une pendule est fixée au mur. L'aiguille des minutes sursaute à chaque avancée. Rebecka se concentre dessus mais ne parvient pas à la lire. Le jour ou la nuit ? La lumière s'apparente à des pointes de couteau qui lui chatouillent la cornée, avant de lui trouer le crâne dans d'horribles douleurs. Sa tête paraît se disloquer. La langue est rivée à ses gencives et chaque inspiration est source de nouvelles souffrances. Elle referme les yeux et devant elle apparaît le visage épouvanté de Vesa Larsson. « Ne fais pas ça, Rebecka. Tu le regretteras jusqu'à la fin de tes jours, tu devras vivre avec cela sur la conscience. »

Nouvelle plongée dans des ténèbres abyssales. La douleur s'atténue et fait place au rêve. Dans un ciel bleu d'été, le soleil décoche ses rayons. Comme ivres, les bourdons virevoltent parmi les géraniums et les achillées. À genoux sur le ponton au bord de la rivière, sa grand-mère lave à grande eau ses tapis de lirette, avec un savon fabriqué maison, mélange de graisse et de soude. La brosse ne cesse son ballet, perpétuel va-et-vient. La légère brise du cours d'eau éloi-

gne les moustiques. Une enfant est assise sur la plate-
forme, les pieds dans l'eau. Ayant attrapé un capri-
corne qu'elle a enfermé dans un pot de confiture, la
fillette l'observe par le trou percé dans le couvercle.
Elle semble fascinée par cet insecte dodu qui se débat
dans sa prison de verre. Rebecka se dirige vers le ponton. Étrangement consciente de son rêve, elle chuchote : « Laisse-moi voir son visage. Laisse-moi juste
l'apercevoir. » Alors Johanna se retourne et la reconnaît. Brandissant son bocal dans un geste triomphal,
ses lèvres esquissent le mot : « Maman. »

Presque une carte de Noël. Et pourtant pas du tout. Trois hommes penchés sur l'enfant endormi. Ce nouveau-né avait pour nom Rebecka Martinsson. Les trois hommes n'étaient point les Rois mages mais le substitut Carl von Post, l'avocat Måns Wenngren et l'inspecteur Sven-Erik Stålnacke.

— Elle a tué trois personnes, dit von Post. Je ne peux pas la laisser partir comme ça.

— Un cas d'école pour illustrer la légitime défense, plaida Måns Wenngren. Une évidence, non ? En outre, elle est le héros du jour. Croyez-moi, les journaux nous concoctent déjà une histoire à la *Modesty Blaise*. Deux enfants sauvés, les méchants anéantis… Il ne reste plus qu'à décider de votre rôle : l'odieux qui la traque pour la coffrer, ou le bon avec qui elle partagera la gloire ?

Avec hésitation, les yeux du magistrat se posèrent sur Sven-Erik Stålnacke. Ils ne pouvaient espérer le moindre soutien de sa part, pas même un faible perchoir où s'immobiliser un instant. À tire-d'aile, ils regagnèrent alors la couverture en tissu jaune de l'hôpital, bordée avec soin sous le matelas de Rebecka.

— Nous avions pensé tenir les médias à l'écart,

dit-il. Les pasteurs morts avaient des familles. Certains égards…

Sous ses moustaches et entre ses dents, Sven-Erik inspira profondément.

— Cela me paraît compliqué de maintenir la presse et la télévision à distance, répondit Måns sur un ton badin. La vérité finit toujours par se savoir.

Von Post reboutonna son manteau avant d'ajouter :

— Bon, mais il faudra qu'elle soit entendue. Elle ne sortira pas d'ici avant.

— Naturellement. Dès que les médecins l'autoriseront à quitter l'hôpital. Autre chose ?

— Appelez-moi quand son état permettra de l'interroger, lança von Post à Sven-Erik avant de sortir de la pièce.

Le policier enleva son anorak.

— Je vais m'asseoir dans le couloir. Prévenez-moi quand elle se réveillera, il faut que je lui parle. Je vais me chercher du café et un gâteau au distributeur automatique. Vous voulez quelque chose ?

Trente secondes après s'être réveillée, Rebecka découvrit un médecin qui l'auscultait, la blouse ouverte. Avec son gros nez, ses grandes mains et un dos impressionnant, il ressemblait à un forgeron déguisé. Il lui demanda comment elle allait. Pas de réponse. Une infirmière au sourire dévoué — pas exagéré — se tenait derrière lui. Près de la fenêtre, Måns contemplait la vitre, bien qu'il fût impossible d'y voir autre chose que son propre reflet et celui de la chambre. Il s'amusait avec le store, l'ouvrait et le refermait à l'infini.

— Vous avez passé un très mauvais moment, dit le spécialiste. Tant sur le plan psychique que physique. Si vous souffrez, sœur Marie vous administrera un calmant et un analgésique.

Elle ne répondit pas. Il se redressa alors et adressa un signe de tête à l'infirmière.

La piqûre finit par produire son effet et elle put enfin respirer sans douleur.

Assis près du lit, Måns la regardait en silence.

— Soif, murmura-t-elle.

— Tu ne peux pas vraiment boire pour le moment. Tout ce dont tu as besoin, le goutte-à-goutte s'en charge. Mais attends un peu.

Il se leva et elle effleura sa main.

— Ne sois pas fâché, dit-elle d'une voix rauque.

— Pas de ça, rétorqua-t-il en se dirigeant vers la porte. Je suis fou de rage.

Il revint un instant plus tard avec deux gobelets en plastique. Elle trempa ses lèvres dans l'un d'eux rempli d'eau. L'autre contenait deux glaçons.

— Tu as la permission de les sucer, expliqua-t-il en les faisant tinter. Il y a un policier dans le couloir qui veut te parler. T'en sens-tu capable ?

Elle acquiesça d'un simple hochement de tête.

Måns fit signe à Sven-Erik d'entrer.

— Les filles ? demanda-t-elle.

— Elles vont bien. Nous sommes arrivés à la cabane peu après… la fin de cette affaire.

— Comment ?

— Quand nous sommes entrés dans l'appartement de Curt Bäckström, nous avons compris qu'il fallait absolument vous retrouver. Nous avons découvert un certain nombre de choses assez désagréables, notamment dans son réfrigérateur et son congélateur, mais nous verrons ça plus tard. Nous nous sommes alors rendus à l'adresse que vous nous aviez indiquée à Kurravaara. Bien entendu il n'y avait personne et nous avons dû forcer la porte. On a ensuite sonné chez le voisin.

— Sivving.

— Il nous a conduits à la cabane et l'aînée des deux filles nous a raconté la suite.

— Mais elles sont en bonne santé ?

— Oui. Sara a juste la joue gercée car elle a tenté de démarrer le scooter.

— Je l'avais pourtant prévenue, gémit Rebecka.

— Ce n'est pas grave, elles sont désormais ici avec leur mère.

Rebecka ferma les yeux.

— Je veux les voir.

Sven-Erik se frotta le menton et regarda Måns qui haussa les épaules et ajouta :

— Elle leur a simplement sauvé la vie.

— C'est vrai, admit Sven-Erik en se levant. On va en parler au docteur, sans en aviser le procureur, et on verra.

Sven-Erik poussait le lit de Rebecka dans les couloirs. Måns suivait avec la perfusion branlante.

— Je suis harcelé par la journaliste qui a retiré sa plainte, dit-il à Rebecka.

À vingt-deux heures trente, les abords de la chambre de Sanna et de ses filles paraissaient déserts, à en faire peur. Le reflet bleuté d'un poste de télévision filtrait de la salle de repos située un peu plus loin, mais aucun son ne s'en échappait. Sven-Erik frappa à la porte de Sanna avant de reculer de quelques pas.

Olof Strandgård vint ouvrir. Quand il vit Rebecka, sa mine se fit franchement hostile. On apercevait derrière lui Kristina et Sanna, pas les fillettes. Peut-être dormaient-elles.

— Ça va, papa, lâcha Sanna en passant devant lui. Reste ici avec les enfants et maman.

Elle referma derrière elle et s'approcha de Rebecka avec les lamentations d'Olof Strandgård en fond sonore :

— Elle a mis en péril la vie des petites et on en fait une héroïne ?

On perçut ensuite la voix de Kristina sans distinguer ses propos, mais un murmure confus.

— Et alors ? explosa à nouveau le père. Si je jette quelqu'un à l'eau pour aller le repêcher, est-ce que je lui ai sauvé la vie ?

Sanna adressa une grimace à Rebecka qui signifiait en substance : t'occupe pas de lui, on est tous très fatigués et énervés.

— Sara, demanda Rebecka. Et Lova.

— Elles dorment et je ne veux pas les réveiller. Mais je leur dirai que tu es passée.

Elle ne me permettra pas de les voir, pensa Rebecka les lèvres serrées.

Sanna lui caressa la joue.

— Je ne t'en veux pas, ajouta-t-elle doucement, je comprends. Tu as fait ce que tu estimais être le mieux pour elles.

Rebecka serra le poing sous sa couverture, avant d'en retirer brusquement sa main pour saisir le poignet de Sanna, comme le fait une fouine avec le cou d'une perdrix des neiges.

— Sanna…, lança-t-elle d'une voix acide.

Elle tenta de se dégager, mais Rebecka l'agrippait fermement.

— Qu'y a-t-il ? demanda Sanna. Qu'est-ce que j'ai fait ?

Måns et Sven-Erik s'efforçaient de dialoguer à l'écart dans le couloir. Ils avaient manifestement perdu le fil de leur conversation et reporté leur attention sur les deux femmes.

Sanna fit le gros dos.

— Qu'est-ce que j'ai encore fait ? gémit-elle.

— Je ne sais pas, répondit Rebecka en serrant sa main de toutes ses forces. Avoue. À sa façon démente, Curt était amoureux de toi, hein ? Tu lui as peut-être fait part de tes soupçons à l'égard de Viktor, tu lui as déroulé l'étendue de ton désespoir. Tu lui as confié ne plus savoir quoi faire ? Et ajouté en pleurant que tu souhaitais voir Viktor disparaître de ton horizon ?

Sanna sursauta comme si on venait de la frapper. L'espace d'une seconde, une ombre inquiétante voila ses yeux. Elle semblait souhaiter que ses ongles se transforment en serres d'acier pour les planter dans le corps de Rebecka et lui arracher les entrailles. Puis sa lèvre inférieure se mit à trembler et de grosses larmes perlèrent sur ses paupières.

— Je ne pensais pas que…, bredouilla-t-elle. Comment aurais-je pu me douter des intentions de Curt… comment peux-tu croire…

— Je ne suis même pas sûre que c'était Viktor, dit Rebecka. Et ton père ? Tu n'as jamais eu aucun pouvoir sur lui. Et voilà que tu lui confies à nouveau tes filles. Je vais demander au service social d'enquêter.

Elles se retrouvaient en terrain glissant, comme sur une plaque de glace printanière. Les résidus d'une relation révolue sur le point de se briser net et de les entraîner chacune de leur côté.

Rebecka détourna la tête et lâcha Sanna, repoussant loin d'elle cette main pâle.

— Fatiguée, soupira-t-elle.

Les deux hommes se précipitèrent près du brancard. Sans un mot, ils saluèrent Sanna de la tête. Måns de manière assez froide, Sven-Erik de façon plus chaleureuse avec un sourire dans le regard. Puis ils inversèrent les rôles : Måns se chargea du lit à rou-

lettes, Sven-Erik du goutte-à-goutte, et ils s'éloignèrent en silence avec Rebecka.

Sanna Strandgård resta figée sur place et les
regarda disparaître au bout du couloir. Elle s'adossa
alors à la porte de la chambre.

Cet été, pensa-t-elle, j'emmènerai les filles en
vacances à bicyclette. J'emprunterai une remorque
pour Lova, Sara est assez grande pour pédaler. On
longera la vallée de Tornedalen. Elles apprécieront.

Sven-Erik prit congé pendant que Måns appelait
l'ascenseur. La porte s'ouvrit avec un léger crisse-
ment. Il cogna la tête du lit contre la paroi et laissa
échapper un juron. Il se courba à l'extérieur pour rattraper le goutte-à-goutte, tout en plaçant une main
devant la cellule pour empêcher la porte de se refermer. Cette gymnastique l'essouffla au point d'éprouver le besoin impérieux de boire un whisky. Il
observa Rebecka qui avait les yeux fermés. Peut-être
s'était-elle endormie.

— Tu as l'intention de profiter longtemps de la
situation ? lui demanda-t-il, un petit sourire en coin.
De te laisser trimbaler partout par un vieux schnock ?

Depuis un haut-parleur dissimulé dans le plafond,
une voix annonça alors : « Troisième étage » avant
que la porte de l'ascenseur ne s'ouvre.

Rebecka garda les yeux clos.

Je ne suis pas en état de faire la difficile, alors
continue à pousser, pensa-t-elle. Je prends ce que j'ai
sous la main.

IL Y EUT UN SOIR,
IL Y EUT UN MATIN :
SEPTIÈME JOUR

Les jambes écartées, Anna-Maria accouche. Elle serre les montants métalliques du lit à s'en blanchir les phalanges. Elle enfonce le nez dans le masque à oxygène et respire profondément. Robert caresse ses cheveux trempés de sueur.

— Voilà, s'écrie-t-il. Il sort.

Les contractions déferlent telle une avalanche à flanc de montagne. Il n'y a plus qu'à les accompagner. Elle pousse de toutes ses forces.

Les deux sages-femmes derrière elle l'encouragent comme un cheval de course qu'elles auraient joué gagnant.

— Allez, Anna-Maria ! Encore une fois ! Encore une fois ! Très bien !

Elle ressent une vive brûlure, lorsque la tête de l'enfant se présente. Quand elle apparaît enfin, le corps du nourrisson suit en glissant comme une truite de rivière gluante.

Elle n'a pas la force de se redresser mais perçoit un petit cri.

Robert saisit sa tête à deux mains et l'embrasse au milieu du visage en pleurant.

— Ça y est ! dit-il en riant entre ses larmes. Un garçon.

REMERCIEMENTS DE L'AUTEUR

Rebecka Martinsson sera bientôt de retour. On ne se débarrasse pas d'elle aussi facilement. Il faut juste lui laisser un peu de temps. N'oubliez pas que cette histoire est inventée de toutes pièces, ainsi que les personnages qui y figurent. Certains des endroits où elle se déroule également, par exemple l'église de Cristal ou l'escalier de la maison de la famille Söderberg.

Je suis reconnaissante à de nombreuses personnes et c'est ici le lieu de les citer. Par exemple Karina Lundström, juriste qui répondait au nom de Kritan quand elle était enquêtrice. Je lui suis redevable de certains détails sur les pistolets et les bases de données informatiques de la police. Maria Widebäck, conseillère, et Viktoria Lindgren, conseillère adjointe auprès du tribunal de première instance. Le médecin-chef Jan Lindbergh et Kjell Edh, du service de médecine légale, qui m'ont apporté leur concours pour la description du cadavre et de la salle de dissection. Birgitta Holmgren qui m'a fourni des informations sur le service psychiatrique de Kiruna et Sven-Ivan Mella sur la culture des champignons, les shitakés, la mine et l'homme qui y a disparu.

Toutes les erreurs éventuelles sont à mettre à mon compte. Il y a certaines choses que je n'ai pas demandées aux personnes ci-dessus et d'autres que j'ai comprises de travers, quand je n'ai pas fait exprès de refuser carrément d'obéir. L'important pour moi a été de rendre mes mensonges vraisemblables et, lorsque la fable s'est trouvée en conflit avec la réalité, j'ai toujours laissé la première l'emporter.

Merci également à l'équipe chirurgicale littéraire composée de Hans-Olov Öberg, Marcus Tull et Sören Bondeson (qui ont soupiré, grogné, secoué la tête et, parfois, approuvé en bougonnant un peu). Gunnar Nirstedt m'a apporté d'utiles conseils d'ordre éditorial. Maman et Eva Jensen n'ont pas arrêté de me dire : « Écris plus vite » et ont trouvé que TOUT était DRÔLEMENT BIEN. Lena Andersson et Thomas Karlsen Andersson pour leur amicale hospitalité pendant mon séjour à Kiruna.

Et pour finir : Peter. Emmène le tigre...

DU MÊME AUTEUR

Aux Éditions Gallimard

HORREUR BORÉALE, 2006 *(Folio Policier n° 612)*

COLLECTION FOLIO POLICIER

Dernières parutions

Composition Nord Compo
Impression Novoprint
le 5 août 2014
Dépôt légal : août 2014
1ᵉʳ dépôt légal dans la collection : janvier 2011

ISBN 978-2-07-044113-6/Imprimé en Espagne.

277055